Wolfgang Neumann und Annette Sandrock

Üble Nachrede!

dgvt
Verlag

Wolfgang Neumann und
Annette Sandrock

Üble Nachrede!

Der zweite Psychokrimi
aus Ostwestfalen-Lippe

Tübingen

dgvt Verlag

2017

Die Autoren bedanken sich herzlich für viele hilfreiche Anregungen und Korrekturen zum Manuskript bei Maximilian Schulte (Bielefeld), Stefan Sandrock (Hamburg), Jörg Kliewe (Lemgo) und Hartmut Müller-Ihrig (Bielefeld).

Ähnlichkeiten mit Personen, die im Text vorkommen und realen Personen sind nicht beabsichtigt, sondern rein zufällig.

Bibliografische Information der Deutschen Nationalbibliothek
Die Deutsche Nationalbibliothek verzeichnet diese Publikation in der Deutschen Nationalbibliografie; detaillierte bibliografische Daten sind im Internet über http://dnb.d-nb.de abrufbar.

Im Sudhaus
Hechinger Straße 203
72072 Tübingen

E-Mail: dgvt-Verlag@dgvt.de
Internet: www.dgvt-Verlag.de

Umschlaggestaltung: Jens-Olaf Broksche, Lemgo
Layout: VMR, Monika Rohde, Leipzig
Druck und Bindung: BuchBücher.de GmbH, Birkach

ISBN 978-3-87159-882-1

„… Guten Tag, ich bin das Böse, wie geht es Ihnen? …“
Joseph Brodsky

1 Das Übel an der Wurzel packen

Der Himmel über der Schaumburg-Lippischen Hansestadt Lemgo liegt tief und grau verhangen. Es wird vielleicht jetzt, Ende Januar, keinen Schnee und Frost mehr geben. Gestern schon flogen die ersten Graugänse, unterwegs auf ihrem weiten Weg ins Baltikum, hoch über den freien Feldern. Ein gutes Zeichen für ein mildes Frühjahr, sagen die Bauern in der Gegend und reiben sich die Hände. Bislang schon ist der Winter in diesem Jahr viel weniger streng und hart als erwartet beziehungsweise befürchtet.

In den davor liegenden Hungerjahren gab es Kälteeinbrüche sogar im Mai und Juni, die ganze Ernte war erfroren, die vermeintlich Schuldigen gesucht, besagt und bestraft. Die nahe liegenden Prophezeiungen erfüllten sich nicht. Das erwartete Ende der Welt, die Apokalypse, hatte Gottvater offenbar verschoben, und die verängstigten Seelen der Menschen begannen sich nach der vertrauten Ordnung, nach Sicherheit und der wärmenden Frühlingssonne zu sehnen. Dankbare Blicke wurden zum Himmel gesendet, verbunden mit Fürbitten, Gesängen und den Gebeten zum gnädigen HERRN.

Wir schreiben das Jahr 1634. In der frühen Morgenstunde leuchtet der Winterhimmel für kurze Zeit hell auf, so wie ein hoffnungsvolles, noch vages Zeichen von oben, eine noch vage Erwartung auf leichtere Zeiten.

Das Mittelalter ist zu Ende gegangen und die Neuzeit beginnt, die Menschen jedoch können erst allmählich ihre Überzeugungen und Sichtweisen verändern. Die aufgeklärte Geisteshaltung der Neuzeit beginnt nur sehr zögernd zu siegen, die alte Glaubenshaltung braucht viel Zeit, um endgültig zu kapitulieren. „Die Erde ist keine Scheibe!“ So ein Glaubenssatz bemächtigt sich nur mit vielen Opfern gegen die konservativen Kräfte von Klerus und weltlicher Macht. „Alle Menschen sind vor dem Gesetz gleich!“, wünschen wir uns immer noch.

An diesem Morgen wird eine junge Frau aus dem Hexenmeisterhaus von einer Handvoll Lippscher Soldaten zum Scheiterhaufen geführt. Ihr Kopf ist fast kahl geschoren, ihr Gesicht und die Arme sind schwer gezeichnet von Spuren oftmaliger Marterung, die Hände verstümmelt als sichtbare Folgen der „peinlichen Befragung".

Alle Glocken der Kirchen in Lemgo läuten unerbittlich laut, um Schaulustige anzulocken und zu verkünden: „Kommt alle aus euren Häusern, wir verbrennen den BÖSEN. Der Herr wird es uns danken."

Die junge Frau geht erhobenen Hauptes, und ihre strubbeligen roten Haare leuchten wie ein Fanal der Freiheit des Denkens. Sie weiß, es ist ihr letzter Gang, aber sie will ihn mit Stolz gehen. Ich bin gebrochen, aber nicht zerstört! Obwohl sie vor Schmerzen kaum gehen kann, wehrt sie das Angebot körperlicher Unterstützung ebenso ab wie auch die eindringlichen Worte des Pfarrers, der sie begleitet.

„Vater unser ..." Das Gebet soll sie trösten und ihr die Kraft geben, diesen ungerechten Weg gefestigt zu gehen.

Im Kontrast zu der gesamten gespenstischen Szenerie steht, davon scheinbar unberührt, die baulich harmonische Kulisse der friedlich daliegenden, wohlhabenden Bürgerstadt Lemgo.

Die Lemgoer strömen aus ihren Häusern, um sich das Schauspiel nicht entgehen zu lassen. Hexenverbrennungen in Lippe sind traditionell hervorragende Publikumsmagneten für jedermann, ob reich, ob arm, ob Bettler, ob Bauer, ob Edelmann. Dienen doch diese Veranstaltungen dem existenziellen Ziel, die Macht des Satans zu brechen und die sündigen Menschen zu bestrafen.

Die Strafen versprechen Sicherheit, tödliche Sicherheit für jeden, den sie trifft, und sie kann jeden treffen, sie ist absolut willkürlich und macht nicht Halt vor Stand und Ansehen der Person. Ob Mann, ob Frau, ob Kind, jeder kann „besagt" werden, vom Bösen, vom Satan besucht worden zu sein. „Sie hat gebuhlt mit dem Teufel, ich habe es gesehen!" „... und erlöse uns von dem Bösen ..."

Die Gaffer drängen sich zusammen und streiten sich um die besten Plätze. Die Soldaten schaffen eine Gasse und die „besagte"

Hexe wird zum Scheiterhaufen geführt. Es wird ihr vorgeworfen, als Frau des Pfarrers mit dem Teufel verkehrt und den frommen Mann in den Wahnsinn getrieben zu haben. Vergeblich hat die Familie versucht, genügend Geld zusammenzubekommen, um Marte Schröter den schnelleren „Gnadentod" mit dem Schwert zu ermöglichen.

Als die Flammen auflodern, hat unser gnädiger Gott die Marte schnell erstickt, aber ihre Schreie, als die Flammen sie umzüngeln, bleiben den Bürgern der Stadt noch lange in den Ohren, und sie hoffen, der Tod trägt dazu bei, das Böse zu bannen, schlechte Ernten und die schwarze Pest zu verhindern und ihr Leben zu verbessern.

Am Anfang von Hexenprozessen zu dieser Zeit stand eine üble Nachsage und Nachrede, die „Besagung" genannt wurde, dann folgte eine so genannte „Peinliche Befragung", das heißt ein Verhör unter der Folter. Dann schloss sich der Prozess an, das Urteil und die Hinrichtung. Alles stand von Beginn an fest, die Tortur war immer dieselbe.

Tine Rampendahl war eine der seltenen „Hexen" in Lemgo, die dem Verhör widerstand. Nach diesem letzten Prozess war die schlimme Zeit der Hexenverbrennungen im ganzen Deutschen Reich beendet.

Bösartige Zungen behaupten allerdings, nur so sei geschehen, dass das Böse oder der BÖSE weiter sein Unwesen treiben konnte.

Solange es die Menschen so schwer aushalten können, nicht alles zu wissen, erklären zu können, um es zu beherrschen, sind sie nicht davor gefeit, ihr Handeln in Zeiten der Unsicherheit frei von Vorurteilen und Aberglauben zu halten. Und so entwickelte der Mensch den Forschergeist, begab sich auf den Weg, den Glauben zu ersetzen, erfand Ding um Ding, erkundete Land um Land und eroberte Welt um Welt, erklärte sie, vermaß sie und begann sie zu verändern.

Aber!

Das BÖSE scheint ins uns zu stecken, scheint ständiger Begleiter der Lebensangst zu sein, auch wenn wir es gerne verdrängen.

Manchmal erscheint es, als ob selbst der immense Wissensgewinn und ständige Erkenntniszuwachs, allesamt Produkte von Wissenschaft und Forschung, die tückische Macht irrationaler Ängste nicht zu bannen vermögen.

Wissen ist Macht ... Unwissenheit aber auch.

„Wer hat denn Angst vorm schwarzen Mann?"

„Jeder, jeder!"

Bringen wir ihn ins Asylheim zu unser aller Sicherheit, und wenn es dann nicht gelingt, unsere Angst zu bändigen, müssen die Heime eben brennen!

Der Mann zieht sein Gewand aus, hängt es sorgfältig auf einen Kleiderbügel, zieht sich einen Kittel an und macht sich an die Arbeit.
Hier unten im Gewölbe unter dem hohen Raum befindet sich seine geheime Kammer.
Die Dunkelkammer.
Dort entwickelt er seit Jahren seine Bilder, die er in verschiedenen, von ihm als heilig empfundenen Momenten des Tages geschossen hat. Er klappt zunächst die Kamera auf und entnimmt ihr den aktuellen Film.

2 Es gibt nichts Gutes, außer man tut es

Den Kassettenrecorder in der Manteltasche tief vergraben, das Mikro dazu gestopft, stiefelt er los, obwohl es Hunde und Katzen regnet. Hoffentlich komme ich nahe genug ran, denkt er, damit ich auch die ganze schöne Mucke aufs Band kriege, und er schimpft über sich selbst: Mensch, Rainer, du Schnapsnase du, das ist doch hier die letzte Scheißidee, was hast du hier eigentlich zu suchen?

Der ewige Psychologiestudent Rainer Sauer friert sich einen ab, obwohl es Mitte Mai ist. Dies Sauwetter war doch lang und schlapp angesagt, und wenn jemand trotzdem nach draußen gehen müsse, dann doch nur mit Schirm, nicht aber ohne. „Aber womit soll ich den wohl oben halten, bitteschön? Wann werde ich mal vernünftig? Ich fürchte, nie."

In die innere Debatte hinein läuft ihm von seinem langen Haar massenhaft Regenwasser von vorne in den Mund und von hinten wie ein Sturzbach in den hochgestellten Kragen seines langen schwarzen Mantels. Wegen des nassen Bodens sinken die Gummistöpsel seiner beiden Krücken, netter gesagt „Gehstützen", bei jedem seiner mühsamen Schritte ein paar Millimeter in den Untergrund ein, sodass er nur hoffen kann, dass sie kein Mauseloch verschluckt. Ihn, der sich sowieso nur mit reiner Kühnheit und blanker Energie auf seinen vier Beinen halten kann, hindert diese ackermäßige Bodenbeschaffenheit massiv am schnellen Vorankommen. Der Untergrund erinnert ihn an den Bolzplatzacker von Stift Quernheim, wo er als linker Läufer seines Vereins „Eintracht Südlengern" die glatte Niederlage von 16:0 nicht verhindern konnte. Das waren noch Zeiten, als er noch laufen konnte! Das waren auch noch Zeiten, als, bevor das Spiel angepfiffen werden konnte, erst die Ziege vom Pfarrer vom Platz geholt werden musste. Der Geißbock war aber anders als beim FC kein Maskottchen, sondern hatte nur den Sportplatz als Ernährungsquelle zur Verfügung.

Obwohl Rainer selbst ein ganz sicheres Gefühl beim Gehen hat, weiß er doch, dass sein Gangbild aus der Sicht eines Augenzeugen zum Erbarmen aussieht. Die Hunderte von Menschen, vorwiegend in seinem Alter, die mit ihm zum Veranstaltungspunkt, einer riesigen Freiluftbühne, unterwegs sind, weichen ihm zwar immer früh genug aus, wenn sie ihn überholen oder ihm entgegenkommen, aber der eine oder andere hält bestimmt die Luft an und fragt sich völlig entgeistert: „Was zum Teufel will dieser arme Wicht von Behindertem hier, bei dem Sauwetter?" Mitte der Siebzigerjahre ist es viel weniger als später üblich, dass auch Behinderte am öffentlichen Leben teilnehmen wollen, sie sind die Versteckten der Gesellschaft, die ihrem Coming-out noch entgegenhoffen.

Rainer weiß von dieser Bewertung und versucht deshalb so schnell wie möglich, den urteilenden Augenpaaren zu entkommen. Er konnte, Gott sei Dank, mit Erlaubnis seines Parkausweises mit dem Qualitätsmerkmal „aG“ sein unscheinbares Auto, einen DAF 33, weil er schon sehr früh am Platz war, sehr nahe der Bühne parken und schaffte die für andere Leute kurze Strecke bis zu seinem Platz in knapp einer halben Stunde, quietschnass und saufroh.

Unweit von Lemgo, im Weserstädtchen Vlotho findet heute, im Mai 1975, das erste „Umsonst- und Draußen“-Konzert statt. Rainer trägt nach Ende dieses historischen Tages vom Konzert ein voll bespieltes Tonband mit den angesagten Bands wie eine seltene Kostbarkeit und dazu eine üble Grippe wie eine hohe Auszeichnung mit sich und zu sich und seinem Studium der Psychologie nach Münster.

„Alles in allem“, wird er später sagen, „ist dieses Konzert in zweierlei Hinsicht zu einem Wendepunkt in meinem Leben geworden. Erstens habe ich begriffen, dass ich mein Leben selbst in die Hand nehmen muss, und zum Zweiten, dass ich mich auf meinen Körper voll und ganz verlassen kann, wenn es sein muss, egal, was man von mir und über mich denkt.“

„Sag mal, du Schniefnase, wo warst du eigentlich am Wochenende? Wir haben uns schon Sorgen gemacht.“

„Umsonst und draußen!“, sagt Rainer, der mit seinen WG-Genossen zusammen an einem großen Tisch in der Hammerstraße in Münster hockt.

Rotwein, Spaghetti und Ketchup, an der Wand Che Guevara. Seine Mitbewohner sind bis auf Kati, die sich im extrem linken SPAK organisiert, Jurastudenten und politisch alte Säcke, wie Rainer findet, Jusos oder noch schlimmer im rechten RCDS'ler, politisch betrachtet zum Kotzen, aber persönlich gesehen alle schwer in Ordnung, weshalb er sich im Studium auch noch keine andere Bleibe gesucht hat.

Jetzt kann er erzählen, und er brennt darauf zu berichten, wo er am Samstag war, sicher mit dem Hintergedanken, eine Botschaft zu verkünden, die blinden Leute etwas anzuagitieren, die anders Denkenden für die neue Sichtweise der politischen Veränderungen zu sensibilisieren.

„Okay, aber nicht unterbrechen! Wenn ihr mir hübsch zuhört und nicht ins Rechthaben verfallt, dann können wir uns später auch die heftige Mucke zusammen zu Gemüte führen. Applaus bitte!“ Die Jubelperser gehorchen.

„Also Kameraden, die Veranstalter sind junge Leute wie wir aus der alternativen Kulturszene, und sie verstehen ihren Ansatz als akustischen und massenhaften Ausdruck eines inneren und äußeren Protests gegen den herrschenden konservativen Kulturbetrieb der Nachkriegszeit in Deutschland, der wie ich meine, mit viel Schmalz und falscher Nostalgie daherkommt.“

Kati wird unruhig und sagt: „He, Rainer, komm zum Punkt, ich muss los!“

Rainer lässt sich nicht beirren und wird in seiner Tonlage eine Spur leiser und bedeutungsvoller. „Das müsst ihr wissen, was den meisten Besuchern nicht klar ist, dieses Festival findet nur wenige Kilometer entfernt“, und er macht eine Geste mit seinen Händen, der den geringen Abstand zeigen soll, „vom heimlichen unheimlichen Weiterleben des braunen Gedankengutes statt, mit anderen Worten nur wenige Schritte vom alten, Ekel erregenden Sumpf entfernt.

Auf den Weserwiesen in Porta Westfalica wird von nun an alljährlich, so ist das geplant, bei jedem Wind und Wetter so ein duftes Festival im Mai veranstaltet. Denkt euch, ein deutsches Woodstock, wie das legendäre beim Vietnamaggressor, unserem Freund, den USA, versteht ihr Nasen? Es gibt eine Bewegung, für die sich viele begeistern werden. Hier und anderswo beginnt etwas, für das sich viele Nachahmer in der BRD und Westberlin finden werden, als Gegenkultur zur Kommerzialisierung der Popmusik!“

Rainer holt tief Luft, um weiter fortzufahren: „Hier werden sich, so ist das geplant, nun alljährlich massenhaft Leute zu friedlichen Zwecken treffen, ihre Musik hören, tanzen, sich lieben, feiern bis zum Umfallen und wir, die Zukunft, die sozialistische Jugend, wir müssen nicht länger den Untergang des Abendlandes befürchten. Ich halte das für ein starkes Zeichen, es ist unser gemeinsamer Ausdruck des Wunsches nach Freiheit und Überwindung von Unterdrückung und Gewalt, der sich ausdrücken darf in der Musik der heutigen Zeit, ein Zeichen gegen den geknebelten Menschen. Nur wer aus dem Schatten kommt, kann das Licht genießen."

Seine Zuhörer fassen es nicht. Dieser stille Rainer, ein beredter Salonagitator? Sie sperren Mund und Augen auf, haben sie ihren Mitbewohner doch noch nie so lange und am Stück reden hören. Und vor allem so engagiert! Sie heben die Gläser, einer seiner Mitbewohner, der versucht witzig zu sein, stimmt die Internationale an, was ihm wegen seiner politischen Orientierung und der sich daraus ergebenden mangelnden Textsicherheit mehr als misslingt.

Rainer muss lachen und sagt zu seinem frisch gebackenen Genossen: „Da ist noch Luft nach oben, dir fehlt noch die Übung, aber für den Anfang, gebongt. Aber hört Genossen, ich habe da was für mich gelernt, jeder muss immer auch etwas für sich lernen. Ich habe beschlossen, ab heute wird gearbeitet, ab heute werde ich mein Leben in die Hand nehmen und richtig studieren, das Gammeln hat ein Ende, wenn wir die Welt verändern wollen, dann nur durch Werktätigkeit."

Rainer schnappt vor Begeisterung über sich selbst nach Luft, wie ein Karpfen und vollendet seinen kleinen Vortrag mit den Worten: „Leute, ihr werdet mich nicht wieder erkennen. Morgen um zehn Uhr werde ich, wenn ich, so Gott will, mit seiner Güte einen freien Parkplatz finde, die Anfängervorlesung, das wird nämlich Zeit, ist scheinfähig, von Professor Metzger besuchen, einem der größten Gestaltpsychologen in Deutschland und der Welt, der hier in Münster lehrt. Und der ist, wie ich auch, ein Krüppel, ein Gnom, der sitzt während seiner Veranstaltung auf einem Barhocker, ein Bild für die Götter! So, Genossen, hoch die Tassen, hoch die Flossen!"

Seine Wohngemeinschaftsgenossen halten schwer beeindruckt die Luft an, scheint Rainer doch vom Saulus zum Paulus gewandelt zu sein, von einem Gammler zu einem strebsamen Studenten, und das offensichtlich „nur“ durch ein Konzert!

„Übrigens“, fährt Rainer eifrig fort, „der Metzger, der ist damals, als es ums Demonstrieren ging gegen den Vietnamkrieg, gegen den Muff von hundert Jahren unter den Talaren, im offenen VW-Kabrio mitgefahren. Welcher von euren arroganten Juraprofessoren hat das wohl getan? Die paktieren doch alle mit dem Kapital, aber ich lasse mich gerne belehren, ich höre?“ Und Rainer hält seine Hände hinter die Ohren und ist mit dem Schweigen der Männer vorerst zufrieden.

Kati steht schon in der Küchentür, gestiefelt und gespornt, murmelt etwas von „Schnauze voll von dieser männlichen Sprachgewalt“ und von einem „wichtigen Termin bei Marx und Co“ und zischt ab.

Rainer ahnt, die Frauenfrage wird auch für ihn auf Dauer kein „Nebenwiderspruch“ bleiben können, und irgendwie freut ihn das auch. Er freut sich auch darauf, in drei Wochen sein erstes klinisches Praktikum antreten zu dürfen, ein wenig mehr Einblick in seine zukünftige Arbeit wird ihm gut tun. Was er jedoch auch nicht weiß, dass er in drei Wochen ganz andere zwischenmenschliche Erfahrungswelten betreten darf.

Sie, die zukünftige Ehefrau und Mutter zweier gemeinsamer Kinder, hat eine angenehme Stimme, sinnliche Lippen und eine wunderschöne Figur, kommt aus Bayern und mag auch die Musik, die er ihr auf dem Kassettenrecorder vorspielen darf, sozusagen als Vorspiel. Wie alles im Leben hat auch ein Vorspiel ein Nachspiel, ein Grund mehr sich anzustrengen, damit er sein Diplom so schnell wie möglich erwirbt, um mit Kind und Kegel ein Bürgerleben zu beginnen. Ein Leben, in dem alles geschehen kann, nur nicht, dass er sein Umsonst und Draußen vergisst. Dann darf er sein neues Leben genießen, was ihm rundum guttun wird.

Viele seiner Lebenspläne hat er nicht realisiert. Die Welt verändern zu wollen, ist das naive Privileg der Jugend geblieben, es nicht zu bewirken, gehört zum Erwachsenwerden dazu, wie auch dazu gehört, seinen Glauben an das Gute im Menschen zu behalten und mit dem Wissen umzugehen, dass es auch das Böse in der Welt weiter und weiter geben wird.

Und so sagt er sich heute ein wenig stolz: „Ich werde nicht aufhören, an positive Veränderungen zu glauben, und viele meiner wichtigen Lebensthemen sind mir geblieben, gegen rechts, für links, für Schwache und Bedürftige, für zivile Courage, mein Herz offen zu halten, nicht hart, freudlos und finster zu werden, sondern die Freuden der Welt zu genießen und vor allem meine Neugierde mit neuen Erfahrungen zu füttern. Denn wenn diese Neugierde aufhört, mein Motor zu sein, dann kann ich einpacken, das schwöre ich mir und meinem alten Professor, diesem lebensfrohen und streitfreudigen und klugen Gnom, der sich als einäugiger und farbenblinder Mensch getraut hat, als empirisch forschender Psychologe das Weltbild der Wahrnehmungspsychologie zu revolutionieren. Hut ab, Herr Professor, Sie haben mir den Weg gezeigt!“

Welch ein Reichtum ist es, Vorbilder zu haben und sie in sich tragen zu dürfen, wie Flügel, die einen über die Berge und Klüfte tragen.

Seitdem er die SCHÖNHEIT zum ersten Mal sehen und sich entwickeln lassen durfte, sind viele Jahre vergangen, und doch ist ihm das Ereignis in fabelhaft unveränderter Stärke in seiner Erinnerung lebendig und wirksam.
Die Geburt eines Menschenkindes ist ein Wunder, und im ersten Moment, wo das Kind das Licht der Welt erblickt, zeigt sich für ihn eine wahre Schönheit, dieser sogenannten Aura begegnet er in seiner Tauftätigkeit immer wieder, und als er diesen Moment zum ersten Mal sehen und aufnehmen kann, überfällt ihn die Sucht, ihn immer und immer wieder zu reproduzieren.

Lange steht er, wie fast an jedem Abend, vor seiner Galerie und merkt, er kann sich nicht satt sehen. Mit den Augen betastet er immer wieder die Gesichtszüge, folgt den Spuren des aktuellen Geschehens, ist erheitert oder auch betrübt, je nachdem, welche Stimmung er wahrnimmt.
Seine Bilder brauchen für ihn keinerlei Interpretation, sie spiegeln unverfälscht, sind ehrlich und beredt.

3 Üble Nachrede

Erst gegen Abend wird es allmählich still in dem tagsüber so geschäftigen Haus, bis man von unten im Wohnzimmer nur noch das Ticken der großen Standuhr vernimmt, die, wie um Kraft für ihren triumphierenden Auftritt zu sammeln, zu jeder vollen Stunde verkündet, wie sinnlos es ist, mit der Lebenszeit um die Wette zu kämpfen.

Hans-Christian liegt in seinem Bett und kann nicht schlafen. Schon seit einiger Zeit, viel zu lange schon, ist das so, fast jeden Abend. Lange wälzt er sich, vor seiner inneren Unruhe fliehend, hin und her. Er schwitzt, er atmet schwer, er fürchtet die Dunkelheit, die Finsternis, er fürchtet sich davor, dass sie den verbirgt, der vor seiner Tür steht.

Der Junge schläft ganz oben unter dem Dach im elterlichen Haus, und er fürchtet sich. Er hat Angst „vor dem schwarzen Mann", dass dort im Türschatten etwas verborgen ist, jemand lauert, der nur darauf wartet, dass er eingeschlafen ist, um ihn dann zu überfallen. Was dann weiter geschehen könnte, kann er nicht denken, mag er sich nicht vorstellen, nur dass er dann verloren sein wird.

Er macht das Licht an in der vagen Hoffnung, das Licht könne die Angst ein wenig bannen, macht es aber sofort wieder aus, er könnte ja entdeckt werden. Das wäre in den Augen seines Vaters Verschwendung.

Gestern hat er mal wieder die Tür abgeschlossen, das hat ihm aber auch nichts geholfen. Ganz im Gegenteil, er fühlt sich dadurch eingesperrt, weggeschlossen. Er möchte weinen, schreien, die Panik kommt ihm riesig vor, ein Druck, der auf ihm lastet.

Ist diese Angst vor der Tür, im Keller, im Treppenhaus oder ist sie in mir, denkt er. Oder kommt sie aus dem Nachbarhaus, von nebenan durch die Wand? Nebenan, wo so ein Finstermann wohnt, der seltsame Nachbar Herr Hohnermeier, der sich immer in seinem Haus versteckt hält, der früher einmal Schneider war, in Tuchsachen, und der wohl im Gefängnis gesessen hat, wie Oma erzählt hat.

Oma ist tot, seit zwei Jahren schon. Sie hat lange im Nebenraum gelegen, des Nachts konnte er sie manchmal rufen hören: „ER soll mich holen, hat ER mich vergessen?" Jetzt ist das Zimmer leer.

Manchmal war Herr Hohnermeier auf der Straße zu sehen gewesen, immer mit einem uralten Karren, immer hat er nach unten gesehen. Hans-Christian ging ihm schnell aus dem Weg, und dann stapfte dieser unheimliche Nachbar an ihm vorbei, erwiderte keinen seiner Grüße.

Einmal hat es nebenan sogar einen Überfall gegeben: Da sind Fremde ins Haus eingestiegen, und der alte Hohnermeier hat, um sich zu retten, auf einer Posaune geblasen, aus dem geöffneten Fenster hinaus auf den Hof. Da muss dann die Polizei gekommen sein und ein Krankenwagen, denn der Einbrecher hat dem Schneider mit einem Knüppel auf den Kopf geschlagen. Und niemand war da, der mit ihm darüber gesprochen hat. Totschweigen, kann man etwas totschweigen? Hans-Christian weiß es nicht.

„Wo geht das Vergessene hin?", fragt er sich. Und sein Herz klopft laut. Das Bett wird mir langsam zu klein, denkt er, ich muss mit Mama sprechen. Die wird auf mich hören, aber ob sie etwas zu ändern vermag, mir helfen kann, weiß ich nicht. Vater wird mich nicht anhören, der wird mich nicht ansehen, stumm bleiben, den interessiert nur, was ich leiste. So war und ist es immer, so wird es bleiben, und er fühlt wieder die Ohnmacht aufziehen, wie eine Kaltfront. Und die Sätze seines Vaters haben sich in seinen jungen Körper eingebrannt. Mein Vater der Riese, der Übermensch: „Hast du was, so bist du was!“ Hans-Christian sinkt endlich in Morpheus gnädige Umarmung.

In der Kleinstadt Lemgo hat seine Familie an der Hauptstraße ein angesehenes Geschäft mit langer Tradition. Man verkauft in der zweiten Generation edles Porzellan, geschliffenes Glas, bestickte Decken, ausgewählten Schmuck, aber auch allerlei Geschenkartikel, Figuren und Staubfänger, und das alles in einem respektablen Bürgerhaus mit ausladender Schaufensterfront. Wenn Hans-Christian auf die Straße geht, spürt er, wie sich sofort seine Gesichtsmuskulatur verspannt und er sich gerade hält, manchmal kann er kaum schlucken. Hans-Christian ist für seine knapp dreizehn Jahre sehr groß und er denkt, dass ihn die Leute sofort erkennen.

„Halt dich gerade, Junge!“

Am Sonntag, wie jeden Sonntag, geht Hans-Christian mit seiner ganzen Familie nach draußen, mit den beiden jüngeren Brüdern Johannes und Markus, mit Vater und Mutter Hanselmann zur Kirche. Es ist ein starker gemeinsamer Auftritt, geschlossen und respektabel.

Seine beiden Eltern sind große, stattliche Menschen, Hans-Christian fühlt einen Stolz. Er wird der Erbe des elterlichen Geschäfts sein, das ist schon mal klar. Aber will er das? Dreizehn Jahre alt, die Zeit verrinnt, bald muss er sich entscheiden. Aber hat er die Entscheidungsfreiheit? Noch hat er Zeit, aber dann sieht er den Weg unabwendbar vor sich: Nach der Handelsschule wird die Lehre zum Einzelhandelskaufmann kommen. Sicher in einer größeren Stadt, in Münster oder Paderborn, dann später wird er zurückkommen müssen, zur Mitarbeit im elterlichen Geschäft, um es später zu übernehmen, wenn die Eltern sich zurückziehen werden.

Vieles ist vorgegeben. Manchmal fragt sich Hans-Christian, was will ich eigentlich?

Fragt ihn jemand? Nein, niemand fragt ihn.

„Das Geschäft, das übernimmst später du!“ Dieser väterliche Auftrag, verbunden mit der seltenen körperlichen Berührung an der Schulter, schwebt über ihm wie ein Damoklesschwert, unentrinnbar.

Er hört so gern Swing, mehr oder weniger heimlich, aber nie zu laut, denn Vater mag das amerikanische Gedudel nicht so, das ist „Negermusik“, Mutter sagt zu ihm warnend: „Vater braucht seine Ruhe, du weißt, Hans-Christian, das Geschäft, Vater hasst Unruhe im Haus!“

Es ist kurz vor zehn, die Glocken donnern gewaltig, als ob sie sich im Endspurt befänden. Durch die schmalen Gassen der Innenstadt eilt die Familie, sie möchte nicht zu spät kommen, aber Familien brauchen einfach so ihre Zeit, bis sie gemeinsam und wohlgeordnet an ihr Ziel gelangen.

Es nieselt, jedoch nicht so, dass jemand einen Schirm braucht. „Össelwetter“, wie man in Lippe sagt.

Vater und Mutter Hanselmann gehen vorneweg, Hans-Christian, Johannes und Markus folgen nach. Von allen Seiten wird die Familie freundlich gegrüßt. Die Hanselmanns sind beliebte und angesehene Bürger der Stadt Lemgo. Hans-Christian fühlt sich zwar angespannt wie immer, jetzt aber im Kreise seiner Familie aufgehobener. Seine Angst wird erst wiederkommen, wenn es dunkel ist und er alleine abends im Bett liegt.

In der Kirche wird es still, als die Glocken schweigen und der Pfarrer von St. Pauli vom Seitenschiff her auftritt. Dann kommt von oben die Orgel, wie eine neue Dimension, Hans-Christian schließt die Augen, er fliegt mithilfe der Töne davon.

Dann stößt ihn Markus leicht von der Seite mit dem Ellbogen in die Rippen, deutet zum Pfarrer, der da vorne steht, groß und gewichtig, zeigt nach unten, hält sich mit der anderen Hand demonstrativ die Nase zu und sagt halblaut: „Er hat da was kleben.“

Und wirklich, die Familie sitzt zwar in der dritten Reihe, ganz vorne sitzen die reichsten Familien auf ihren Stammplätzen, aber

Hans-Christian kann es jetzt auch sehen. Eindeutig Scheiße, echte Scheiße.

Der Herr Pfarrer muss auf seinem kurzen Weg vom Pfarrhaus in die Sakristei in einen bedeutsamen Hundehaufen getreten sein und hat es offensichtlich nicht bemerkt. Nun ist die Kirche zu seinem Glück in Lemgo hoch und weit und nur wenige haben so viel Spaß am Unernst wie Markus und seine Brüder, und so bleibt die Unrat zunächst unbekannt, bis man es in Lemgo sagen hört. „Der neue Pfarrer hat wohl Dreck am Stecken, son Schiet auch."

Der neue Pfarrer weiß noch nicht, ob er bleiben wird, und vor allem, ob er es kann, denn es gibt so ein fatales Klima in der Gemeinde, in dem nichts vergessen wird. Was man einmal angehängt bekommen hat, das hat einen Halbzeitwert von mindestens einem Lebensrund. Und, wenn man das vererbt, dann klebt es weiter und weiter und weiter ...

Als die Familie nach dem Kirchgang draußen vorm Portal der Kirche steht, erzählen die Jungs unter lautem Lachen, was sie gesehen haben. Vater schmunzelt leicht und sagt: „Na, wo ist denn unser Herr Pastor Dreckspatz?"

Das übliche Händeschütteln zwischen Pfarrer und Gemeinde ist heute ausgefallen. Die Gemeinde ist nachtragend, nennen den Neuen hochnäsig, und so einer bleibt nie lange, dafür wird die Gemeinde sorgen, so etwas spricht sich rum und auch, wenn nichts dran ist, die Leute denken weiter so, einmal daneben, immer daneben, einmal unrein, immer unrein. „Merk dir das mein Junge!" Vaters Stimme hallt nach.

Auch viele Jahre später, als der Sohn vom alten Pfarrer seinen Vater beerbt, bleibt etwas hängen, man könnte sagen, der Auftrag, keine Fehler machen zu dürfen. Und ein jeder weiß, man kann nur das ganze Erbe annehmen, nicht nur die Rosinen aus dem Kuchen.

Der große Krieg ist schon einige Jahre vorbei. Hans-Christians Vater hat als Soldat in Frankreich und später dort als Kriegsgefangener auf einem Bauernhof überlebt, hat sich dort verliebt, aber er musste dann doch zurück. Ein Hanselmann schleicht sich nicht einfach so davon, ein Hanselmann erfüllt seine Pflicht, und wenn es das Glück kostet.

Lemgo ist nicht so hart betroffen, als die Bomber kamen, Bielefeld brannte. Die Familie hatte nur einen „Verlust", es ist Fritz, der jüngere Bruder von Vater, der Musik studieren wollte. Der war als Soldat in Afrika und ist dort geblieben. Marrakesch, ein Name, von dem Hans-Christian in dem Zusammenhang gehört hat, klingt für ihn wie Musik. Rommels Truppe hat er nichts mehr genutzt und der Musik auch nicht, oder doch?

Der Onkel scheint seinem Neffen Hans-Christian eine Botschaft hinterlassen zu haben. „Junge, du darfst lieben, du darfst die Musik haben, ich erlaube es dir, trag meine Botschaft in die Welt, ich kann es nicht mehr, ich musste sterben!"

Hans-Christian denkt an das Foto, das in der nostalgischen Ecke der Erinnerungen im Wohnzimmer steht. Onkel Fritz sitzt ganz versunken am Klavier, vertieft in seine musikalische Welt, so wie es aussieht. Sein Bild steht ganz außen, halb verdeckt. Ansonsten zeigen die anderen Familienfotos mehr oder weniger steife deutsche Ordentlichkeit, aufgereiht nach einem inneren Prinzip, das Hans-Christian noch nicht versteht, aber, wie er weiß, verstehen lernen soll.

In so einem Geschäftshaushalt wie bei den Hanselmanns gibt es ein Innen und ein Außen. Der Kunde geht vor, dann kommen das Geschäft und dann erst der Mensch mit seinen Talenten. Immer. Hans-Christian ahnt es und weiß das genau.

Der Einzige, der sich nicht gefügt hat, sein musikalischer Onkel, der kam nicht aus dem Krieg zurück, und will er enden wie der? Hans-Christian spürt die Last, die auf ihm liegt, sie wiegt schwer in seinem Leben.

Hans-Christian fühlt sich dem Onkel verwandt und weiß, dass er sich ganz der Musik hingeben könnte, wenn er dürfte.

Erst später kann er es ganz verstehen, dann, als er sich die Erlaubnis holen darf.

Die Sehnsucht, mit der Orgel die Gemeinde in die Hand zu nehmen, das Gerede zum Verstummen zu bringen, ihre Seelen durch ein virtuoses Gedröhne zu erschüttern, die Selbstgefälligkeit des Volkes infrage zu stellen, damit das Gelächter verstummt, Bach und Händel den Nichtskönnern um die Ohren zu hauen und unliebsame Stimmen zum Schweigen zu bringen, diese innere Freude hat ihn begleitet, all die Jahre, in denen er später hinterm Tresen den Geschenkwünschen seiner Kundschaft nachgeeilt ist, devot und abhängig von den gerümpften Nasen und dem kitschigen Unsinn, den das Volk betäubt. Das, was Musik von der Orgel gedonnert bewirken kann, hat er als ein Wunderwerk erlebt, dieses Gefühl hat er sich bewahren können, und es hat sich erst wieder zeigen können, zunächst vorsichtig und dann mit Macht, nachdem der Vater nach langer Leidenszeit gestorben ist.

Dann kann er, frei wie ein Vogel, sich bei einem Organisten an der Musikhochschule in Detmold ausbilden lassen, zunächst die Angst, dann die Scham, dann die Schuld, dann der Tod und nun kann er die Bürde, das Geschäft und damit das schwere familiäre Erbe, was er schon lange übernommen hat, abstreifen und sein Selbst finden.

Dort oben über der Gemeinde, über dem Pfarrer, über dem dummen Gerede und Gezeter der banalen und dreisten Volksmusik, die unser Gehör beleidigt, dort kann er endlich aufspielen, am reich gedeckten Olymp der geistlichen Musik speisen, die anderen zu Tisch bitten und dort sitzen, wie ein König, die Augen schließen und seine sensiblen Hände auf die kühle Tastatur legen und solange ruhen lassen, bis sie wie von selbst das Zepter in die Hand nehmen und den hohen Raum mit imposanten Klangbildern bevölkern ... und dann, ja und dann kann er sich den lang ersehnten, lang gehegten und sorgfältig versteckten Lebenstraum erfüllen.

Der Organist spielt auf, und die Seelen derer, die ihre Ohren offen halten, finden Platz in dem weiten hohen See der Emotionen.

Wenn er heute seine Erinnerung befragt, dann ist das Geburtserlebnis der Anfang gewesen.
Manch einer würde vielleicht die Pubertät vermuten, er aber erkennt hier den Ursprung seiner Bildersucht, damals begann die Sucht, was von Suche kommt, der Suche nach der SCHÖNHEIT.
Im Laufe der Jahre hat sich das Objekt zwar verändert, aber seine Suche ist im Kern dieselbe geblieben. Sie gehört weiter ihm, er ist betört, ohne dass sie es weiß, vielleicht ahnt sie manchmal etwas, aber das macht die heimliche Suche noch reizvoller.

4 Sippenhaft nicht abgeschafft

Es ist kurz vor sechs Uhr, der Pfarrer von St. Pauli ist auf dem schnellsten Wege zu seiner Kirche mitten in Lemgo unterwegs. Er muss punkt sieben Uhr die Abendandacht halten, heute aber ist er verspätet und deshalb sehr in Eile. Es ärgert ihn deshalb besonders, dass er nicht alleine ist und Rücksicht nehmen muss. Neben ihm geht Martin, sein Junge, der Älteste seiner Kinder. Martin ist jetzt dreizehn Jahre alt und noch nicht in der Pubertät. Deshalb kann er auch mit den weit ausholenden Schritten seines Vaters, der mit seinen langen Beinen gnadenlos vorwärts stürmt, nur mit aller Mühe mithalten.

Martin fühlt sich getrieben, fremd bestimmt, er möchte lieber trödeln, in seinem eigenen Tempo den Weg nehmen. Innerlich sträubt sich etwas in ihm. Immer soll ich Vater begleiten, warum nicht meine Brüder? Die dürfen tun und lassen, was sie wollen. Immer der gerade Weg zur Kirche, dieser Weg langweilt mich, denkt er ärgerlich und kneift seinen Mund zusammen, bis er ihm wehtut.

Er empfindet diesen Weg so abgenutzt wie die Kirchenbank,

auf die er sich gleich setzen muss, direkt vor der hohen Kanzel, in Vaters direktem Sichtfeld. Ein, zwei Stunden, manchmal auch länger, Stunden, die sich hinziehen wie klebriger Honig, den er so gerne im Keller aus einem Glas schöpft. Klebrige Stunden des Aushaltens, Sitzenbleibens, mit dem inneren Befehl, sich nicht groß bewegen zu dürfen. Jeden Sonntag, jeden Feiertag diese vergeudeten Stunden, bis Vater sicher ist, dass die Wucht seiner zornigen Worte auch den letzten Penner, den letzten satten Bürger erreicht und nachhaltig verstört hat.

Wie viel leichter, denkt Martin bitter, haben es da doch die Katholischen! Zum einen gibt es gar keine gequälten Kinder vom Pfaffen, und zum anderen darf die Gemeinde, zwischen den heiligen lateinischen Vokabeln und dem langweiligen Gelaber von vorne, aufspringen, rumgrölen, auf die Knie fallen, sich bekreuzigen und bekommt dazu noch gratis eine würdige Show geboten, so mit langen, Gold verzierten Gewändern, mit duftendem Weihrauch und lustigem Schellengeläut, mit Messdienern und Chorknaben.

Bei uns armseligen Protestanten dagegen, da darf man sich erst rühren, wenn der Vater das Vaterunser in den Mund nimmt, „wie auch wir vergeben unseren ...“, dann erst werde ich erlöst, „unseren Sündigern“ ... darf mich auf die Freiheit freuen, mich frei zu bewegen, lossausen, wie schnell meine Beine mich tragen wollen. „Denn Dein ist das Reich und die Kraft und die Herrlichkeit, in Ewigkeit, AMEN!“

So weit ist es aber noch lange nicht, und ein bitterer Unwillen gärt in ihm hoch, bitter wie Galle. Wohin geht mein Zorn, trifft es andere oder fällt er zurück auf mich ... ich muss mich mal mit Hans-Christian darüber unterhalten, der wird mich verstehen!

Jetzt aber muss er Vater folgen, wie das Lamm zur Schlachtbank, das weiß er, er muss mitgehen, und so stapfen sie Seite an Seite durch die schmalen Gassen der Innenstadt von Lemgo, wobei der Rhythmus ihrer Schritte das Kopfsteinpflaster wie ein Stakkato bearbeitet, wie die Schläge mit einem Teppichklopfer den staubigen Teppich.

Der vertraute, gewohnte Anblick der besonderen Stadtarchitektur seiner Heimatstadt lässt den Jungen kalt, wie Juwelen, die vom alltäglichen Getragenwerden ihren wahren Wert für den, der sie benutzt, mit der Zeit verlieren. Der Wert kehrt erst dann zurück, wenn das Kleinod für immer verloren ist, leichtfertig in einem Gulli auf der Straße des Lebens verschwunden.

„Träum nicht, Bengel, los marsch!“ Vaters Stimme hat die Schärfe eines Peitschenhiebes. „Peng“, und Martin duckt sich automatisch zwischen seine Schultern.

Aus einem Torbogen kommt dem Pfarrer und seinem Sohn ein Trupp freier, lebenslustiger Straßenjungen, alle in Martins Alter, entgegen. Martin sieht sie voll Neid an, können die doch tun und lassen, was sie wollen. Als Vater und Sohn mit den Halbwüchsigen auf einer Höhe sind, halten sich die Bengels, als ob sie einem inneren Drang gehorchen würden, demonstrativ die Nasen zu.

Martin versucht die Gleichaltrigen nicht direkt anzusehen, erkennt er doch einige Gesichter aus der Schule. Er schaut zur Seite und hält seinen Kopf noch tiefer gesenkt. So ein Mauseloch, das würde ihm jetzt gefallen, und er verlangsamt, wie auf der Suche nach einer Fluchtgelegenheit, die Gehgeschwindigkeit.

„Komm, Junge, trödele nicht rum, die Gemeinde wartet nicht, wir müssen weiter. Wir haben uns beim Krankenbesuch beim alten Sünder Rohleder, diesem Suffkopf, arg verspätet. Gott sei seiner verdorbenen Seele gnädig! Und, i bah, ich musste doch noch diesen widerlich klebrigen Topfkuchen von seiner Frau Hermine essen, sollte ich Nein sagen?“ Martin kennt das schon von seinem Vater, dass der so bitter mit sich selbst spricht und scheinbar keinerlei Antworten erwartet, die letzten Worte quollen aus ihm heraus wie verdorbener Fisch, und seine Schritte werden noch länger, noch schneller.

Martin kommt kaum hinterher, und als der Vater ihn obendrein noch kräftig mit sich zieht, verstolpert sich der Junge und fällt auf den harten Boden, sodass seine Unterlippe zu bluten anfängt. „Verdammte Scheiße!“, entfährt es dem Gottesmann, als er seinen Sohn wieder nach oben zieht.

„Scheißer, Scheißer, unser Herr hat Scheiß am Bein, das weiß doch jedes arme Schwein, Scheißer, Scheißer", grölen die Gassenjungen im Chor im höhnischen Stimmbruchsingsang, wieder und immer wieder. Martin möchte sich die Ohren zuhalten, aber der Zugriff vom Vater steigert sich, sodass sein Spielraum noch kleiner wird.

Jetzt reißt dem Vater der Geduldsfaden endgültig, und er packt seinen Sohn so fest, dass er ihm fast die Schulter ausrenkt. Martin schreit auf vor Schmerz. Da hat sein Vater plötzlich das Gezerre und Gezeter satt, lässt seinen Sohn unvermittelt los und rennt alleine weiter.

Die frechen Knaben lachen und johlen hinter dem Flüchtigen her, und einer dreht sich sogar um und entblößt ganz kurz sein Hinterteil, ein weißer Kinderpopo leuchtet kurz auf, und das Gelächter der Blagen klingt noch höhnischer die Gasse entlang als zuvor. Es hallt wider zwischen den eng an eng stehenden Häusern, verfängt sich zwischen den hohen Giebeln und gellt nach, bis zum Kirchturm, wo eine Reihe schwarzer Vögel, Elstern, die sich gerne dort niederlassen, um alles im Blick zu haben, erschreckt auffliegt und wie eine durchscheinende Wolke einmal den Kirchturm umkreist, um sich aber bald wieder auf einem der großen Bäume am Stadtrand von Lemgo niederzulassen, so als ob sie dort nur auf ein neuerliches Signal zum Zurückflattern warteten.

Martin bleibt stehen, er schämt sich, ist außer Atem, allein, von allen verlassen und verhöhnt. All seine Energie ist aus seinem Körper gewichen und ein Gefühl von Leere lähmt seinen Geist. Längere Zeit verharrt er in der Erstarrung, dann sieht er, dass sein Vater, wie ein von Hunden gejagter Rotfuchs, in seinem „Bau", dem hohen Portal der Kirche, verschwindet.

Einen kurzen Moment fühlt Martin sich erlöst, er verlangsamt seine Schritte, bis ihm die Kirchenglocken, wie untereinander abgesprochen, alle zusammen trommelnd ihm zurufen: „Komm, kommt alle und lobpreistet den HERRN!"

Und alle, die hören können, werden vom unerbittlichen Getöse herbeizitiert, er und auch die anderen gläubigen Christen. Und es ist ein unbedingter Befehl, dem sich zu entziehen keiner traut, der keinen Widerspruch duldet. Wer will schon auf seinen Sünden und seiner Schuld sitzen bleiben? Zum Juden werden, der mit Zins und Zinseszins arbeitet, das darf kein wahrer Christ.

Der Innenraum der Kirche wird wie jeden Sonntag bis zur letzten Bank voll werden. Dort zu fehlen ist Sünde, und Sünde ist nicht vorgesehen in dieser properen Bürgerstadt. Martin wankt wie vergessen hinter seinem verschwundenen Vater her, in den Ohren schmerzt noch das hämische Lachen der Blagen, bohrt sich in sein Selbstvertrauen und sendet Hilferufe, die niemand hören will.

Er schwört ihnen und der Welt sich beizeiten zu rächen und nimmt seinen Schwur mit in das Gotteshaus, noch ehe die schwere, eisenbeschlagene Kirchentür hinter ihm zufällt. Das Gelächter ist erstickt, der Glaube hat die Oberhand gewonnen, und das gemeine Gelächter der Gosse, die gemeine, dumme Welt ist verstummt.

Begleitet wird seine plötzliche Befreiung durch das fulminante Einsetzen der Orgel, sie hat die alleinige Kraft und die Stärke, seine Zweifel an sich und seinen Gefühlen von Mut und Hoffnung zum Schweigen zu bringen. Jetzt kehrt in Martin die Kraft zurück, und als sein Vater mit seiner vollen Baritonstimme das Wort verkündet, ist er, gegen seinen Willen, gefangen in dem, was die Bibel sagt: „Am Anfang war das Wort!“ Die Finsternis aus der sündigen Welt zu vertreiben, erscheint ihm in diesem Moment der einzige Weg, um Angst und Zorn aus seiner Seele zu vertreiben.

Als Martin zur Seite sieht, erblickt er Hans-Christian. Ihre Blicke kreuzen sich, und Hans-Christian scheint ihm etwas sagen zu wollen. Stumm, verbunden in einem gemeinsamen Schicksal.

Martin erinnert sich an den letzten Kirchgang, da ist geschehen, was die dummen Jungen draußen inszenierten, voller Abscheu!

Da kam das Übel von ihm zu allen Gemeindemitgliedern, davon waren sie überzeugt. Der Herr Pfarrer hat den Leibhaftigen gesehen, und der hat ihn berührt. Seht, wie er riecht, alle riechen es, auch sein Freund Hans-Christian! Und die Kirchenluft ist geschwängert von diesem widerlich haftenden, hässlichen Gestank, eine Beleidigung für jedes Riechorgan. Nur er, der riecht nichts, hat nichts gerochen.

Als ob er nicht von hier ist, hoch die Nase, geht er über den Hof. Sein Vater sieht den Kackhaufen nicht, tritt hinein wie ein dummer Junge. Schaut mal wieder nach oben, in seine geistige, abgehobene, jenseitige Welt, schwebt dort, statt nach unten zu sehen, wie es alle tun, die reumütig sind, er nimmt nicht wahr, wo das wirkliche Leben stattfindet, sein Blick ist, wie immer, zu IHM gerichtet.

Wer soll dafür büßen? Die Antwort liegt in aller Nase.

5 Vater, warum hast du mich verlassen?

Wir schreiben das Jahr 1973. Es ist November. Ein mittelgroßer PKW fährt auf der Autobahn. Die Autobahn, für manche unverbesserliche Volksgenossen ein Symbol für das, was der Führer uns neben der unvorstellbaren Menschenmenge von geschätzten 50 Millionen Toten hinterlassen hat.

Anders als in den heutigen Tagen ist die gesamte zweispurige Fahrbahn fast leer. Der Wagen fährt, als ob er zögere. Es scheint so, als habe er keinen Rückenwind, der ihn beflügelt, es scheint, als ob der Fahrer nicht weiß, ob er sein Ziel jemals erreichen möchte, hat er doch eine Fracht, die er abliefern soll, von der er sich aber eigentlich nicht trennen möchte. Er handelt gegen seine Liebe und gegen seinen Schmerz, den er seiner Lebtag lang haben wird. Ich bin ein verdammter Verräter, denkt er und nimmt etwas Gas weg. Hinten, hinter ihm im Wagen sitzen seine zwei Kinder. Im Rückspiegel sieht er nur ihre Köpfe.

Die Kinder schauen mit leeren Blicken zurück, als ob sie etwas ahnen würden von dem, was geschehen wird. Es geht auf den Abend zu. Ein leichter Dunst liegt über den Feldern rechts und links der Betonpiste. Es riecht nach Abschied.

Der geahnte Abschied steht vor seiner Schwester und dem jüngeren Bruder wie eine stumme Wand. Vorne am Steuer der Fahrer, der gegen seinen Willen den Weg und das Ziel vorgibt. Der Abschied steht vor ihm und vor seinen Kindern, die bald nicht mehr auf seinem Lebensplan stehen werden. Für alle beginnt heute ein neuer Lebensabschnitt, dessen Drehbuch gerade geschrieben wird, aber nicht mehr von den dreien, sondern von anderen, und der Titel lautet: Heimunterbringung, Fremdunterbringung, Betreuungsvertrag. Das Wort „treu" wird eine neue Bedeutung bekommen. Wenn Treue etwas mit Vertrauen und Freundschaft zu tun hatte, so ist das jetzt Schnee von gestern.

Ein besonderes Kapitel institutioneller Sozialisation. Man legt die Zukunft der eigenen Kinder in die Hände der kirchlichen oder der staatlichen Heime, wenn der Verbleib in der Herkunftsfamilie nicht mehr sinnvoll oder gesichert erscheint. Ein ganz normaler Akt zur Produktion ganz normaler Mitbürger, oder?

Dem Vater ist nicht wohl, aber er gibt Gas, denn er sollte vor dem Abendessen wieder zu Hause sein. Einen Abschiedsblick hat aber er sich doch noch gegönnt. Er sieht in einem riesengroßen Speisesaal viele Kinderköpfe tief über ihre Suppe geneigt, es ist still im Raum, alle essen manierlich. Der Vater reibt sich die Hände aneinander, als er ob er etwas loswerden will, vielleicht seine Schuld? Nein, seine Kinder sind nicht zu entdecken, sie sind in der Masse verschwunden. Für immer?

Deutschland ist ein so familienfreundliches und auch kinderfreundliches Land, darum werden sich die beiden auf dem Rücksitz in ihrem Leben auch am liebsten später in Südeuropa aufhalten, weil da die Menschen netter und freier sind und einen zum Beispiel am Strand an der Costa del Sol durchaus anlächeln, nur weil man da ist.

Die ganze Gefährlichkeit der Heimerziehung für Leib und Seele der Insassen, die wird erst in den späten Siebzigerjahren publik, und alle sind über das erwartete Urteil erstaunt, geloben Besserung und vergessen ihr Versprechen, bis die Heimerziehung in der damaligen Form abgeschafft wird.

In der Realität der damaligen Heimerziehung wird in einer pädagogischen Perversion der autoritäre Geist einer braunschwarzen Erziehungskonzeption ungebremst bis in die späten Siebzigerjahre fortgesetzt, werden aus Kindern gehorsame Befehlsempfänger gemacht, ein Vorgang, der der Zukunft der gerade entstehenden Demokratie entgegenläuft.

Erst der Beginn der Infragestellung der bisherigen Auffassung von kindgerechter Erziehung durch die antiautoritären Konzeptionen nimmt diesen Heimen ihre Existenzberechtigung. In den Köpfen der Menschen allerdings dauert es noch eine weitere Generation, bis sich dort wünschenswerte Veränderungen abspielen werden.

Zurück auf der Autobahn stellen sich viele Fragen an den Lenker des Wagens, der gerade dabei ist, seinen Vaterjob abzugeben. Als die Kinder fragen, „Papa, wann sind wir endlich da?“, gibt er Gas und hofft, dass diese schmutzige Arbeit bald erledigt ist.

Warum? Wenn er das so genau wüsste. Er wollte nie eigene Kinder haben, beide Kinder waren „Unfälle“. Einmal ist das Kondom geplatzt, das andere Mal gab es kein verfügbares und die Natur hat gesprochen. Schlechtes Gewissen? Was ist das um Gottes Willen. Er hat die Kinder nicht verhungern lassen, jetzt aber ist seine Anwesenheit nicht mehr nötig. Was braucht der Mensch? Ein Bett und einen Löffel, den er zuletzt abgeben wird. Dann wird ein Bett frei, das genügt. Der Mensch ist, was er isst! So einfach ist das doch, oder?

Hat er andere Pläne, plant er die Zukunft ohne seine Vergangenheit? Es gibt ein Leben jenseits der hohen Mauer, jenseits der letzten Tür. Warum?

Geht es nicht anders? Stimmt das wirklich? Haben wir nicht immer eine Wahl, eine, die uns das Herz abnimmt, wenn schon der Verstand nicht bei Troste ist?

Die Kindsmutter, wo ist die eigentlich geblieben? Die hat getrunken, wenn er auf der Arbeit war, so blieben die Kinder alleine, dann doch besser ein Großwerden unter Aufsicht mit festen Regeln und hoher Verbindlichkeit.

Das Amt hat geholfen. Die zuständige Mitarbeiterin hat ein Gutachten erstellen lassen. Na, gut war es nicht, nomen nisi est omen!

Die Mutter neige zur Gewalttätigkeit. Einmal habe sie eine große Spitzhacke geschwungen, das habe eine Nachbarin beobachtet. Vielleicht verrückt, ab in die Anstalt, wegsperren für immer, aber denkste. Der, der wegkommt, wird vom eigenen Vater abgeführt wie ein Verbrecher?

Vorsorgliche Unterbringung, Besserungsanstalt, besser, man schreitet vorsorglich ein, aus Sorge, es könne Blut fließen und es könnten Vorwürfe hageln, die dann heißen: „Ihr habt es doch gewusst und warum habt Ihr dann nichts getan?"

Und dann hätte es keine befriedigenden Antworten gegeben, nur armseliges Umherstottern, immer um den heißen Brei herum, nicht mit der Nase rein, da wollte sich ja keine den Mund verbrennen.

Aber, ja zum Heim, ist eine Empfehlung gewesen. Möglichst weit weg, die Kinder sollen die Chance haben, ein neues Leben zu beginnen, eines ohne Gewalt oder besser gesagt: ohne elterliche Gewalt.

Wie so oft bei der Suche nach dem Besonderen, verbleibt auch er in seinem normalen Alltagsverhalten in Distanz, denn er hat Angst, das Besondere zu verlieren.
Einer aufgeregten Haltung dem Leben draußen gegenüber, wie es andere fühlen mögen, hat er sich so früh entzogen.
Dieses Schneckenhaus gehört ihm, hier gehört er sich selbst und seinen Bildern.
Einmal hat er sich mit einigen Exponaten an einem Fotowettbewerb einer Illustrierten beteiligt und sogar einen Preis gewonnen.
Als er aber das Foto gesehen hat, so für alle Augen sichtbar, da hat er entschieden: „Nein, damit ist Schluss, diese Bilder gehören nur mir und das soll so bleiben."

6 Wehret den Anfängen

Auf der einen Seite des Kopfes hat sie sich eine rote Haarsträhne extra lang wachsen lassen, weil ihr ein sehr guter Freund einmal gesagt hat, es gefiele ihm, wie sie diese „dolle Tolle" mit einem kühnen frechen Schwung nach hinten werfe, das sähe für ihn „umwerfend" aus.

Gut, den Freund gibt es schon längst nicht mehr, Marie ist wieder solo, aber ihre Haartolle hat überlebt und sie fühlt sich damit sehr zufrieden.

Am Wochenende besucht sie gern eine der umliegenden Diskos, denn wild zu tanzen ist, wie körperliche Bewegung und Lebenslust überhaupt, ihre Leidenschaft.

Sie läuft gerne und ist schon zweimal beim Marathon, bei der „Nacht von Borgholzhausen", mitgelaufen, dieses Jahr sogar mit einer Platzierung unter den ersten Zwanzig, und plant nun am nächsten Hermannslauf teilzunehmen. Deshalb sieht sie ihre nächtlichen Nachhausewege von der Disko ganz und gar sportlich, und da sie keinerlei Dunkelangst hat, führt sie der einsame Weg oft quer durch die „Karpaten", wie sie gerne sagt.

Marie ist aber auch geistig sehr beweglich. Wenn sie sich so im Laden umsieht, weiß sie: Ich werde nicht als Verkäuferin enden, ich werde mich beruflich weiterentwickeln.

Im Internet hat sie kürzlich etwas Interessantes über ihre Firma gelesen: „Im Jahre 1933 wurde EDEKA, eine genossenschaftlich organisierte Handelskette, ‚gleichgeschaltet'. Dieser Teil der Unternehmensgeschichte ist – wie in vielen deutschen Firmen nach dem Krieg – aus dem kollektiven Gedächtnis verschwunden. Doch ihr ist es wichtig, die braunen Erinnerungssplitter wie kleine Mahnmale bewusst zu halten. Menschen wie sie, die heute dort arbeiten, müssen sich der Verdrängungsvorgänge im Unternehmen genauso bewusst sein, wie etwa Beschäftigte der Rüstungsbetriebe. Sie möchte sich politisch engagieren, da käme die Gewerkschaft infrage.

„He, Marie, du Streberin, du hast ja mal wieder ein Nullsummenspiel mit deinem Kassensturz hingekriegt, alle Achtung! Jetzt schon das dritte Mal in Folge, du setzt aber Standards!" Neben ihr an Kasse Nummer zwei steht ihre zehn Jahre ältere Kollegin Marianne, eine liebenswerte Person.

„Liegt in meiner Familie, Marianne, die Frauen können alle gut mit Zahlen umgehen. Meine Oma war schon bei einem der ersten Supermärkte, das Talent hat nur einen Pferdefuß: Es haperte bei ihr wie bei mir mit den Männern. Die sagen immer, wir seien ihnen zu schlau!"

„Besser als zu blöd, das sage ich dir! Aber vielleicht hast du recht, aber schick bist du auch noch, wie du aussiehst! Du stichst doch alle aus, wenn du so richtig aufgebrezelt bist, dann aber hallo, da tanzt der Bär! Macht den Dumpfbacken vielleicht Angst, aber wo geht's heute hin?"

„Ballermann 9 in Halle, ich sag dir, da ist was los! Bis zwei, drei Uhr ohne Pause, Diskofieber rauf und runter, macht echt Laune. Aber hör mal, wo wir beiden Süßen hier so nett beisammen sind, eine Frage: Kann ich bei dir pennen?"

„Klar doch, ich lege den Schlüssel unter die Matte, wann kommst du in etwa?"

„So was gegen 3 Uhr, ich brauch ja eine Zeit, bis ich den Teuto bezwungen habe. Noch bevor die Hähne krähen, schneie ich bei dir rein. Aber mach dir bloß keine Sorgen, wenn ich am Morgen nicht in deinem Bettchen liege, dann bin ich in der Nacht weitergelatscht, noch das kleine Stückchen weiter zu meinen Eltern."

Marianne kennt das schon. Marie ist so der spontane Typ, das muss man wissen.

„Bei mir krähen die Hähne um Schlag sechs, Knut und Karlchen, die süßen Kinder! Aber, wenn die mal aus dem Gröbsten raus sind, dann komme ich mit auf die Piste, versprochen!"

Marie muss sich zum Abkassieren zum nächsten Kunden umdrehen. Für ihre gefühlten Körpergrenzen viel zu nah, steht neben ihr plötzlich ein großer hagerer Mann. Er hat seinen Blick ganz direkt auf ihre Augen gerichtet, wie unangenehm.

Sie hat den Typen noch nie im Laden gesehen. Das weiß sie

genau, denn der EDEKA-Laden in Borgholzhausen ist nicht der größte, hier gibt es viele Stammkunden und eher wenig Laufkundschaft. Er hat ein paar Toilettenartikel aufs Band gelegt, die von Marie schnell durchgezogen werden. „Bar oder Karte?", fragt sie mit belegter Stimme.

„Ich zahle bar. Ich zahle immer bar!" Die Stimme klingt seltsam hart, sie wirkt irgendwie gepresst, unfrei, auch sie gefällt ihr nicht. Sie hört sich an wie eine schlecht geölte Tür, die man mit Gewalt versucht aufzudrücken. Ziemlich irritiert schaut sie dem Mann, innerlich irgendwie verstummt, hinterher, wie der mit Riesenschritten davoneilt, so lange, bis sie ihn um die Ecke zum hinteren Parkplatz verschwinden sieht.

Es gibt Kunden, die wollen einem bei diesem kurzen Kontakt an der Kasse irgendwas mitteilen, und wenn dem heute so war, dann bestimmt keine nette Information, das sagt ihr das Gefühl. Mit festem Druck schließt Marie den Deckel der Kasse und fährt sich entschlossen über die Stirn, wie um eine Fliege zu verjagen.

Jetzt, zum Feierabend ist sie froh, dass sie den Dienst hinter sich lassen kann. Klappe zu, Affe tot. Jetzt hat sie frei, Marie pfeift ein Lied, einen dieser Ohrwürmer, die man am Tag im Markt dauernd hören muss, damit die Kunden in Kauflaune bleiben.

Sie schlendert den kurzen Weg zur Hauptstraße und fährt dann mit dem Bus nach Hause, isst etwas, duscht sich und braucht dann diese lange gemütliche Zeit, um sich in aller Ruhe für die lange Tanznacht fertig zu machen. Das ist ihr Hauptvergnügen, dieses Gemeinschaftsgefühl, die Musik und dann – was keiner versteht – dieser lange, einsame Weg durch den Wald.

„Im Wald da sind die ...!" Nein, nicht für die lebensfrohe Marie. Bevor sie gegen 22 Uhr loszieht, schaut sie noch zu ihren Eltern ins Wohnzimmer. Ihr Vater, der sehr auf Pünktlichkeit und Korrektheit aus ist, schlägt ihr vor, sie nach Halle zu fahren und fragt sie auch, ob er sie in der Nacht abholen solle. Marie ist ihm dankbar für seine Frage, lehnt aber ab.

Seit sie ihr eigenes Geld verdient, ist sie immer schon auf ihre Unabhängigkeit bedacht gewesen.

„Fahndet bitte nicht nach mir, wenn ich morgen früh nicht zum Frühstück komme. Ich schlafe bei Marianne, da muss ich nicht schon zum Kaffeetrinken gesprächsbereit sein. Ich melde mich, wenn es wichtig ist!"

„Pass auf dich auf!" Die Eltern sagen das fast im Chor und Marie seufzt.

7 Sein Wille geschehe

Ihr Gesicht wird mit roher Gewalt nach unten gedrückt, sie schmeckt den holzigen Waldboden. Als der Druck noch zunimmt, geraten kleine Holzstückchen und Erdbrocken in ihren, vom Erschrecken halb geöffneten Mund, sie versucht sie auszuspucken, wird aber noch fester nach unten gedrückt. Der Boden riecht dumpf, schwer, wie der Muff aus einem aus der Tiefe des Kellers nach oben gebrachten Schrank, muffig, atemberaubend, Mäusedreck verseucht, und sie fühlt eine so unbeschreiblich große Angst, wie sie noch nie in ihrem Leben empfunden hat.

Eine hässliche, männlich klingende Stimme, offensichtlich vermummt, dringt bedrohlich hart auf sie ein: „Gesteh es, du bist mit dem Bösen im Bunde, mit dem Satan, Hexe du, armseliges Weib. Wir wissen es, es wurde uns gesagt, ER hat es uns gesagt. Gib es zu, jetzt, die Bestie, der Gehörnte kam zu dir, ihr seid ein Paar, gesteh es, gesteh es! Los, Mund auf!"

Die junge Frau liegt jetzt flach auf dem Bauch und spürt auf ihrem Rücken harte Knie, sie will schreien, aber es entkommen ihrem Mund nur dumpfe Schmerzlaute. Der Täter scheint übermächtig, zu allem bereit, in einem selbstgerechten Zorn verirrt, ihr graut, sie zittert, sie fühlt sich vollständig wehrlos, ist mit heißkalter Panik erfüllt, ihr Blut rauscht in ihren Ohren, das Herz pumpt es wie rasend durch ihre Adern, und plötzlich fühlt sie einen hellscharfen Schmerz am Mittelfinger der rechten Hand, brutal, rasend, schmerzvoll, scharf und grell. Sie schreit laut auf, ein Schrei des Entsetzens kann sich entladen, wird dann aber sofort von einer behandschuhten Hand erstickt, verliert an Kraft, sie wehrt sich, sie strampelt, dreht sich, windet sich, aber der Mann ist viel zu stark und münzt diese um in Brutalität, viel zu brutal, viel zu gemein, viel zu hässlich gegen sie. Dann verliert sie das Bewusstsein, eine Erleichterung macht sich breit, eine freundliche Wolke trägt sie in die innere Dunkelheit.

Als sie wieder zu sich kommt, weiß sie, dass ihr etwas passiert ist, etwas, das bleiben wird. Immer bei ihr bleiben wird, wie eine eingemeißelte Zeichnung in ihrem Körper, in ihrer Seele. Es gelingt ihr, sich irgendwie zu sammeln, sich aufzurichten. Es ist zwar dunkel, aber wie in normalen Sommernächten auch, nimmt sie allmählich die nahe Umgebung wieder wahr, berührt mit den Händen den weichen, feuchten Waldboden, blickt auf dichtes Buschwerk, dahinter hohe Farne, Baumstümpfe und dann, weiter weg, Beerensträucher, von denen sie im Herbst hin und wieder gekostet hat. Sie schaut sich vorsichtig prüfend um, hört in den Wald hinein, irgendwo, weit weg, hört sie Geräusche, ein Auto scheint sich zu entfernen, vielleicht ist dort eine Straße, eine Hilfe.

Der Schmerz an ihrer Hand ist immens. Jetzt ist sie sicher, der Mann ist weg und bleibt doch gegenwärtig. Dann rennt sie los, zunächst einfach, aber nach der Angst kommt der Schmerz, wie eine aufziehende Gewitterwolke. Sie hofft, dass sie auch dem entrinnen kann, aber er bleibt, droht ihr wieder das Bewusstsein zu nehmen.

Wenn ich doch beten könnte, denkt sie. Vater unser ... Ihre Gedanken werden erstickt durch diesen grellen Schmerz, der sich jetzt steigert. Jetzt, wo sie beim Aufstehen und Laufen den Arm nach unten hält, da wird er fast unerträglich, steigt in ihrem Körper nach oben auf.

Voll Entsetzen blickt sie auf die Hand, sie ist blutverschmiert, sie ist, sie mag es kaum denken, sie ist verstümmelt. Ein Finger der rechten Hand fehlt, sie sieht nur noch einen blutigen Stumpf, er blutet stark, der rechte Ärmel ihrer Jacke wird schwer vom auslaufenden Blut, sie hat kein Gefühl mehr in der Hand, im Arm, ihr wird schwindelig, ihr ist übel.

Trotzdem läuft sie weiter, stolpert mehr, als dass sie auf den Beinen bleibt, immer auf der Suche nach einem Rettungsanker, mitten durchs Unterholz, jetzt kommt sie auf einen Forstweg, einen Holzweg, der Wald scheint sich zu lichten. Sie schöpft Hoffnung und es keimt etwas Mut in ihr auf. Dann endlich erreicht sie eine feste zweispurige Teerstraße, direkt neben einer Bushaltestelle, dort gibt es eine Sitzbank, sie sinkt auf ihr nieder, alles dreht sich und sie kämpft dagegen an, das Bewusstsein zu verlieren. Ihr wird kalt, sie versucht sich aufzurichten, sackt aber wieder in sich zusammen und rutscht von der Bank auf den Boden. Sie fühlt sich gerettet und verloren, ihr fehlt jemand, der sie umarmt und ihr Wärme gibt. Kalt wird das Leben und sie verliert das Bewusstsein.

Später im Polizeibericht wird unter anderem zu lesen sein, dass der erste Bus erst im sich auflösenden Morgennebel des nächsten Tages gekommen ist, unglücklicherweise zu spät für die Verletzte. Diese sei in den frühen Morgenstunden an ihren Handverletzungen verstorben.

Der Linienverkehr ist zu Nachtzeiten wegen zu geringer Nachfrage nach 22 Uhr schon vor einiger Zeit eingestellt worden. Die Stadtwerke Bielefeld haben sich dazu entschlossen, aus Rentabilitätsgründen die Linie 67 nachts nicht mehr zu bedienen, so sei es „bedauerlicherweise" passiert, dass man in den Morgenstunden eine weibliche Leiche an der Haltestelle „Waldweg" kurz vor Borgholzhausen gefunden habe. Der Busfahrer habe einen Schock erlitten, man habe ihn psychologisch betreuen müssen. Das Opfer sei verblutet und in die Rechtsmedizin überführt worden. Etwaige Zeugen werden gebeten, sich mit der örtlichen Polizeidienststelle in Verbindung zu setzen. Das Opfer sei noch nicht identifiziert, wenn es Personen gibt, die jemanden vermissen, sollten diese sich umgehend bei der nächsten Polizeidienststelle melden.

Die Polizeibehörden gehen davon aus, dass die meisten Menschen, die vermisst werden, in den folgenden 24 Stunden auftauchen. Die Frage ist nur, was ist mit Menschen, die nicht vermisst werden, die keiner sucht, bei denen vielleicht sogar gehofft wird, sie kämen nie mehr wieder. Keine Anzeige, keine Suchmeldung, also auch keine Suche, keine Akten, kein Fall, vielleicht nur ein Fall für den Statistiker.

Als der Busfahrer nach Hause kommt, spricht er lange mit seiner Ehefrau und erzählt ihr alles, was passiert ist, alles was ihn zutiefst erschrocken hat, obwohl er genau weiß, dass seine Gedanken nur unlogisch aus ihm heraussprudeln. Sie hört ihm geduldig zu, auch wenn er sich zu sehr in Einzelheiten zu verlieren droht, zu denen ihm auch der Unfallpsychologe geraten hat: „Das reduziert Ihre Angst, je genauer, umso besser."

„Ullrich", sagt sie dann, als er sich beruhigt hat, und um ihn wieder nach Hause zu holen, fügt sie hinzu: „Denk mal, Ulli, unser kleiner Frosch ist weg, jetzt ist der letzte weg. Er ist aus unserem Teich gehüpft, aber frag mich nicht warum, ich kenne mich mit den Tieren nicht aus. Vielleicht sind es die Hormone, es quakt doch in vielen Gärten hier!"

„Aber ich bleibe doch bei dir", tröstet Ullrich seine Frau, „ich bin dein treuer Frosch. Ich liebe dich, wie du bist! Komm, wir machen es uns gemütlich, ich musste doch mit dir über das arme Mädchen sprechen, wie der Psychologe mir geraten hat, sonst bekomme ich noch so ein Trauma-Dingsbums."

8 Von der Banalität des Bösen

Er ist sehr spät nach Hause gekommen, zwar müde, aber doch gleichzeitig aufgewühlt und zufrieden, hat er doch SEINE BOTSCHAFT in Taten umgemünzt, hat er wieder einmal seine große Aufgabe erfüllt und SEIN Wort unmissverständlich verkündet. Er geht in die Wohnung und lässt sich auf einen Stuhl fallen. So langsam beruhigen sich seine aufgeregten Sinne und er kann tief durchatmen. Noch immer hängt ihm der Geruch des Waldes in der Nase und er wäscht sich das Gesicht.

Er blickt zurück auf die ehrliche Mühe, die er aufwenden musste und die niemand würdigen wird. „Ora et labora", ohne Fleiß kein Preis. Ganz in SEINEM Sinne. Mehrere lange und anstrengende Abende hat er in diesem Sommer allein darauf verwenden müssen, den Nachhauseweg der jungen Frau, deren Namen er nicht einmal weiß und auch nicht wissen will, zu erkunden.

Von der ekstatisch wild tobenden Tanzfläche des Party-Veranstaltungsschuppens Ballermann 9 in Halle aus ist er der jungen Frau als unsichtbarer Schatten allein vier Samstage in Folge ganz bis zum Ortsanfang von Borgholzhausen gefolgt, um auch ganz sicher zu gehen, dass sie ein und denselben Weg durch den Wald bevorzugt. Eine seltsame Angewohnheit für eine so junge Frau, mit Sicherheit ein Flittchen, aber mit einem Schuss von Naturliebe und Hang zu Nachtwanderungen.

Mann, Mann, was ist das für ein langer Jammer von Weg, bestimmt acht Kilometer durch schwieriges Gelände, bergauf, bergab, etwas für Nachtmarschierer, wie sie die Bundeswehr ausbildet. Ehrlich gesagt, er hätte nichts Plausibles sagen können, wenn er von der Frau selbst oder von irgendjemand anderen im dunklen Wald angesprochen worden wäre, was er hier zu suchen habe.

Hätte er etwa sagen sollen: „Entschuldigen Sie, ich muss weiter, ich bin in Eile, ich trainiere für den Hermann!"

„Aber Hans-Christian, du sollst doch nicht lügen!" Vaters Stimme dröhnt aus der Erinnerung, als ob er noch leben würde.

Und die Rückfrage: „Wie, ohne Laufklamotten, in diesem Anzug?"

Die Leute sind nicht dumm, sie machen sich ihre Gedanken, und manche sind so aufdringlich, dass sie bisweilen emotional inkontinent ihre Gedanken aussprechen.

Was hat Vater immer gesagt: „Man kann den Leuten nur vor den Kopf gucken, wahrscheinlich hat der HERR gut daran getan!" Was ihm bei anderen Gelegenheiten schon aufgefallen ist: Im Wald grüßen sich die Leute, als ob sie Angst hätten. Aber vor wem und vor was? Im Wald da sind die Räuber ... Halli, Hallo die Räuber ... Oder sie fragen nach dem oder dem Wanderweg, schreckliche Unart, als ob man sich in einem Wald auskennen könnte, lächerlich!

„Geht es hier lang zum Luisenturm oder dort lang?"

„Wie weit ist es noch zur Sparrenburg?"

Wenn einer so was fragt, dann soll er doch gleich zu Hause bleiben, nutzloses Geschwätz! Wenn Dummheit wehtäte, würden manche Leute den ganzen lieben Tag nur schreien, davon ist er überzeugt, felsenfest.

Das Mädchen von vorhin im Wald hat nur ein wenig geschrien, alle Achtung, die hat sich gut gehalten, wenn er da an die anderen denkt, reine Memmen. Er denkt nicht weiter, warum auch, jetzt muss die Saat einmal aufgehen, das braucht Geduld, das braucht seine Zeit, das hat er ihm doch gesagt: „Hans-Christian, ich kenne das doch von meinen schwarzen Schafen, die der HERR mir anvertraut hat. Die Schäfchen kommen erst zu Verstand, wenn es fast zu spät ist, wenn das Totenglöckchen schon bimmelt. „Herr Pfarrer, Herr Pfarrer", das hat ihm Martin entrüstet berichtet, „Herr Pfarrer kommen Sie schnell, es geht dem Ende zu, bitte!" Das hört der täglich.

Kann der Mensch nicht seine Würde behalten bis zuletzt? Dass wir sterben müssen, das wissen wir doch von dem Tage an, an dem uns von IHM das Leben geschenkt wird, nackt und ohne Brimborium!

Warum aber nimmt eine so leicht bekleidete junge Frau überhaupt den langen Weg über den Kammweg des Teutoburger Waldes? Gut, sie hatte einen Mantel an, aber doch nur, um die Männerphantasien anzufeuern! Um nach Hause zu kommen, hätte sie es doch viel einfacher gehabt! Das ist ihm bis jetzt unklar geblieben. Hat sie irgendwelche unaussprechlichen Geheimnisse? Denn wenn das Schamgefühl fehlt, dann ist ja die Sünde nicht weit. Warum stapft sie lieber durch den finsteren Wald als die belebte Straße entlangzugehen? Hat sie niemanden, der sie abholen kann oder will? Hat sie keinen Freund, kein Geld für den Bus? Was sind das bloß für Verhältnisse, in denen die Menschen jede Fürsorge für einander vermissen lassen? Er muss das mit Martin besprechen, das nächste Mal, wenn der wieder hinüberfährt.

Er gießt sich etwas Wasser aus einem Krug in ein Glas und denkt über die Welt von heute nach. Die Verdorbenheit dieser Welt liegt so deutlich auf der Hand, dagegen muss etwas getan werden! Für ihn war bis zu diesem Moment die wichtigste Frage, wie kann ich bei der Erfüllung meiner Mission unbemerkt bleiben? Weder die arme Sünderin noch die anderen neugierigen Laffen sollten ihn sehen.

Ich bin wie SEIN Racheengel, schnell, unsichtbar und konsequent. Jedes Zögern macht keinen Sinn, meine Pflicht ist es, meine Pflicht zu erfüllen.

Er musste seinen Wagen geschickt versteckt am Waldrand abstellen. Dann hat er sie gesehen, sorglos wie immer ging sie leichtfüßig dahin. Er hat sich hinter einen Baum gestellt, hat sie vorbeigehen lassen, hört noch, dass sie vor sich hin summt, einen Gassenhauer, kein Wunder bei dieser Verderbtheit, und dann hat er es getan. Er hat die Botschaft überbracht. So hat er es getan und hat sich auf die Socken gemacht, immer darauf bedacht, nicht aufzufallen. Er muss lächeln wegen der „Socken", der Ausdruck passt gut zu einem, der unerkannt und vor allem ungehört bleiben will.

Der Mann geht in seine Küche und sucht nach einem guten Tropfen, er braucht jetzt, angesichts seines Erfolges, etwas zum Feiern. Nur Wasser zu trinken ist eindeutig zu wenig, denn wie heißt es doch: „Wasser wurde zu Wein."

Er fischt im Trüben, kein Wein in Sicht, aber es muss jetzt etwas Kräftiges sein. Im Türfach seines Kühlschranks wird er fündig. In der bereits geöffneten Kornflasche ist noch mehr als eine Pfütze, ein großer Rest, der ihm guttun wird.

Sorgfältig darauf bedacht, nichts daneben zu gießen, denn seine Hände sind noch immer zittrig, schenkt er sich einen doppelten Doppelkorn der heimischen Firma Schlichte ein, und er lächelt, ist doch der scharfe Tropfen tatortnah entstanden. Und als die Wärme der Flüssigkeit seinen Magen erreicht hat, setzt er sich an den Küchentisch und stellt die Flasche griffbereit vor sich hin, streckt seine müden Beine weit aus und greift zur Fernbedienung.

Durch die offene Tür zum Wohnzimmer kann er den Fernsehapparat sehen. Das Programm sendet im Nachtprogramm nervige Talkshows und Krimis ohne Ende. Was so alles in den Köpfen dieser Produzenten und Programmmacher vorgehen mag? Er will es sich gar nicht vorstellen. Er verabscheut strikt jede Form der Gewalt, nur die, die er gerade ausgeübt hat, ist in seinen Augen legitimiert, dazu ist er auserwählt, dafür hat er den Segen seiner Kameraden und den von IHM. Er hat sein Opfer lange Zeit beobachtet, bis er sich sicher ist: Das ist richtig, die bedarf eines Denkzettels!

Er geht ins Badezimmer und wäscht sich die Hände, lange, ausgiebig. Dann geht er zu Bett, nicht ohne vorher nochmals zur Flasche gegriffen zu haben. Ein letzter vollmundiger Schluck und der Brand ist gelöscht, die leere Flasche steckt er in den Müll, die letzte Anspannung verfliegt und damit auch ein vages Schuldgefühl, das tief in seiner Seele eine einsame Existenz lebt. Erst als der Körper sich inmitten der Nacht meldet, weil er wahrscheinlich mit der Verarbeitung des Alkohols beschäftigt ist und die Erledigung seiner schweren Betätigung im Körper rückmeldet, erinnert er sich an dies seltsame Knacken, das er vernommen hat, als er das antike Werkzeug verwendet hat. Es hörte sich für ihn an, als ob man einen trockenen Zweig durchbricht. Nur dieses Geräusch lässt ihn schaudern, ein Gefühl, das auch am nächsten Morgen noch nachhallt.

Von ferne, aus dem Archiv seiner Lebensgeschichten, fällt ein vager Schatten der Erinnerung auf seine Seele. Seltsam, es kommt ihm in den Sinn, wie sich hinter ihm mit einem kurzen Klick eine zugehende Kirchentür endgültig ins Schloss schiebt, vor langer Zeit.

Auch als er sich in seinem schmalen Bett auf die andere Seite dreht, um sich sehr bewusst aus dem Gedankenkarussell zu lösen, kommen in den folgenden Momenten der inneren Ruhe und des tiefen Durchatmens vage Erinnerungsfetzen angeflogen wie Fledermäuse in einem düsteren Gewölbe, und es wird ihm kalt, obwohl es voller Sommer ist, eine Jahreszeit, die man erst so richtig vermisst, wenn man an der Grenze zum Tode den Zugriff des Schnitters vor Augen hat, aber bis dahin hat er noch eine Menge Zeit. Er ist sein Lebtag lang alleine geblieben, so kann er am besten seine Eigenarten behalten und entwickeln, und kein Weib nörgelt an ihm herum, nicht den „Schnotten" nach oben zu ziehen, wenn ihm danach ist.

Wir müssen uns allesamt hüten, der Natur mit Hoffart zu begegnen, wir sollten uns verneigen vor der Größe und Stärke SEINER unendlichen Güte, denkt er und schläft ungestört einem neuen warmen Spätsommertag entgegen, ganz im Einklang mit seinem Gewissen, von dem man sagt, es sei ein gutes Ruhekissen!

In der Tagesschau hatte jemand gesagt, es sei für diese Jahreszeit zu warm. Komisch, ich finde es meistens zu kühl. Ob das an meiner kalten Mutter liegt? Aber auch dieser Gedanke stört ihn nicht beim Einschlummern, dazu ist er viel zu kaputt.

9 Ein blindes Huhn findet auch einmal ein Korn

Es ist schon reichlich zwielichtig für eine wilde Fahrt durch Wald und Feld, als Werner Klein, der erst spät mit dem Mountainbiken angefangen hat, den schmalen Waldweg, der mittig Gras und rechts und links Fahrrinnen hat, entlang saust. „Wenn ich etwas tue, dann aber richtig und mit Leidenschaft", lautet sein Motto, und so hat er mit Leidenschaft das Radfahren angepackt.

Nach seiner Frühpensionierung aus sitzorthopädischen Gründen als Berufssoldat mit Schwerpunkt Stubendienst, ist er jetzt, mit 59, auf den Geschmack gekommen, seinen Körper herauszufordern, und so fährt er locker jeden Tag seine 50 Kilometer. „Nur bewegen bringt Segen", diese Losung seines Physiotherapeuten hat er sich zu Herzen genommen und zu eigen gemacht und es tut ihm gut, seine Kraft wieder zu spüren, um seinen, wie er selbst gerne sagt, „lahmen Beamtenarsch zu lüften".

Vor ein paar Tagen hat er für sein Hobby ein ansehnliches Mountainbike für schlappe 699 Euro in einem Fahrradladen in der Bielefelder Obernstraße und ein Paar neue Rennschuhe erstanden. „Die fahren Sie wie alleine den Berg hoch", sagte der sehr kompetent wirkende Fachverkäufer im Radladen, von dem sich Werner Klein sehr gut beraten fühlte.

Gut, die Aussage, es fahre sich von ganz allein, war etwas optimistisch, wie er beim ersten Steilhang bemerken muss, aber er muss sich sputen, denn er steht, den trostreichen Worten zum Trotz, zeitlich unter innerem Druck. Er hat sich im Laden deutlich verspätet, einfach weil er sich an den supertollen Modellen nicht satt sehen konnte, und er weiß, seine neue Freundin wird sich schon Gedanken machen, zumal sie für beide kochen wollte, und um sie nicht unnötig zu beunruhigen, tritt er kräftig in die Pedale. „Keine Zeit anzurufen, und wer weiß, ob hier oben überhaupt Funkkontakt möglich ist." Die Bäume rasen rechts und links vorbei, und er saust wie ein Derwisch durchs Gelände.

Langsam senkt sich die Dämmerung nieder. Werner Klein hat umgedreht und sich für eine Abkürzung quer durchs Unterholz entschieden, die führt ihn auf seinem Rückweg querbeet in Richtung Borgholzhausen.

Auch von hier aus ist er immer noch eine ganze Ecke von Zuhause entfernt, und er gibt deshalb nochmals ordentlich Gas. Die Gegend flitzt nur so an ihm vorbei, und er denkt an den Satz: „Wie die Haare im Winde pfiffen", den er irgendwo mal aufgeschnappt hat. Die Räder hüpfen und springen im Wald neben dem Hermannsweg hin und her.

Er kennt sich zwar halbwegs in der Gegend aus, kommt aber in Höhe der Burg Ravensberg ein bisschen vom Weg ab, und in einer sumpfigen Senke passiert plötzlich das Unerwartete. Er fährt mit hohem Tempo in eine matschige Vertiefung und steckt mit seinem Vorderrad plötzlich so fest, zack, dass er mit Schmackes über den Lenker fliegt und sein Rad mit sich reißt, sicher auch deshalb, weil er die neuen Schuhe nicht schnell genug aus der Verankerung lösen kann. „Reine Übungssache", hatte ihm der Verkäufer im Fahrradladen noch mit auf den Weg gegeben. „Denkste Kumpel, irren ist menschlich", mühsam rappelt sich Werner Klein wieder auf, löst die Befestigung der Schuhe von den Pedalen, hebt das Vorderrad hoch und entdeckt, dass sich etwas in den Speichen festgeklemmt hat, was dort eindeutig nichts zu suchen hat. Zunächst denkt er, es sei nur ein Stück abgebrochener Ast, und er hätte es trotz Dämmerung eventuell sofort identifizieren können, hätte er einmal das Hexenmeisterhaus in Lemgo besucht.

So entdeckt er erst nach ein paar Sekunden, dass es sich um ein längliches Metallding handelt, das er in der Hand hält, eine Art Kneifzange mit, ihm stockt der Atem und er sieht sich unwillkürlich um, unzweifelhaft menschlichem Inhalt, nämlich einem Finger. „Hol mich der Teufel", murmelt er und ist sich gar nicht bewusst, wie nahe er damit der Lösung kommt, wäre er ermittelnder Polizist.

Werner Klein hat beim Bund vor allem Schreibstuben fürchten gelernt, bei der kämpfenden Truppe ist er jedoch für acht Monate als aktiver Soldat in der Hauptstadt Afghanistans, in Kabul, gewesen. Eine Zeit, an die er sich nur sehr ungern erinnert. Dort hatte seine Aufgabe, neben dem Warten auf den Feind, im Wesentlichen darin bestanden, einen Brigadegeneral auf seinem täglichen Ausflug zum Golfplatz zu schützen, eine sportliche Betätigung, die dem General so wichtig war, dass er ihn auch unter drohendem Beschuss begleiten musste, Befehl ist Befehl.

Darum weiß Werner Klein genau, was zu tun ist: „Ich muss jetzt meinen Kopf benutzen, hier ist etwas geschehen, was den Rahmen eines normalen Unfalls mehr als sprengt", und mit zittrigen Fingern wählt er den Polizeinotruf 110, um zu schimpfen: „Mist, verdammter, ein Funkloch, es klappt aber auch nichts hier im Wald!"

Bis er seine gewünschte Verbindung bekommt, muss er viele steile Meter die Böschung hochsteigen, die er vor seinem Sturz heruntergedonnert war. „Hallo, hallo, dies ist ein Notruf! Mein

Name ist Klein, Werner Klein, ich befinde mich nahe der Burg Ravensberg im Teutoburger Wald. Ich habe hier gerade einen seltsamen Fund gemacht, mein Rad ist in eine Art Werkzeug geraten, in dem ein menschlicher Finger klemmt ... Ja, verdammt noch Mal ... sicher bin ich nüchtern ... ja, ja ich bleibe vor Ort ... ich verarsche Sie nicht ... ja, ich halte die Stellung!" Er ruft noch rasch seine Freundin an und erklärt ihr die Lage.

„Uralt, das Teil", wird der Pathologe im Klösterchen Bielefeld einige Stunden später sagen. „Früher, ich meine viel früher, im siebzehnten Jahrhundert, hat man solche Dinger als Folterwerkzeuge benutzt, um Geständnisse zu erpressen. Bei diesem Teil hier handelt es sich um einen so genannten Daumenstock. Er kam in der ersten Phase der peinlichen Befragung bei den besagten Menschen, Hexen und Hexern jeder Profession und jeden Alters, zur Anwendung, mit dem wurde der Daumen gequetscht, bis sich der Betroffene zu seinem verwerflichen Verhältnis zum Teufel geäußert hat, das heißt, ihm beigewohnt hat, sodass das Übel in ihn eindringen konnte. Aber der Finger ist eindeutig neueren Datums, der lebte noch vor ein oder zwei Tagen und hat seine Arbeit gemacht", und der Doktor beendet das Gespräch mit einem gewissen Herrn Johanningmeier, seines Zeichens Hauptkommissar bei der Mordkommission der Bielefelder Polizei, um sich anschließend weniger aufregenden Tätigkeiten, vor allem der Untersuchung von Gewebeproben, zuzuwenden.

Die Ergebnisse seiner Arbeit, die man grob unterteilt in medizinisch gesehen positiv oder negativ, sind jedoch für die betroffenen Menschen, die gespannt und ängstlich auf ihre Ergebnisse warten, nicht profan, sondern möglicherweise für das Weiterleben nicht unerheblich, sondern im Gegenteil sehr entscheidend.

„Dumm gelaufen!" Wenn man eines Tages mit so einem negativ positiven Ergebnis leben müsste, würde man sich sicher auch fragen: „Habe ich etwas falsch gemacht?" Laut Langzeituntersuchungen geht man wirklich davon aus, dass Krebspatienten vor einigen Jahren eine längst fällige Lebensentscheidung nicht getroffen haben, was sich gewissermaßen auf diese Weise rächt.

„Wir suchen immer einen Schuldigen, und wenn er der ist, den wir anpacken, wenn wir uns an die eigene Nase fassen. Wir Menschen sind komisch!“ Der Pathologe beschließt sich selbst mal wieder im Ultraschall ansehen zu lassen, am besten von einem ärztlichen Freund.

10 Wem Gott gibt ein Amt, dem gibt er auch Verstand

Unmittelbar nach Eingang des Notrufs von Werner Klein bei der Polizeizentrale in Bielefeld werden die üblichen polizeilichen Maßnahmen und die Maschinerie des Polizeiapparats der Tatortsicherung und -untersuchung in Gang gesetzt.

Die Mordkommission aus Bielefeld wird informiert, und Hauptkommissar Johanningmeier trifft kurz nach dem Anruf am bereits abgesperrten Tatort ein. Etwas abseits steht Werner Klein. Er hat sein Fahrrad an einen Baum gelehnt und sieht so aus, als ob er einen ordentlichen Schnaps vertragen könnte.

Johanningmeier, bekannt für seine ungewöhnlichen, aber sehr erfolgreichen Ermittlungsmethoden, reicht dem vor Schreck erblassten Zeugen seinen eisernen Flachmann, gefüllt mit einem guten französischen Tropfen Calvados aus der Normandie. Nach dem Motto, „Wenn schon denn schon“, greift Johanningmeier in solchen Situationen schon mal zu ganz besonderen Mitteln seiner Wahl. So ein Calvados ist eben nur bedingt alltagstauglich, schon vom Preis her.

„Hm, Herr Kommissar, alle Achtung ein edles Gesöff, lange nicht mehr genossen, als Sportler muss man ja in Form bleiben, aber keine schlechte Idee!“, nickt der und atmet tief durch, nachdem er sich einen weiteren Schluck aus dem Notfallbehältnis genehmigt hat.

Johanningmeier, der schon sagen will, dass es immer einen Anlass für dieses Vergnügen gibt, wenn man einen braucht, nimmt auch einen, und ein junger Kollege lobt staunend seinen Chef für sein Einfühlungsvermögen.

„Wissen Sie, Herr Kommissar, bei Ihnen kann man immer was lernen!“, sagt er und merkt sich, dass man die Freiheiten, die sich der Polizei in ihrer ordentlichen Arbeit bieten, durchaus nutzen sollte, dann bleibt einem der Spaß beim Tun eher erhalten, als wenn man sich eng an die Vorschriften hält.

Dann beginnt die erste Befragung des Zeugen, der keinesfalls mehr als stocknüchtern zu bezeichnen ist. Das ganze Prozedere dauert seine Zeit, das Gelände wird in alle Richtungen abgesucht, bis der Chef die Entscheidung trifft, am anderen Morgen noch einmal bei besseren Lichtverhältnissen weiterzusuchen.

Werner Klein, wieder ganz der Sportsmann, winkt lächelnd ab, als Johanningmeier ihm anbietet, dass die Bereitschaft ihn samt seinem Fahrrad nach Hause bringen kann. Er deutet auf sein Rad, als ob er sagen wollte, die paar Meter schaffen wir locker, schwingt sich auf seinen Drahtesel und reitet sozusagen vom Hofe.

Auch die anderen Beteiligten rücken ab, die Stimmen und Rufe werden allmählich leiser, das laute Umherlaufen im tiefen Gelände versandet, die Scheinwerfer werden nach und nach ausgeschaltet, und die Beamten der Spurensicherung verlassen, wie auch die anderen Personen, den indessen wieder dunklen Wald.

Die Autogeräusche verlieren sich auf den Zufahrtswegen, und dem tiefen Wald wird gestattet, zu seiner ihm eigenen, verdienten Waldesruhe zurückzukehren, die nur gestört wird durch einige Tiergeräusche und den von Westen zunehmenden Wind, der die Kronen der hohen Bäume hin und her schwingen lässt.

Alle Beteiligten nehmen eine Menge mentaler Fragezeichen mit, wohl wissend, dass sich dahinter noch viele weitere Fragezeichen verbergen. So geht es auch dem Kommissar. Was ihn am meisten bewegt, ist die Frage, wie um aller Welt es hatte passieren können, dass der Radfahrer genau an dieser Stelle vorbeifahren musste? Gibt es eine Fügung, gibt es eine höhere Macht, die solche Dinge, solche ungelösten Sachen in die Hand nimmt, damit sie wie ein Staffelstab in anderer Leute Hände gelangen und von dort aus weiter und weiter. Und wohin am Ende? Ins Ziel? Was ist das Ziel allen Lebens?

Johanningmeier fällt zu Hause schnell in einen tiefen Schlaf, was gut so ist, muss er doch am nächsten Morgen frisch und einigermaßen ausgeruht schon wieder auf den Beinen sein, um den Tatort bei Tageslicht zu untersuchen und später den Zeugen Werner Klein zu weiteren Einzelheiten seines nächtlichen Überraschungsfundes zu befragen.

Wenn er neue Bilder entwickelt, ist er immer wieder fasziniert von dem spannenden Prozess der Bildentwicklung.
Zunächst ist nur zu ahnen, dass hier ein Gesicht entstehen könnte. Es ist wie beim Malen eines Porträts, nur dass bei der Entwicklung eines Fotos gleichzeitig alle Konturen sichtbar werden.
Noch ist eine kurze Zeit unklar, was für ein Gesicht entsteht, bis das Foto das Gesicht einer jungen Frau zeichnet, die versonnen lächelnd schaut, weg von der Kamera.
Klick, und das Wunder offenbart sich dem Schauenden.

11 Zwei Augen sehen mehr als eines

Johanningmeier hatte damals nach der Trennung von seiner engen Mitarbeiterin Annette eine Zeitlang getrauert, bis er wieder auf die Beine kam. Wobei eine schmerzliche Lücke geblieben ist, und er weiß, er wird sie noch lange spüren. Was ihm hilft, heute noch, ist sich an Symbolen festzuhalten. Wie ihm sein Freund Rainer Sauer, der Psychotherapeut, erklärt hat, müssen wir die Trauer zum Beispiel über einen unerwarteten Beziehungsabbruch in ein Bild oder ein Symbol packen, dann kann man das irgendwo platzieren und gedanklich immer wieder an den Platz zurückkehren.

„Wie eine Grabstelle, zu der man ganz gezielt gehen kann, wenn man dem verlorenen Menschen nah sein möchte?"

„Genau, so etwas ist gemeint!“

Zunächst will ihm das gar nicht gelingen, er kann nur in seinem Körper genau fühlen, wo etwas fehlt. Es dauert noch mal lange, bis er endlich etwas findet, was seine Trauer am besten ausdrückt, wobei ihm sein Freund hilft, indem er ihm nahe legt: „Es muss etwas sehr Persönliches sein. Lass dir Zeit, das rechte Bild wird dich suchen und finden!“

Johanningmeier hatte sich allein schon durch die Aussicht auf Linderung getröstet gefühlt.

Aber dann, bum, wurde ihm schlagartig klar: Es muss sein schnöder Arminiaschal sein, den er auf dem Weg zum Spiel oft wie ein Treuebekenntnis um den Hals schlingt.

An dem Tag, als Annette ihn anruft, um ihm zu sagen, sie sei nicht bereit, ihre Beziehung unter den beruflichen Bedingungen und mit dem drohenden Verlust ihrer Beziehung zu ihren Kindern weiterzuführen, und ihm ein „schönes Leben“ wünscht, steigt Arminia aus der ersten Liga ab.

Er erinnert sich genau daran und sieht den Fußballgott Artur Wichniarek weinend auf dem Rasen im Mittelkreis liegen. Zunächst ist Johanningmeier geschockt, und dann, drei Wochen später, nimmt er seinen Schal, bindet ihn sich um den Hals und geht zum offenen Training der neuen Mannschaft zum Bolzplatz hinter der Haupttribüne.

Er schaut in einem Anflug von Nostalgie auf den Kleiderhaken in seinem Büro, an dem der Schal schlapp und lang einfach nur herumhängt. Manchmal sind Lösungen für uns denkende Menschen so einfach! Es klingelt das Diensttelefon. Johanningmeier schreckt hoch und wischt dabei seinen Kaffeebecher, einen Fanartikel von Arminia Bielefeld, vom Schreibtisch. Verflucht, bin schon wieder eingepennt! Das ist dieser Eisenmangel, den mein Internist festgestellt hat, denkt er und tröstet sich damit, dass die Tasse heil geblieben ist und der Restkaffee sowieso kalt geworden war. Kleine Sünden bestraft der liebe Gott sofort. Aber was ist mit den großen? Sind wir selbst dafür zuständig?, fragt er sich und lächelt sich innerlich einmal an.

Im Dienst träumen, das sollte man nicht, es sei denn, man war in seiner Dienststelle mit einer Kollegin befreundet und freut sich über jedes Lebenszeichen.

Und wirklich, manche Träume werden Wirklichkeit, ein guter Slogan für eine Bausparversicherung, denn er hört eine vertraute Stimme am anderen Ende der Leitung.

Annette Sasse liegt ihm in den Ohren.

„Na, mein Lieber?“ Johanningmeier glaubt in solchen Situationen gerne an Gedankenübertragung, an die Magie, die den Alltag überwinden kann wie eine Fee, eine feine Sache. „Wir sollen eine Sonderkommission bilden, wegen der Überfälle an jungen Frauen!“

„Kommission klingt schon mal nicht übel, die werden doch im Krisenfall stets gebildet, wenn es wieder fluppen soll. Sag den hohen Herren und Damen, ich bin dabei. Aber zur Sache, erzähl mal, meine Liebe“, sagt Johanningmeier und will seine Freude in seiner Stimme auch gar nicht verbergen, warum auch?

„Prima, umso besser, hör zu“, beginnt Annette und holt tief Luft, um sich auf die Sachebene zu beamen. „In der letzten Zeit ereignen sich in fast regelmäßigen Abständen Überfälle auf junge Frauen, bei denen es sich eindeutig nicht um Raub handelt. Den Frauen wird jeweils in Waldgegenden aufgelauert, und sie werden auf das Übelste beschimpft, meist geht es um Beleidigungen und Vorhaltungen über ihr Aussehen und ihre Art sich zu kleiden.“

„So etwas wie Moralapostel?“, fragt Johanningmeier.

„Ja, wahrscheinlich. Es ist zwar furchtbar für die Nichtsahnenden, aber nun hat sich etwas sehr Schlimmes ereignet: Eine Frau wurde verstümmelt. Und, was besonders tragisch ist, sie ist an den Folgen der Verletzung gestorben. Der Täter oder auch die Täter waren bei den anderen Überfällen nicht zu erkennen, waren vermummt, trugen Handschuhe und murmelten frauenfeindliche Obszönitäten. Alle Opfer sind nach der Tat stark verunsichert und leiden zum Teil unter Angstsymptomen.

Schwerpunkt der Überfälle ist die Region um Bielefeld, Herford und Lemgo herum. Alle Frauen berichten, sie hatten im

Nachhinein das Gefühl, vor den Überfällen beobachtet worden zu sein."

Johanningmeier und Annette hatten ihre private Beziehung, die infolge einer Zusammenarbeit im beschaulichen Bad Oeynhausen eine wunderbare Entwicklung nehmen durfte, auf Annettes Vorschlag hin auf Eis gelegt, um Dienstliches und Privates sauber zu trennen. Sie arbeiteten nun in verschiedenen Dezernaten: Annette Sasse war zur Sitte gewechselt und Johanningmeier war bei der Mordkommission geblieben.

Seine Annette hatte sich nach ihrer kurzen und heftigen Liaison zurückgezogen. Ihre damals plausible und eindeutige Erklärung: Es sei ihr zu anstrengend in ihrem Job und aufgrund der Doppelbelastung durch die Kinder kräftemäßig nicht möglich, noch eine intensive Liebesbeziehung zu leben.

Außerdem, und das hatte Johanningmeier am meisten getroffen, wisse sie auch nicht, ob er wirklich lieben könne, ob er nicht eigentlich nur sich selbst meine. Johanningmeier muss zugeben, dass ihn diese Aussage stark verunsichert hat, schien sie ihm doch so ein verdeckter Vorwurf, er sei doch auch nur so ein Egoist.

„Da müssen wir unseren Doktor fragen, der kennt sich aus", hatte er damals vorgeschlagen, wohl auch, um sich selbst Hilfe zu holen.

„Untersteh dich, der hat genug verwickelte Fälle am Hals!" Annette hatte seinen Rettungsversuch sofort unterbunden.

So ist die Beziehung wie ein löchriger Kahn auf hoher See untergegangen, und Johanningmeier hat es akzeptieren müssen, litt aber massiv unter dem Verlust, sodass er in der Bildung der Sonderkommission „Rote Haare" nun eine vage Chance sieht, seiner Annette wieder nahe zu sein, ohne ihre Entscheidung infrage stellen zu müssen.

„Kann man eine rote Farbe in der Dunkelheit als solche erkennen?", fragt er.

„In der Nacht ist Rot als Schwarz zu sehen", antwortet Annette, froh Johanningmeier helfen zu können, und fragt: „Warum willst du das wissen?"

„Na, ja, dann kann man vermuten, dass der oder die Täter ihre Opfer sich bei Tageslicht ausgespäht haben."

„Alle belästigten Frauen hatten rote Haare, waren leicht bekleidet und kamen aus Diskotheken im näheren Umkreis, also hier aus unserer Kante."

„Wie viele Fälle sind uns bekannt?"

„Vier im letzten halben Jahr, aber es ist unklar, wie hoch die Dunkelziffer ist!" Annette schüttelt sich innerlich und sagt: „Es ist doch gut, dass ich es als Mutter gewohnt bin, meine Tochter abends von der Disko abzuholen, solange sie noch bei mir wohnt!"

„Hat sie einen Freund?"

„Noch nicht, sie ist erst fünfzehn", sagt Annette.

„Okay, zu den Fakten, am besten, du kommst zu mir in mein Büro!"

Gemeinsam befragen die beiden die Aktenlage. Zwischen zwei Pappdeckeln eines neuen Hefters liegen Fotos vom Tatort und die Zeugenbefragung des Radfahrers Werner Klein aneinandergeheftet. Im Hintergrund der Tatortfotos kann man mit etwas Phantasie die Umrisse der Burg Ravensberg erkennen.

Annette Sasse fällt spontan ein, dass sie dort unlängst noch eine Kaffee- und Kuchenrunde anlässlich ihres fünfzigsten Geburtstages absolviert hat. „Leider waren nicht alle da, die sonst so gerne leckeren Kuchen verspeisen, und nach einem Verdauungsgang gab es zum westfälischen Abendessen noch eine sehr köstliche und literarische Unterhaltung durch Balladen von einem Bänkelsänger zum Mitschunkeln!"

Der Gemeinte erinnert sich nur höchst ungern daran, dass er, trotz Einladung, den Geburtstag von Annette schlicht und einfach nicht vergessen hatte, wie er ihr gegenüber erklärt hatte, sondern er war nicht hingegangen, weil er noch im Trotz verblieben war, wie Jungs es gerne mal tun, um Mama zu bestrafen.

In Wirklichkeit hat er sich erschrocken, wie schlecht er mit dem Kontakt zu seiner Kollegin und sicher auch mit der Pflege anderer persönlicher Kontakte umgeht. Das sind alles so Scheidungsgründe in jedem Beruf und jeder Ehe, weiß er und denkt kurz an seinen Sohn, der in München lebt, und an seine Exfrau, die sich von ihm und seinem „asozialen Beruf“ getrennt hat. Aber mein Vater war auch nie zu Hause, sondern als Bergmann immer auf der Zeche, und meine Mutter hat es toleriert. Aber war sie glücklich damit? Jetzt, wo Annette ihn an sein defizitäres Kontaktverhalten erinnert, sticht sein Schuldgefühl wieder schmerzhaft zu.

„Verschwitzt, so, so, du alte beleidigte Leberwurst, sag die Wahrheit, dann gibt es nur die Hälfte!“ Annette hatte seine damalige Begründung mit wenig Verständnis aufgenommen.

Jetzt aber schimpft sie über ihre nachlassende Sehkraft beim Lesen und nimmt eine Lupe zur Hand. Auf einem der Fotos entdeckt sie am abgetrennten Finger, wahrscheinlich dem Mittelfinger, Spuren von rotem Nagellack.

Beide betrachten voll Unbehagen das Objekt auf dem Foto, in dem der Finger gesteckt hat. Annette Sasse bricht das Schweigen und fragt: „Wissen wir eigentlich schon mehr über die Person, die tot aufgefunden wurde?“

Johanningmeier blättert in den Unterlagen und sagt dann: „Also keine Papiere, nur ein Stempel von einem Amüsiertempel aus Halle am Unterarm, aber es wurde heute Morgen eine junge Frau aus Borgholzhausen von ihren Eltern als vermisst gemeldet. Von der Beschreibung her, die wir von dort bekommen haben, dürfte es passen, leider. Rote Haare, 23 Jahre alt, sie arbeitet als Verkäuferin im Supermarkt EDEKA in Borgholzhausen. Sie wurde zum letzten Mal in der Disko Ballermann 9 in Halle gegen zwei Uhr morgens gesehen. Sie scheint alleine dort gewesen zu sein, die Kollegen vor Ort haben in der Disko und zu Hause nichts entdecken können, was darauf hindeutet, dass es irgendwelche Zusammenhänge gibt, die mit dem Verbrechen zu tun haben. Einzig eine Freundin hat berichtet, dass die Tote sich beobachtet gefühlt habe, aber Hinweise auf ihr bekannte oder unbekannte Personen hat sie nicht gegeben, es sei nur so ein Gefühl gewesen.“

Johanningmeier macht eine Pause, verschnauft und referiert

weiter: „Die Familie muss befragt werden, übrigens auch getröstet, wenn das nur möglich wäre. Das werden wir beide zusammen tun müssen, wenn die Sachlage eindeutig ist. Bislang haben wir, wie so oft, einen Todesfall und noch keinen Täter. Ach übrigens, der Doktor von der Pathologie hat die junge Frau genau untersucht und eine massive Bluterkrankung festgestellt und besteht darauf, dass das Gerät, das von dem Radler gefunden wurde, zusammen mit dem Finger, der darin steckte, eindeutig ein Foltergerät aus dem späten Mittelalter ist."

„Wer, um Gottes willen, benutzt so etwas und welche Bedeutung mag das haben, so ein fieses Ding einzusetzen? Johanningmeier, ich bitte dich, wenn ich jemandem etwas Böses will, dann nehme ich doch ein sauberes Messer aus der Haushaltsabteilung von Karstadt, so ein Serienmodell. Meinetwegen ein Kartoffelschälmesser oder eine Geflügelschere, mit der man Knochen knacken kann. Aber ein mittelalterliches Foltergerät? Da setzt bei mir das Vorstellungsvermögen aus, da komm ich nicht mit. Folter, das ist doch völlig antiquiert, davon sprechen doch höchstens Familienrichter in Sachen Scheidung, aber doch nur im metaphorischen Sinne oder?"

Johanningmeier räuspert sich, aber der Druck in seinem Hals lässt nicht nach. „Ich fühle mich, wie so oft am Anfang von Ermittlungen, dumm wie Brot. Das ist mir alles suspekt und schleierhaft. Wir brauchen unseren Psychodoktor, der muss uns mal erklären, wie jemand tickt, der anderen Menschen einen Finger abknipst, der muss uns helfen, diesen Humbug zu verstehen. Wer hat ein Interesse daran, Menschen absichtlich zu verstümmeln? Wer kann so krank im Kopf sein? Da muss es doch ein System geben, das uns erklärt, warum es zu solchen Überfällen kommen kann. Das waren doch auch alles Frauen in ähnlichem Alter. Mein Gott, was ist das für eine Welt! Amüsierst du dich nicht, wirst du ausgelacht, Spaßgesellschaft, ha, ha! Wir lachen uns noch tot, aber no fun no cool. Aber amüsierst du dich schön, dann wirst du klein gehackt."

„Besonders, wenn du rote Haare hast!"

„Was, was habe ich?"

„Siehst du, mein Lieber! Da ist es wieder, dieses verborgene Vorurteil, rote Haare, die Rote Zora aus Kroatien, diese Art von Schubladendenken, und ich kann dich beruhigen, ich bin bestimmt nicht besser! Möchten Sie im Haus mit einem HIV-Infizierten wohnen? las ich erst gestern auf einer großen Plakatanzeige an einer Hauswand in der Stapenhorststraße, und die Antwort hieß:... Ja, wenn er gut kochen kann. Und wenn wir weiter denken, wäre die Frage doch: Und mit einem Wirtschaftsasylanten aus Schwarzafrika oder mit einem Ex-Knacki?

Johanningmeier muss lachen und weiß, er könnte jetzt auch ebenso gut heulen. Beides gehört zum Leben und zum Glücklichsein dazu.

Rot, seitdem er auch Farbfotos macht, entdeckt er seine Leidenschaft für ROT.
Die Farbe von Blut, von Leben, vom Lebenssaft. Blutunterlaufen, ein Mann sieht rot, auf dem Boden sieht man einen alten Fleck.
Er wirkt rostig.
Jesus am Kreuz, das Blut Jesu. Monatsblutung. Er kann den Moment erfassen. Sie steht unter der Dusche, ein Schnappschuss, aus der Hüfte heraus. Blutfäden rinnen nach unten, verwässern sich, strudeln ab in den Abfluss.

12 Folget mir nach, denn das Himmelreich ist nah

Auf der, für andere Kollegen oft zu glatten akademischen Bühne kann sich der Herr Professor sicher, elegant und ohne Fehl und Tadel bewegen. Dort trägt ihn sein Grad, seine Doktorwürde, gemessen an der Menge seiner Veröffentlichungen, an seiner

Bereitschaft, Lehrverpflichtungen und Aufgaben in der akademischen Selbstverwaltung von sich aus zu übernehmen, an der hohen Aktualität seiner Aufsätze und der bemerkenswerten Anzahl seiner Fachbücher und bringt ihm viel persönliche Sicherheit ein.

Die Reputation als anerkannter Fachgelehrter und wissenschaftlicher Mitarbeiter mit entsprechender hoher Honorierung bedeutet ihm auch eine Unabhängigkeit im universitären Kontext, die ihn oft vergessen lässt, woher er kommt. Immer wenn er das Gefühl bekommt, seine soziale Position sei doch nicht bombensicher, entwickelt er einen vehementen Hass auf alle Menschen um sich herum. „Wehe, jemand schaut mir in die Karten! Der kann etwas erleben!“ Er fühlt den Gedanken sich wie eine Riesenwelle in ihm aufbauen, die alles und jeden ins Verderben reißen kann, wenn es denn sein muss. Heute ist so ein Tag, an dem er wieder so einen Entscheidungsdruck verspürt, und er ist auf dem Weg, sich Hilfe zu holen.

Sobald er jedoch die akademische Bühne verlassen muss, um ins Private einzutauchen, betritt er eine ganz andere Welt. Dort umgibt ihn eine große Lebensunsicherheit, dann fühlt er in sich wieder dieses abgeschobene Heimkind mit Namen Achim, Schlafsaal, drittes Bett, fünfte Reihe oben, dem man jüngst, wie allen anderen ehemaligen Heimkindern auch, angeboten hat, ihm von staatlicher und kirchlicher Seite eine Entschädigung für den Heimaufenthalt zu zahlen. „Sehr geehrter Herr Dr. Stückrath …“ Gut so, aber für was? Etwa für die verlorene Zeit, für die Kindheit ohne Vater und Mutter? Wer soll das bezahlen? Und wie hoch soll die Summe sein? Kann man erlittenes seelisches Leid mit Moneten, pekuniär abgelten? Und dann? Wird er dann seine Albträume verlieren? Eine Knochenliste regelt die Kosten bei Unfall, aber was kostet der tägliche Schmerz in der Seele? Hundert Euro pro Nacht?

Was ihm doch hilft, ist der Glaube an sich selbst und an seinen Auftrag, die Welt zu verbessern, rein zu waschen durch den tätigen Glauben. Heute, auf dem Weg sich Unterstützung zu holen, ist er weit von der akademischen Welt entfernt.

Das rote Backsteingebäude der reformierten Kirche der kleinen Gemeinde Staphorst, 80 Kilometer hinter der deutschen Grenze in den Niederlanden, ist ein nüchternes Bauwerk, das aussieht wie eine Trutzburg des Glaubens. Hier, wie bei anderen Kirchen auch, spürt er, dass um den Kirchplatz herum die Windstärke zunimmt, als ob sie sich in Einklang mit der himmlischen Verkündigung befände. Ob es eine physikalische Erklärung für das vermehrte Luftaufkommen gibt, interessiert ihn nicht, ist er doch ein unbedingter Anhänger der Schrifttreue.

Heute herrscht hier in Nordholland ein ungemütlich nasses Wetter, sodass er schnell sein Zögern überwindet und in den Vorraum der Kirche eintritt. Er spürt sehr deutlich seine erhöhte Pulsfrequenz und denkt kurz darüber nach, ob es nicht bald einmal sinnvoll sei, sich zur Prüfung seines Blutdrucks zum Internisten zu begeben. Aus der Arbeit mit plötzlich verstorbenen Männern und deren Familien weiß er, dass besonders die „kerngesunden" Männer aus der „Mitte" des Leben gerissen werden, von denen man so schön sagt: „Plötzlich und unerwartet." Besonders vom frühzeitigen Tod scheinen nach seiner Beobachtung die Männer bedroht zu sein, die wenig auf sich selbst Acht geben, die so genannten „Alphamännchen", und ihren Hausarzt erst beim Ausstellen des Totenscheines kennen lernen. So etwas stand letztlich sogar in der Apotheken Rundschau zu lesen, eine Informationsquelle, die er schon deshalb verabscheut, weil sie sich aus seiner Sicht besonders gut aufs „Beutelschneiden" versteht.

Obwohl er inhaltlich nur sehr wenig von dem verstehen kann, was im Innenraum der Kirche gesprochen wird, ist er, wie so oft, sofort begeistert von dem, was ihm zu Ohren kommt. Unüberhörbar präzise und scharf im Tonfall kanzelt der Pfarrer gnadenlos, offenbar von oben herunter, die armen Sünder ab. Die Intensität der ausgespuckten Worte reißt ihn fast um, eine verbale Woge, Wellen um Wellen aus inbrünstigen Attacken werden der Gemeinde geradezu in die Köpfe gehämmert. Und er sehnt sich zurück nach der Zeit, als ihn Vaters Stimmgewalt beschützen konnte, und eine tiefe Dankbarkeit überkommt ihn, so unverhofft und heftig, dass einige salzige Trauertränen auf seine Lippen hinunterfließen. Dort lässt er sie trocknen und versucht sie nicht abzuwischen.

Im Vorraum verharrend, lauscht er weiter verzückt, wie drinnen im Kirchenschiff der stockcalvinistische Pfarrer Wilhelm de Jonge gnadenlos ohne jede Pause oder gar sprachliche Unregelmäßigkeit seine überzeugenden Appelle nach unten aufs Volk niederdonnert. Als die Predigt sich mit einem Stakkato an Injurien dem Ende zuneigt, haut die Orgelmusik auch die letzten Fetzen von etwaigen Zweifeln der Gemeindemitglieder nieder. Er muss daran denken, dass in der Gemeinde Staphorst öffentliches Fluchen nicht erlaubt ist, und fragt sich kurz, wie es dem Pfarrer gelingt, in seinen Hetztiraden einen Transfereffekt von Flüchen und Verwünschungen zu vermeiden.

„Wie auch wir vergeben unseren Schuldigern … und du sollst Vater und Mutter ehren, damit es DIR gut geht auf Erden!"

Wie kann ich jemanden ehren, der mich verraten und verkauft hat, schießt es ihm durch den Kopf und bohrt sich von dort in sein Herz, um dort eine der vielen Narben zu berühren, von denen er denkt, seine Seele habe keinen Platz mehr für weitere.

Die Gemeinde kann nur mit unisono gesenkten Köpfen auf dem harten Gestühl gesessen haben, denn auch als sie wenig später, nach dem gemeinsam ausgesprochenen Amen, an ihm vorbei ins Freie wankt, wirkt sie deutlich angeschossen, getroffen von der Wucht des gerechten Zornes.

Was den Herrn aus dem Osten besonders freut: Viele der Frauen und Männer, auch viele der jungen, tragen traditionelle Trachten mit sehr hochgeschlossenen Krägen. Vergeblich sucht man nach einer Jeanshose oder gar einem Rock, der die Knie nicht verhüllt. Auch die vielen Kinder, die nahe bei ihren Eltern gehen, bleiben solange stumm und steif, bis sie die schmale Dorfstraße erreicht haben. Dann aber kehrt leichtfüßig die Jugend zurück und damit der innere und äußere Bewegungsdrang, sodass sie sich wie befreit auf ihre Räder schwingen und lachend und schwatzend auf und davon sausen, dass es eine Wonne ist.

Der hagere, hochgewachsene Mann fühlt bei diesem Anblick

eine bittere Wut und Eifersucht in sich hochsteigen, die er vergeblich zu zügeln versucht. Ja, so ist das Leben auch, denkt er und schaut den Frauen in deren züchtigen Kleidern nach. Einen kurzen Moment verspürt er den zwingenden Impuls, sich zwischen Aufruhr und Tradition entscheiden zu müssen.

Dann gibt er sich einen Ruck, die Peitsche, kehrt auf den Hacken um und marschiert fast im Stechschritt in die Kirche zurück, wo er in einem Nebenraum bereits ungeduldig erwartet wird.

Innen empfängt ihn ein hoher, fast kahler Kirchenraum, der, diesem starken Eindruck kann sich der Besucher nicht erwehren, die Prinzipien von Nüchternheit und Strenge mittels einfacher Bestuhlung und einem völligen Fehlen von kirchlichem Pomp und weltlichem Reichtum verkündet. Das Wort Gottes soll hier gewürdigt werden, soll im Vordergrund stehen und durch keinerlei Ablenkung verwässert werden können.

Sein Gegenüber entspricht ganz und gar diesem Leitbild. Es ist ein Mann mit einem asketischen Körperbau, konzentriert auf den Geist, auf die Aufgabe, sachlich und menschlich kühl und vor allem integer und im Glauben fest.

Der Besucher aus Deutschland weiß, jetzt ist Zeit für ihn da. Es wird wieder eines dieser langen verschworenen Gespräche, die jeden Zweifel in ihm im Keim ersticken und ihm Gedankenschärfe schenken. Es sind diese langen ruhigen Besprechungen, die er so dringend benötigt wie der trockene Boden das köstliche Wasser. Gespräche, in denen er sich ganz und gar verstanden fühlt, genährt mit geistiger Nahrung, und die ihn mit dem missionarischen Stolz erfüllen, der ihn befähigt auf dem richtigen Weg zu bleiben, die ihn darin bestärken, seine begonnenen Werke mit aller Macht zu einem gelungenen Ende zu führen. Heute scheint sein an sich ruhiger Gastgeber etwas Besonderes auf dem Herzen zu haben, denn er beginnt von sich aus das Gespräch, lenkt es auf die aktuelle und, wie er sagt, „brennende Lage“! Erst als er den Gastgeber besänftigt hat, kommen die beiden Gotteskrieger in ihr vertrautes Fahrwasser religiöser Tiefe und geistiger Erneuerung.

Der Gast erinnert sich daran, dass die Heimatstadt seiner

Brüder im Geiste, Lemgo, im 17. Jahrhundert noch calvinistisch war, bis dieser Blütezeit ein jähes Ende bereitet wurde. Jetzt, Jahrhunderte später, darin besteht völlige Übereinstimmung, sind sie bereit, der Sünde erneut Einhalt zu gebieten und sie mit Stumpf und Stiel zu vertreiben.

Die Affirmation, die gemeinsame Übereinstimmung, gibt ihm neuen Mut und neue Kraft, hoch die Ärmel! Es gilt Taten zu vollbringen und Zeichen zu setzen. Damit gibt es auch eine Aufgabe für seine Mitstreiter, so den Pfarrer von „St. Pauli", was für eine Namensgebung, wir sind doch nicht die Reeperbahn: „Gottes Wille geschehe, wie im Himmel also auch auf Erden."

„Paulus-Kirche", das ist der Name, der passt. Die beiden sind sich am Ende, wie immer, einig.

Lange und intensive drei Stunden später, auf der Autobahn zurück nach Osten, spürt er eine tiefe Befriedigung, weiß er doch genauer, was er schon oft gedacht hat: „Man muss die Sünde an der Wurzel ausrotten, je früher umso besser, die Sünde ist weit verbreitet. Der Lust, der Völlerei, dem Konsum gilt es entgegenzutreten. Man muss einfache Zeichen setzen, aber, und das hat er auch unmissverständlich von IHM gesagt bekommen, Vorsicht! In der Ruhe liegt die Kraft, wartet ab, die Zeit ist noch nicht reif, die Maschinenwelt wird sich noch selbst zugrunde richten, Computer übernehmen die Macht, erst dann ist das Wort, die himmlische Botschaft wieder gefragt! Die Menschen werden dann nach SEINEM Wort dürsten, wie das Vieh auf der Weide im Hochsommer es tut, und gierig danach verlangen. Dafür müssen wir bereit sein, nicht aber das Pulver verschießen, wenn der Feind noch im Verborgenen bleibt. Daher ... keine weiteren unbeherrschten Schritte, wie jüngst geschehen, hier muss wieder mit Bedacht gehandelt werden."

Er hat die Warnung verstanden und hoch und heilig versprochen, sie zu vermitteln, er ist doch das geschliffene Werkzeug, schon morgen wird er handeln.

Er ist so in seiner Gedankenflut gefangen, dass er fast die Abfahrt „Bielefeld-Zentrum" verpasst hätte, so sehr ist er gedanklich absorbiert, ist er befasst mit dem Abgrund seiner dunklen und auch kühnen Rachegedankenwelt!

„Seid nicht vorschnell am Werk, ihr müsst euch schonen für SEINE Zeit!“ Unwillkürlich muss er lächeln, erinnert er sich doch daran, dass im radikalen muslimischen Fundamentalismus Menschen wie er als „Schläfer“ betrachtet werden.

Erst als er in seinem Büro in der Fakultät für Geschichte der Universität die Tür hinter sich zumacht, fühlt er sich geborgen. Er betrachtet selbstgefällig die große Anzahl der Fachbücher über Religion, die sein schmuckloses Bürozuhause füllen. Der Raum beherbergt auch eine schlichte Liege, die ihm dazu dient, auch über Nacht dort bleiben zu können, wenn er sich wieder einmal entschließt, nicht in seine eigene Wohnung in der Innenstadt von Bielefeld zurückzukehren, wo ihn ein noch weit weniger attraktiver Alltag als in seinem universitären Büro erwartet.

Hier sind wenigstens alle seine Bücher, viele Bücher, das ist seine Welt der Buchstaben und Hauptsätze, hier lässt sich alles durch ihn beherrschen, hier kann ihm niemand in die Suppe spucken. Der Mensch, Menschen überhaupt sind ihm letztlich unheimlich, hier dagegen ist er sich sicher. Sich bei Menschen zu trauen, außerhalb seiner beruflichen Identität, sich denen zu zeigen, heißt für ihn immer ein hohes Risiko einzugehen, das ist ihm so sicher, wie das Amen in der Kirche!

Das war immer so! Die Arme der Kirche, in die er in seiner Kindheit gefallen ist, die haben ihn nicht aufgefangen, nicht getröstet, die haben nur geschlagen und seiner Seele Wunden zugefügt, die er heute als Narben sieht. Und weitere Narben kann und will sein Seelenleben nicht vertragen, dafür wird er sorgen. Sich zu bescheiden, das hat er gelernt, damit ist er groß geworden, man könnte sogar sagen, deshalb ist aus ihm eine anerkannte Persönlichkeit geworden, dessen kleines Doppelleben niemanden zu interessieren hat.

Er packt seine paar Sachen zusammen, verstaut den Laptop in seiner Arbeitstasche, steckt seine Butterbrotdose dazu, und fast hätte er geflennt, denn diese silberne Dose, die erinnert ihn an jemanden, den er sehr verehrt hat. Er dreht die Dose zärtlich hin und her und versenkt sie dann wieder in seine Tasche.

Er schimpft sich einen sentimentalen Hund und zieht die Bürotür hinter sich zu, sachte, ganz sachte, als ob er die Geister, die ihn quälen, nicht darauf aufmerksam machen möchte, aufzuwachen und ihm zu folgen. Eine weitere Nacht ohne Albträume täte ihm gut, vor allem seiner Konzentrationsfähigkeit, die er braucht, um seine Pläne zu verwirklichen.

„Die rote Tür“, dieses Symbol für Ausgrenzung und Verrat, die bleibt für ihn heute und morgen zu, bis an sein einstiges Lebensende!

Er ist daran gewöhnt, ein sehr reduziertes Leben zu führen, wie zwischen den Leerzeilen seiner Bücher, da ist wenig Platz für schöne Träume. „Schlaf gut, mein Junge“, wer diesen Satz niemals gehört hat, verbunden mit einer sanften Berührung der Haare und dem Andrücken der Bettdecke, wer den nie gehört hat, der hat keine „schönen Träume“ und der sollte auch keine haben, besonders nicht den, dazuzugehören.

Die wohlwollenden Augen vertrauter Menschen, zum Beispiel der Eltern, können einen lehren, einen gutmütigen Blick auf die Welt zu werfen. So kann man die Schönheit erblicken, das Wunder Erde, kann man sich Freude und Freunde erschließen.

Wenn man diese Sichtweise nicht erleben konnte, bleiben einem oft nur die Vorsicht und der Abstand als Strategien des Überlebens. Manchmal ist mein Zorn so immens, dass er mich verschlingen könnte.

13 Liebe kann Berge versetzen

Die Kommissare schlagen derweil eine neue Seite ihrer Zusammenarbeit auf. Sie sitzen in Johanningmeiers Büro und warten auf die Freigabe des Vernehmungsraumes, der im Moment noch von einem anderen Kollegen vom Dezernat „Mord und Totschlag“ besetzt ist.

Die Kommissarin Annette Sasse freut sich, denn sie ist von heute ab offiziell vom Sittendezernat, in dem sie seit einiger Zeit tätig ist, an die Mordkommission ausgeliehen worden. Die Polizeichefin hat gesagt: „Sie werden hinzugezogen, bis wir Grund in der Sache haben, und zusammenarbeiten, das können sie beide ja, das wurde hinlänglich bewiesen", und sie zwinkert ihr dabei zu.

Es ist wie beim Fastenkurbrechen, denkt Annette, zunächst, so lange man fastet, fühlt man sich leichter, man kann sich wieder besser bücken, fast wie mit achtzehn, und schöner fühlt man sich auch. Einbildung ist auch eine Bildung, hätte mein Vater gesagt, aber mal ehrlich, vieles andere Schöne fehlt einem doch. Zum Beispiel das leckere Brötchen mit dick Leberwurst und Butter, und dann ergibt sich plötzlich die Gelegenheit, dann liegt das Brötchen, sagen wir mal auf einer harmlosen Geburtstagsfeier bei einer vollschlanken Kollegin. Liegt da und lächelt, und dann, ja dann, dann zögert man vielleicht noch, da hat man noch jede Option, da spürt man, dass man selbst entscheiden muss und kann, die Wahl, ja die Wahl, das ist es und dann gibt es eben die Gelegenheit, alle langen zu. Dann sagt so ein Verräter, jemand, den man nicht so richtig mag: Prost Brötchen, und dann schiebt man diese fettige, frische, weiche Kaumasse zwischen seine Zähne, hm, wie bei der Werbung, ein Genuss ohne Reue.

Johanningmeier übt sich im Gedankenlesen, sieht sie strahlend an und sagt mit Nachdruck: „Mensch, Annette, wie schön, dass wir wieder zusammen arbeiten können und auch müssen, wie damals!"

„Gelegenheit macht Diebe, auch bei der Bullerei", strahlt Annette zurück. Wenn sie schon mal die Gelegenheit haben, wieder an einem Strang zu ziehen, dann aber auch mit Feingefühl und dann aber Hauruck!

Johanningmeier sieht zufrieden, dass „seine" Annette die von ihm im damaligen Überschwang der Gefühle geschenkte Fanladen-Kaffeetasse immer noch im Dienst in Benutzung hat.

„Wann haben wir uns eigentlich zum letzten Mal gesehen?"

„Augen auf, mein Lieber! Sehen ist doch wohl weniger das Problem, oder?"

„Aber bei aller Freude über das, was wir so sehen, zurück zur Sache“, sagt Johanningmeier mit einem schlechten Gewissen gegenüber Annette und seinem Arbeitgeber, der Polizeipräsidentin zu Bielefeld, „auch ich freue mich riesig, aber wir müssen uns ein bisschen anstrengen. Der öffentliche Dienst hat gerade 2,8 Prozent mehr in die Lohntüte bekommen. Hier scheint mir ein Serientäter zu Gange zu sein. Erst die Überfälle mit Beschimpfungen und weiterem verbalen Müll, jetzt ein Überfall mit Körperverletzung und Todesfolge, da hat einer noch Luft nach oben!“

„Der Doktor im Klösterchen hat doch das Werkzeug benannt, mit dem der Finger abgetrennt wurde, und es in Zusammenhang mit den Lemgoern gebracht. Wie wäre es, wir recherchieren erst einmal dort? Dürfen wir das? Sind nicht die Detmolder Kollegen dran?“, fragt Annette.

„Kooperation, Vernetzung, meine Liebe! Also eins weiß ich genau: Dich, meine Liebe, gibt es, und vielleicht auch noch. Oder wie nennst du dieses komische aufgeregte Gefühl, das mich beschleicht, wenn ich dich sehe, von dir höre, an dich denke?“

„Panikstörung, das ist nur eine Panikstörung, nichts Schlimmes, kann man behandeln, frag Doc Sauer!“ Annette Sasse lächelt zufrieden und irgendwie vielschichtig.

Als sie zusammen ins Vernehmungszimmer gehen, sitzt dort eine erschöpfte Inga Blitz. Ratlos fühlt sie sich und ohne Mut.

„Wir werden erst mal in aller Ruhe die Fotodateien durchsehen, vielleicht erkennen Sie ja jemanden!“, sagt Annette mit ihrer warmen Stimme. Inga nimmt sich viel Zeit bei der Durchsicht der Fotos, kann aber keinen der jungen Männer entdecken, den sie schon mal glaubt, vorher gesehen zu haben. Ob jemand ihr so etwas Schreckliches angetan haben könnte? Das kann man doch sowieso niemandem ansehen, besonders dann nicht, wenn man eigentlich an das Gute im Menschen glaubt.

„Offensichtlich handelt es sich um Ersttäter oder um einen, den wir noch nie erwischt haben, aber das wird sich ändern. So zwei Jungens können sich ja nicht in Luft auflösen“, sagt der Kommissar mit großer Überzeugung.

Inga weiß nicht recht, sie traut erst mal keinem, der ihr etwas verspricht. „Ich muss ja auch etwas gelernt haben, das ist mir ja nicht so von ungefähr aus heiterem Himmel passiert!"

Aus seinem Mund quillt ein Lustlaut, als er begreift, hier ist ihm ein Meisterwerk gelungen.
Dieses Foto, rot wie Blut, zeigt, wie keine andere seiner Aufnahmen, den Sinn des Lebens, das Werden und Vergehen, welch ein Sinnbild.
Wie bedauerlich, dass niemals jemand anderer dieses Bild sehen kann und diese Assoziation wird entwickeln können.
Das ist der Preis dafür: Das Ausmaß seines Wunsches, den richtigen Blick auf die Schönheit zu finden, bestimmt auch die Höhe der Kosten, denn er wird diesen Blick nicht mit anderen teilen können.

14 Schuster bleib bei deinen Leisten

„Los, wir müssen uns treffen! Hans-Christian, ruf du unseren Pfaffen an, der ist ja schwerer zu erreichen als der Papst, wir müssen sprechen. Ich war bei ihm und er hat mir befohlen, uns zu bescheiden, nichts mehr zu tun, was unserer Botschaft schadet. Wir dürfen uns besänftigen, er hat es uns erlaubt. Sag mal, hörst du mir überhaupt zu?"

Der Angerufene schweigt betroffen.

„Noch so eine unbedachte Aktion von dir und die Polizei steht erst bei dir und bei uns und bald auch bei ihm vor der Tür. Wir sind in der EU, Holland ist nur ums Eck und er hat mir unmissverständlich klargemacht: Stoppt diese Aktion, und zwar sofort." Seine Worte überschlagen sich fast und er schaut zur Bürotür, sich versichernd, dass diese auch richtig verschlossen ist. Jetzt noch so ein Fehler, eine Unachtsamkeit, dann ist alles verloren. Auch, so denkt er, nachdem er den Hörer behutsam in die Halterung zurückbefördert hat, der Fundamentalismus bedarf des achtsamen Umgangs, gerade er, ist er doch in allen Ecken der Welt im Blickpunkt des Interesses. Die Medien stürzen sich doch geradezu auf jede Äußerung, die nicht im Mainstream schwimmt. Und die Auswüchse der Bewegung, die mögen verdammenswert sein, nicht aber die Inhalte. Zucht und Ordnung, klare Ziele, kein Gemauschel, das Bekenntnis zu SEINEM Wort in Schrift und Tat.

Er dreht sich mit seinem Schreibtischstuhl vom Tisch weg und zum Fenster hin. Er sieht vom achten Stock nach unten. Das Wetter ist einladend, die anonym wirkende Riesendenkfabrik zu verlassen. Er sucht in seiner Tasche nach seinen Zigaretten, ein Laster, das er seit Jahren ohne eine Chance auf Erfolg bekämpft, findet eine noch geschlossene Packung und lässt seinen Blick noch einmal nach draußen wandern, über die weite ostwestfälische Hügellandschaft bis zum Wiehengebirge und, da überlässt er sich ganz der Phantasie, über die norddeutsche Tiefebene hin zum Meer, dem Ort auf der Welt, wo er sich dem Kommen und Gehen der Ewigkeit am besten hingeben kann. Dort kann er seine Bestimmung ahnen, aber wenn er in der Nähe bleibt, sieht er Gruppen von Studierenden, die wegen des Sonnenwetters ihre Seminare aus den Innenräumen der Hochschule auf den Rasen verlegt haben, und hin und wieder fallen ihm Sonnenbadende auf, die sich teilweise entblößt der Umgebung zumuten. Alle nur Schamlose, denkt er ganz ohne eine Spur von christlicher Gnade.

„Mist, ich habe kein Feuer! Dann eben nicht, soll ich etwa diese Zumutungen da unten um etwas bitten? Soweit kommt es noch. Ich will gefragt werden, wo es langgeht! Das ist meine Aufgabe auf dieser verrohten Welt, die sich doch nicht um die Verlorenen schert, die doch nichts dazu tut, dass sich die einfachsten Träume nach Anerkennung und Liebe erfüllen, weil man sie braucht und nicht, weil man darum bittet. Das ist doch Menschenkinderrecht.

Wie der letzte Aussatz wird man doch behandelt, wenn man nicht passt. Ausgesondert, einer seelischen Sonderbehandlung zugeführt, und am Ende landet man vor einer roten Tür mit der Aufschrift: Zutritt verboten. Nur auf eigene Gefahr, und Kinder, die was wollen, die kriegen was auf die Bollen. Wie war das noch? Der große Schlafsaal, fünfzig Jungen in ihren Betten, zehn Uhr Licht aus, und wehe jemand musste in der Nacht mal aufs Klo. Stubenarrest oder noch schlimmer: Gerichtsverhandlung vor allen Kindern und Schwestern. „Gib deine Schuld zu, gesteh, du hast dich wieder beschmutzt. ER sieht und hört alles, dein Bettlaken beweist es, das ist Sünde, dadurch bekommt man Gehirnerweichung. Hier, sieht euch das an, der Achim kann mal wieder nicht seine Hände über der Bettdecke halten, er ist ein Schweinchen, so ein kleines fieses Schweinchen! Am Sonntag muss er auf dem Zimmer bleiben, was sagt ihr dazu? Ihr seid seine Freunde, kann man mit so einem Schweinchen spielen, sprechen? Geh mir aus den Augen, du Ekel!“ Die fromme Schwester mit ihrer blühten weißen Haube ist kein Engel, nein, sie führt aus reiner Liebe zum Herrn ein strenges Regiment.

Die Kinder sollen fromme Christen werden, koste es, was es wolle … mit Feuer und Schwert, mit Liebe zu unserem Herrn Jesus. „Oh Haupt voll Blut und Wunden!“

Achim steckt die bereits herausgezogene Zigarette wieder zurück in die Schachtel und verschließt diese sorgfältig. Ordnung zu halten, das hat er wirklich gelernt, das wurde ihm eingebläut, eingetrieben, mit aller Wortgewalt, die in der himmlischen Botschaft zum Ausdruck kommt. Immer wieder ist sein Alltag gespickt mit Erinnerungen an die Leidenszeit im Heim. Er kann den Bildern nicht entfliehen, sie verfolgen ihn auf Schritt und Tritt.

Eines Nachts hatte er starke Ohrenschmerzen, er wusste, er durfte nicht aufstehen, war aber dazu gezwungen, weil er den Schmerz nicht mehr aushielt. Die Nachtschwester rief den Notarzt und der brachte ihn in ein Krankenhaus. Dort erlebte er zum ersten Mal Schwestern, die in berührten, die ihm über den Kopf strichen. Er wollte dort bleiben, aber er musste nach der Genesung zurück. „Es gibt also doch etwas Schönes in der Welt, nur nicht für mich. Deshalb bleibe ich besser allein. Am liebsten würde ich in einer Höhle wohnen und man brächte mir das Essen."

Mitgefühl kann man nicht lernen, man muss es erfahren.

Die Zigarettenschachtel verschwindet in seiner Aktentasche und er wird wieder von einem dieser Versatzstücke aus seiner kindlichen Vergangenheit berührt, wo ein Schokoladenstückchen Monate im Versteck blieb, wenn es nicht sofort nach Erhalt fix gegessen wurde.

Diese Selbstverordnung von lustvollem Verzicht! Wie leicht es ihm fällt, der Herr wird es ihm danken: „Üb immer Treu und Redlichkeit ..." Achim wendet sich ab, macht den Computer für heute aus und geht zur Tür hinaus, die er zweimal hinter sich abschließt. „Doppelt hält besser", auch mit dem Gedanken, „ich lasse alles Böse hinter mir!", und seine schlanke Silhouette verliert sich weit hinten in einem der endlos erscheinenden Gänge dieser Katakomben der modernen Wissenschaftsfabrik.

Es ist ein Wunder, dass in diesem unerotischen Gebäudekomplex allerlei Träume blühen, Phantasien erblühen und umgesetzt werden und blutarme Ideenträger sich dem Fortschritt der Menschheit mit ihren empathischen Herzensangelegenheiten, „Macht Euch die Erde untertan!", und in den Dienst der Forschung stellen und helfen, zur Entwicklung unseres Planeten Erde beizutragen.

Den Hut davor zu ziehen, ist das Mindeste, was wir tun können, denkt Achim und spürt eine Dankbarkeit seinem Herrgott gegenüber, die ihn so selten erfüllt, dass er selbst davon überrascht ist und diesen Gedanke lächelnd mit sich in den lauen Sommerabend nimmt.

Manchmal, wenn er mit sich selbst besonders zufrieden ist, geht er in seine geheime Räumlichkeit und setzt sich in die Mitte des Raumes, so, wie es auch Museumsbesucher tun, wenn sie in aller Muße die Bilder eines Künstlers betrachten wollen. Versunken sitzt er dann, und die Ruhe der Bilder umfasst ihn fast liebevoll.

Was ihm am meisten gefällt, ist, dass so mancher Schnappschuss enthüllt, dass er unabsichtlich zustande gekommen ist, das sind immer Bilder mit einem gewissen Geheimnis.

15 Es wird gegessen, was auf den Tisch kommt

Als Treffpunkt haben sie, wie immer, die alte Lemgoer Kneipe Zündkerze bestimmt. Dort kennt man sich und die Anzahl der Fremden hält sich in Grenzen. Sie treffen zur verabredeten Zeit dort ein. Die penible Pünktlichkeit ist Teil ihres Denkens und Handelns, aber auch diese durch und durch calvinistischen Tugenden, zu denen auch Pflichtgefühl, Ordnung und Sauberkeit zählen, sind in ihren Augen in höchster Gefahr.

Auch auf den Professor, der extra aus Bielefeld angereist ist, trifft das zu, auch er ist auf den Punkt genau zur Stelle: „Fünf Minuten vor der Zeit ist des Soldaten Pünktlichkeit!" Er muss kurz lächeln, bitter, schmallippig.

Nach der äußerst knapp gehaltenen Begrüßung nehmen sie Platz und bestellen ihr Abendessen, ganz in der heimischen Tradition mit Getränken. Hans-Christian eröffnet das Gespräch, eines, vor dem sich alle fürchten, weil es einigen Zündstoff enthält.

„Diesel braucht keine Zündkerzen", versucht er witzig zu sein und sagt dann fast im flehendem Unterton: „Ich habe doch nur in unserem Sinne gehandelt und wusste weiß Gott nicht, was sich ereignen konnte. Ich wollte doch die Frau nicht töten ... und trotzdem sage ich Euch: ich vergebe euch von Herzen, denn auch ihr tragt eine Mitschuld!" Er hat diesen Satz der Vergebung zu Hause gut vorbereitet und stößt damit, auch weil er es mit allem Nachdruck sagt, erwartungsgemäß auf völliges Unverständnis, das sich steigert, als er hinzufügt, „dass ihr mich verführt habt und dass seit Jahren, aber ich vergebe euch, wie der HERR mir das befiehlt."

Ziemlich gut geschützt, von den übrigen Gästen der Kneipe mittels einer Zwischenwand abgeschirmt, sitzen, wie in einem Chambre séparée, zur frühen Abendzeit diese drei Männer eng beisammen, die seit Langem eine gefährliche Gemeinsamkeit verbindet, die sie sich selten so brutal eingestehen wie heute: Sie wollen über andere dank ihrer Botschaft herrschen, sind aber sämtlich beherrscht von Existenzangst, von der dauernden Angst vor Entlarvung und vor dem daraus sich zwangsläufig ergebenden Totalverlust ihrer sozialen und persönlichen Identität, vor einem öffentlichen Urteil. Diese Gefahr riskieren sie, denn sie betrachten sich als die wahren Retter der reinen christlichen Lehre.

„Ich verstehe nicht, was du da faselst. Bist du nicht mehr gescheit?" Der Ältere der drei Männer ist voller Zorn, ereifert sich und versucht ihn zur gleichen Zeit zu bändigen, sammelt seinen Gedankensturm und sagt dann eindringlich mit festem Nachdruck: „Ich bin der festen Überzeugung, er hat es mir, uns befohlen: Wir sollten sofort aufhören, Gottes Werkzeuge zu sein, wir sollten uns auf unsere eigentlichen Aufgaben besinnen und warten, bis Gras über diese unappetitliche Sache gewachsen ist. Alles zu seiner Zeit."

Der Mann spricht am Ende noch eindringlicher, senkt seine Stimme geschickt und flüstert fast, um dann lauter werdend und beschwörend hinzufügen, wobei er sein Gegenüber scharf fixiert: „Du Versager, du, verdammter Versager!"

Der so Gemaßregelte gibt sich ganz zerknirscht und beteuert: „Glaubt mir, es war ein Unglück, glaubt mir, ihr müsst mir glauben! Ich bin doch kein Mörder, es war doch keine Absicht, ich habe gewirkt wie immer, wie ER es uns befohlen hat, seit dem Anfang der Welt, wir sind nur SEIN Werkzeug, wir haben es uns doch geschworen. Ich wurde nicht erkannt, ich habe nichts falsch gemacht."

Auch der dritte Mann, ein schmaler, hochgewachsener Typ, der bislang geschwiegen hat, beugt sich nach vorne, sieht den Jüngeren ebenfalls anklagend an, rückt ihm mit seinem bleichen Gesicht auf die Pelle und blafft ihn dann wie ein scharfer Hund an, der nur noch von einer Leine zurückgehalten wird: „Wie konntest du nur, Kläglicher!"

Der Angeklagte hebt abwehrend und zugleich warnend seine Arme hoch, bittet sein Gegenüber um Zügelung der Lautstärke, und der Gemeinte wird noch eine Spur fahler im Gesicht, atmet schwer, ballt dann aber die Fäuste, sein Gesicht rötet sich, als ob er nicht nur verbal zurückschlagen will. Dann aber löst er die Finger wieder und lässt die Arme, die er bereits in Boxerstellung gebracht hat, sinken.

Die gesamte aufgestaute Energie entweicht aus ihm, und übrig bleibt der Anblick einer jämmerlichen Gestalt, als ob man aus einem Plastikkrokodil, das als Schwimmhilfe dient, den Stöpsel herauszieht, und alle Luft, die in dem Viech versammelt ist, entweicht mit einem lang gezogenen „Ff!".

Er wird mit stiller Verachtung von den beiden anderen Herren bestraft, sodass die kleine Konferenz, die sie in der Not schnell einberufen haben, um die neue Situation zu begreifen, inmitten von Lemgos üppiger Kneipenszene, abrupt beendet wird. Auch der schwache Versuch seitens des Beklagten, noch einmal an die Solidarität und den gemeinsamen Auftrag zu erinnern, wird durch den Hinweis auf die Selbstverantwortlichkeit jedes Einzelnen vom Tisch gewischt. „Auch du, Elendiger, bist vor unserem Herrgott allein, wenn das Jüngste Gericht tagt!"

Das bestellte Abendessen, zweimal Roulade nach Art des Hauses gefüllt mit durchwachsenem Speck, Gurke und Zwiebeln mit einem kleinen Salat und einmal ungarisches Gulasch mit bayerischen Knödeln, dazu zweimal stilles Wasser und ein alkoholfreies Bier, wird nicht verköstigt, aber beim Hinausgehen von jedem einzeln an der Theke ohne Trinkgeld bezahlt, und die Herren gehen vor dem Eingang der Kneipe wort- und grußlos auseinander, ohne sich noch einmal nacheinander umzusehen oder gar einen weiteren Termin zu verabreden.

Sollte jemand doch unerwartete Sehnsucht nach dem einen oder anderen haben, kein Problem, man weiß ja zu gut, wo man seinen Kumpanen im Geiste finden kann.

Einer der drei Männer geht zu seinem Wagen und startet ihn in Richtung Bielefeld. Er leidet, und es steigen Erinnerungen in ihm hoch, die er schon lange nicht mehr hatte. Plötzlich wird alles ganz klar. Es hat etwas zu tun mit dem Essen, dass er zwar bezahlt hat, aber hat stehen lassen müssen, weil die anderen es so wollten. Daher kommt ein massives Schuldgefühl, es stürzt sich über ihn wie eine große graue Wand.

„Was, du hast dir Brot eingesteckt, du gieriger Lümmel? Du, dir werden wir es zeigen!" Die Obernonne reißt ihn mit sich in den Waschkeller. Dort warten die Hiebe, aber die tun gar nicht weh, was wehtut, ist die Schmach. Er muss, während die anderen Kinder essen, in der Ecke stehen, er muss zusehen und darf nicht zulangen.

Was immer er sich auch heute zubereitet mit Bedacht, das isst er hastig auf, bis zum letzten Wurstzipfel, und er schaut beim Essen in der Mensa, beim Schlingen, nach rechts und nach links, ist immer der Erste, der fertig ist. Und dann?

Panik überfällt ihn, wenn er kein Essen im Kühlschrank hat. Er hat Angst zu verhungern. Seit damals. Und er darf nichts stehen lassen, kein Essen, das ist Sünde. Eine Todsünde, eine, die nicht verziehen werden wird, hier nicht und auch nicht im Himmel, Amen. In der Nähe der Autobahn fährt er zu einem McDonalds und isst eine doppelte Portion Pommes mit Majo. Und er ersäuft sein schlechtes Gewissen im Altöl aus der Frittenschmiede.

Er bleibt noch eine Zeitlang auf dem Parkplatz vor dem Schnellrestaurant stehen, ehe er weiterfährt. Jetzt, wo er gesättigt ist, ist wieder Platz für seine allgemeine Unzufriedenheit. Nach seiner Wahrnehmung mehren sich die Zeichen dafür, dass eine generelle, gesamtgesellschaftliche Kehrtwendung vor der Tür steht. Die Parteienlandschaft verändert sich, schneller als gedacht, die Angst vor dem fremden Gesocks nimmt zu, reziprok zur Menge der Asylantenflut. Es braucht eine entschlossene Hand. Leute, die bisher geschwiegen haben, wagen es wieder, ihre Meinung den Medien entgegenzuschleudern: „Wir sind das Volk!"

Es ist die Zeit für Märtyrer. Ich bin bereit, denkt er, mehr als bereit, schon immer! Noch unterwegs hat er sie gesehen auf der Straße, die Frauen, vermummt bis zur Oberlippe, ganz in Schwarz, wo soll das enden?

Wir dürfen das große Ziel nicht aus den Augen verlieren, hat er gesagt: Da hat er Recht. Wir müssen uns unser Recht zurückholen. Der Calvinismus ist nicht tot, alle werden es hören, erleben, mit uns feiern. Die Aufstiegsparty wird ein Fest, wie es früher einmal war: Mit Kirchdonner und gewaltiger Rede von IHM.

Er kann warten, er weiß genau, die nächste Gelegenheit zu einem Schnappschuss wird kommen. Manchmal dauert es lange, aber wie ein Angler weiß er, Ungeduld wäre kontraproduktiv.
Er ist doch ein Meister der Objektbetrachtungen. Chancen werden ihn suchen und finden.

16 Kategorischer Imperativ

Schluss für heute, denkt Dr. Rainer Sauer und reibt sich die brennenden Augen. Vom Gefühl her ist es nach Dienstschluss und er sitzt immer noch in seinem geräumigen Praxisraum an seinem Schreibtisch am Computer. Er hat sein Psyprax-Programm aufgerufen, das ihm unter anderem sagt, welcher Patient als Nächstes zu ihm kommen wird.

Heute kommt kein Kunde mehr, wie er erleichtert feststellt. Nach der jeweiligen Konsultation des Klienten kann er im Programm den Termin als erfolgt bestätigen, und am Ende eines Quartals kann er, ebenfalls mithilfe dieser modernen Technik, die Privatrechnungen ausdrucken, eintüten, absenden und später liquidieren, nachdem er die Übersicht über seine Leistungen der Kassenpatienten per Knopfdruck an die Kassenärztliche Vereinigung gesendet hat. Was aber, wenn die Daten noch ganz woanders angesehen werden? Von Unbefugten, vom Arbeitgeber, von Ämtern, von Menschen, die institutionelle Macht haben? Es geht ihm durch den Kopf, wie es um die Datensicherheit heutzutage bestellt ist. Genau genommen müsste man zur Steinzeit zurückkehren, wollte man sich sicher sein, dass Daten nicht in falsche Kanäle geraten, aber so paranoid sind wir dann doch nicht, sagt er sich, kann sich aber trotzdem nicht ganz beruhigen. Entschlossen meldet er sich ab und gibt dem Apparat Urlaub bis zum nächsten Tag.

Er hat vom vielen Wein am Vortag noch einen dicken Kopf und schimpft mit sich. Bin ich schon auf dem Weg zum Alkoholiker?, fragt er sich und muss sich, wenn er ehrlich ist, wenn auch unter den Vorbehalten, die Alkoholiker gerne als Ausreden benutzen, die Diagnose Gewohnheitstrinker verpassen. Ich muss unbedingt eine Saufpause machen, wann ist denn eigentlich Fastenzeit? Ab Aschermittwoch, sechs Wochen, kein Alk, kein Kaffee, kein Fleisch ... Was ist mit Schmierleberwurst? Sein Lebensmotto „Lieber Rotwein als Tot sein“ hat vielleicht auch ein wenig ausgedient, wenn er die Sterbestatistiken ansieht, an denen sich ein unmittelbarer Zusammenhang zwischen Alleinleben, Alkoholmissbrauch und Sterblichkeit herstellen lässt. Ein sicheres Vorhersagezeichen für einen verfrühten Tod sind auch, wie er liest, männlich, allein lebend, wenige soziale Kontakte. Mit anderen Worten, konstatiert er, da könnte ich doch mit meinem kühnen Vorhaben ins Wanken geraten, na ja, mal sehen. Ich sollte nicht bis zum kommenden Frühjahr warten, es gibt, so sagt der Psychologe gerne, keinen besseren Moment als den momentanen. Ich erlaube mir einen vorgezogenen Aschermittwoch!

Nach dieser klärenden Entscheidung geht es ihm etwas besser, und siehe da, auch die Kopfschmerzen sind weg. „Placebo, auf dich kann man sich immer verlassen!“, ruft er begeistert. Die äußeren Veränderungen in seinem Lebensalltag haben sein Empfinden sehr verändert. Zum Beispiel ist er deutlich schreckhafter geworden, und er bedauert es jetzt manchmal, nicht mehr wie zuvor in der Klinik ganz einfache Kontaktmöglichkeiten zu Kollegen und Patienten zu haben. Jetzt sind seine Wege zu Kontakten länger und aufwendiger geworden, seine Einsamkeit größer, und es braucht Verabredungen und Extratermine.

Seine neuen Freunde, Annette Sasse und vor allem Johanningmeier, sieht er hin und wieder, und sie spielen Tischtennis auf einer improvisierten Anlage in seinem Wohnzimmer oder Schach. Praktische Unterstützung bei der Bewältigung seines Alltags als Behinderter findet er bei einer liebenswerten Haushilfe, die ihn auch an ihrem Familienleben, soweit wie möglich und gewünscht, teilnehmen lässt. Ein Mehr an praktischer Hilfe bei der Bewältigung des Alltags ist notwendig, weil Dr. Sauer sich nach jahrzehntlanger Überbelastung seiner Rumpfmuskulatur und im Schulter- und Nackenbereich einigen Operationen unterziehen musste. Durch Liegezeiten und mangelnde Bewegung wurde er inaktiver, eine Tatsache mit der er sich jedoch allmählich anfreundet, bleibt ihm doch nichts anderes übrig. Ich bin einfach ein alter Knochen, denkt er und spricht sich Mut zu.

Er, als Helfer in psychischer Not, sollte es zwar besser können, Hilfe anzunehmen als andere, spürt aber, wie bei einem Teil seiner Klienten auch, dass ihm nicht immer gleich wohl dabei ist, je nachdem, von wem die Hilfe kommt und wie sie ausgeübt wird. Höhere Hilfsbedürftigkeit bedeutet auch höhere Abhängigkeit. Mit seinem Auto und Rolli, den er alleine in die richtige Position bringen konnte, war er unabhängiger. Jetzt sitzt er viel in seinem Elektrorollstuhl und wartet seit Tagen darauf, dass ihm die zu schwach gewordenen Batterien ersetzt werden. Die zuständige Firma hat ihm manches versprochen, aber noch wenig eingehalten. Der Ärger, der dadurch entsteht und in ihm hoch kocht, ist natürlich ungerecht, aber er kann ihn nicht verbergen, nicht immer: Ich will nicht so ein verbitterter Behinderter werden, der seinem Klischee darüber entspricht. Bloß nicht, denkt er und drückt auf die Tube, sodass sein neuer Rolli wie eine Rakete durch seine Praxis saust.

Er will sich gerade auf den kurzen Weg zu seiner Wohnung machen, als das Telefon klingelt. Er greift nur sehr zögerlich zum

Hörer, hält er doch seine Arbeit für heute für beendet, nimmt aber doch ab, als er die Nummer des Anrufers erkennt.

Am anderen Ende hört er die zwar etwas müde, aber dringliche Stimme von Johanningmeier: „Was machst du heute? Komm, wir treffen uns, hast du Zeit? Wir haben eine Serie von Untaten und noch keinen Täter, wir brauchen deine Ideen."

„Sei mir nicht böse, du weißt, dass es mir guttut, nützlich zu sein ... ich rufe dich morgen Abend an, versprochen, nach Dienstschluss, noch ehe mir die Decke auf den Kopf fällt, so long!" Dr. Sauer muss sich heute um sich selbst kümmern, das tut sonst keiner mehr, seit er sozusagen solo ist. Natürlich ist er erfreut, gefragt zu sein, kann sich aber seiner untergründigen Bedrückung nicht dauerhaft erwehren.

Was ihn im Moment am meisten bedrückt, ist ein völlig neues Phänomen, etwas, was er sehr zwiespältig beobachtet. Es geht ums Internet. Seitdem in diesem Bereich immer mehr Skandale und Schweinereien ans Licht kommen, fragt er sich, wann er und seine Berufskollegen dran sind. Wird es bald ein Ranking der ortsansässigen Praxen geben? Und dann? Sollte man sich das antun, was andere einem ankreiden? Kann man sich gegen diese Art von Rufmord eigentlich wehren?

Dr. Sauer ist sehr verunsichert und muss daran denken, was Goethe sagte: „Es kann der Beste nicht in Frieden leben ..." Aber wer entscheidet das heute? Der Beste! Was für ein Therapeut ist der, der nicht wagt zu konfrontieren, der dem Patienten nach dem Munde redet? Wie schmal ist der Grat für eine möglicherweise lange therapeutische Wanderung? Was passiert, wenn man jemanden doch gezielt vom erwarteten Weg weglocken muss, damit der etwas merkt? Aber das bedeutet auch Irritation, gezielte und gekonnte Verunsicherung, das zu Ende Denken von abwegigen Gedanken. Er packt seine sieben Sachen, übrigens ein Bild, das aus dem Iran stammt und die lebensnotwendigen Dinge beinhaltet, die man auf eine lange Reise mitnimmt, zum Beispiel Salz, Brot, ein Buch, Wasser, etwas zum Feuer machen, Kleidung und einen Schutzengel. Er muss noch an das katholische Polen denken, wo man zu Ostern Brot und Eier mit in die Kirche nimmt, um sie dort vom Pfarrer segnen zu lassen.

Ob die dann noch vertilgt werden und was dann mit einem geschieht? Weiß der Himmel, die Menschen denken sich eine Menge kreativer Sachen aus, um die Angst vor dem Tod in Schach zu halten. Davon leben ganze Religionen. Wenn ich nur an die Ablassbriefe denke, gegen die Martin Luther zu Felde zog.

Dr. Sauer wünscht sich manchmal so einen naiven und sehr preiswerten Glauben zurück, der ihm früher beim Einschlafen geholfen hat.

Noch nie habe ich bei McDonalds jemanden beten sehen. Er hat plötzlich einen richtigen Heißhunger auf so einen Burger und rollt aus der Praxis in Richtung Innenstadt, wo er weiß, so einen findet er dort am Bahnhof.

17 Guter Rat ist Goldes wert

Am anderen Morgen steht Rainer Sauer etwas früher auf als üblich, er hat sich den Wecker gestellt, denn er hat einen wichtigen Termin in der Innenstadt, den er auf keinen Fall verpassen will. Diesen Termin hat er sich schon viele Wochen sehnlich herbeigewünscht, aber auch herbeigefürchtet.

Zur Spannungsreduktion kämmt er sich heute besonders genau seine langen weißen Haare, putzt sich verdächtig akkurat seine Zähne, was auffällig ist, neigt er doch normalerweise zur Katzenwäsche. Er fühlt sich ein wenig wie vor einer Prüfung, entscheidet sich, ganz ruhig zu bleiben, was natürlich nichts bringt, außer Stress, nämlich den, pünktlich zu sein.

Obwohl er schon lange im Psychogeschäft ist, hat er doch, wie andere Menschen auch, Angst vor dem Ungewissen. Der Anfahrtsweg bis zu seinem Ziel ist ihm viel zu kurz, und binnen zehn Minuten steht er vor dem Haus, das in einer ruhigen Seitenstraße in der Nähe des Jahnplatzes steht. Er sucht auf dem Türschild seine Wunschadresse und klingelt dann am Praxisschild einer Kollegin, sein Herz klopft.

Auf dem Schild liest er „Ärztliche Psychotherapeutin und Supervisorin“ für irgendeine psychoanalytische Fachgesellschaft. Er weiß, er muss sich jemandem anvertrauen, hat er doch persönlich ein paar schwierige Jahre hinter sich. Die Bedrückung verdrückt sich nicht einfach so, er muss sich erklären, immer besser, auch wenn es dicke kommen sollte. Schlimm wäre nur das Schweigen, wenn gar nichts kommt.

Mut hat auch der kleine Muck!, zitiert er aus einem Kinderbuch seiner Kindheit.

Mein Motto ist doch, auf meine Arbeit bezogen: Therapie ist auch die Suche nach dem versteckten Humor. Der scheint ihm sich selbst gegenüber abhanden gekommen zu sein, er ist verkrampfter geworden. Wenn jemand in seiner Kindheit etwas Witziges von sich gab, aber die Pointe vermasselte, dann sagte sein Vater gerne: „Zeig dich Witz, du bist umzingelt! Haha!“

Eine schmale Dame mit grauem Haar öffnet ihm die Tür ihrer Praxis, die sie sich mit zwei Kolleginnen teilt. Die Frau strahlt Seriosität, bescheidene Eleganz und Kompetenz aus. Es scheint in dieser Praxis keine Sekretärin zu geben, was für seinen Berufsstand nichts Ungewöhnliches ist. Optisch schön eingerichtet befindet die Praxis sich im ersten Stock eines alten Bürgerhauses mit hoher Stuckdecke. In der Luft schwebt ein leicht puderiges Parfüm, was Dr. Sauer komischerweise an die Handtasche seiner Mutter erinnert, an der er als Kind gerne geschnuppert hat.

Geschmackvoll, denkt er anerkennend. Was es schon mal rein atmosphärisch ausmacht, wenn sich eine Kollegin mit dem Händchen für Schönes ihren Arbeitsplatz herrichtet!

Dr. Sauer pfeift anerkennend durch die Zähne.

„Schauen Sie sich ruhig um, Herr Kollege, ich lege Wert darauf, dass meine Patienten sich hier wohlfühlen!“ Frau Dr. med. Margarethe Blumenstein macht eine einladende Geste. Dr. Sauer genießt einen Moment das Ambiente, ruft sich dann aber zur Disziplin und erzählt, um was es ihm bei seinem Anliegen geht.

„Ich benötige Hilfe! Ich schlafe schlecht, ich träume wüst, ich bin schreckhaft geworden, grübele und bin oft unkonzentriert. Ich glaube, ich muss ganz gehörig aufräumen, vor allem in mir selbst und später vielleicht auch um mich herum." Dann berichtet er, ohne sich zu schonen, von einem „Kunstfehler", wobei er sich schämt, dieses Wort zu benutzen, weil es sich in seinen Augen dabei um den einfältigen Versuch handelt, etwas Schlimmes zu beschönigen.

Sein Gegenüber hört aufmerksam zu, nicht einmal das Spiel ihrer Augenbrauen gibt Aufschluss darüber, was sie davon hält, was Dr. Sauer von sich berichtet. „Nachdem ich von offizieller Seite vom schlimmsten Verdacht befreit worden bin, ging mein innerer Prozess erst richtig los."

Dr. Sauer bringt all seine Selbstanklagen vor, geht mit sich selbst hart zu Gericht, hat er sich doch vorher verordnet, nichts zu beschönigen. Die Kollegin bleibt in ihrer professionellen Reserve und nickt ihm dann doch zu, sich weiter zu äußern.

Als er eine längere Pause macht, gießt sie seine Teetasse voll Pfefferminztee und fragt ihn, ob das, was er jetzt tue, dazu diene, seine innere Isolation zu beenden.

„Ja, das habe ich mir überlegt, nachdem ich mein Urteil verkündet und die Strafe verbüßt habe. Jetzt arbeite ich wieder, erhole mich langsam, tauche wieder auf, gehe wieder ins Theater, ins Kino, verlasse den Schutz meiner vier Wände und kehre in die Öffentlichkeit zurück, wie jemand nach einer allmählichen Heilung wieder erste Schritte alleine macht. Und trotzdem habe ich mich verändert!"

„Wie?", fragt die Supervisorin.

„Ich bin stiller geworden, nicht mehr so forsch, auch ruhiger, obwohl ich noch immer sehr schreckhaft bin. Mein Mut ist schwerer geworden, etwas bleibt doch immer hängen, oder?"

Die Kollegin nickt leicht, als ob sie ihm vermitteln will, dass sie versteht, was er meint.

„Ich praktiziere jetzt, nach meiner offiziellen Pensionierung, nur noch in eigener Praxis, und persönlich lebe ich seit dreieinhalb Jahren ohne eine Beziehung, allein."

„Aus Fehlern sollte, kann man lernen“, sagt seine Kollegin und lächelt, „aber man muss auch dazu stehen! Was, werter Kollege, haben Sie gelernt?“

„Bescheidenheit, und ich bin mir böse, nach all den Jahren, mich so wenig souverän verhalten zu haben!“, sagt Dr. Sauer und denkt: Nomen est Omen, sauer, nicht süß, mein Name ist offensichtlich auch für mich selbst Programm.

„Einsicht ist erst mal nicht das Schlechteste, und sie schützt Sie auch. Erwiesenermaßen ist auch Intelligenz ein hilfreicher Schutzfaktor.“

Dr. Sauer hat im Moment der erlebten Empathie eine große Sympathie zu der Frau, die ihm Mut macht, und kämpft mit den Tränen.

Zum Ende der ersten Stunde muss noch die Finanzfrage geklärt werden, weil die Krankenkassen Supervision nicht bezahlen. Die Supervisorin schlägt einen branchenüblichen Betrag vor, den Dr. Sauer pro Quartal überweisen wird.

Beim Abschied fragt ihn die besonnen wirkende Supervisorin nach seinem momentanen Gefühl, und er kann sagen, er fühle sich ernst, still, irgendwie geschrumpft, kleiner geworden, auch bescheidener. Sie sagt zu ihm, als er schon fast aus der Praxis draußen ist: „Das ist gut so. Den Schaden, den Sie eventuell angerichtet haben, den kann nur derjenige beurteilen, der ihn erlitten hat. Wir sehen uns wieder, rufen Sie mich an, möglichst zur vollen Stunde, und denken Sie daran, was mit uns allen geschehen würde, wenn wir aufhören würden, die volle Verantwortung für das zu übernehmen, was wir getan haben und jeden Tag tun!“

Als Rainer Sauer aus dem Haus nach draußen fährt, geht es ihm ein wenig so, als wenn eine lehrreiche und anstrengende Schulstunde überstanden ist. Der Kopf ist so voller Gedanken, dass er fast einen Radfahrer vom Rad gestoßen hätte, als er, ohne auf die rote Ampel zu achten, über einen Fußgängerüberweg fährt. Er entschuldigt sich, hört aber nur noch einen kräftigen Fluch und den Satz: „Mensch pass auf, du bist doch schon behindert!“

Recht hat er, ich muss besser auf mich aufpassen! Er schüttelt sich kurz und beschließt aus seinem Fahrfehler zu lernen und die Augen weit offen zu halten.

Das Foto passt zu den anderen, nicht nur wegen der Objektübereinstimmung, sondern auch wegen der Haltung dahinter. „Das heimliche Auge“ hat wieder einmal zugeschlagen und keiner hat es bemerkt, am wenigsten das Mädchen im Badezimmer.

18 Frechheit siegt

Es ist Hochsommer. Trotz frühzeitiger morgendlicher Fensterverdunkelung hat die Mittagshitze frech den Raum betreten und sich dort breitgemacht. „Haben Sie keinen leiseren Ventilator? Bei dem Lärm kann man doch gar nicht nachdenken!“

Ganz zu Beginn eines Erstgesprächs in der Psychotherapeutischen Praxis Hartmann & Gebhardt in der Rampendahl Straße 19 in der Innenstadt der alten Hansestadt Lemgo zeigt die junge Frau, offensichtlich genervt, auf das schnurrende Gerät.

Michael Hartmann, ein noch junger Psychologe, betreibt die kürzlich eröffnete Praxis in Gemeinschaft mit seinem ebenfalls jungen Kollegen Dr. Markus Gebhardt und schwitzt. Er ist so ein Typ, der schnell ins Schwitzen gerät, und da ihm der Geruch seines eigenen Schweißes unangenehm ist und er die chemische Keule eines Deodorants ablehnt, behilft er sich bei hoher Raumtemperatur im Sommer durch den Dauereinsatz eines flexiblen Ventilators.

Herr Hartmann ist sehr erstaunt, um nicht zu sagen erschrocken, als seine neue Klientin jetzt plötzlich aufspringt und den Stecker des Ventilators aus der Steckdose reißt.

„So“, sagt sie, „jetzt können wir wohl anfangen. Jetzt kann ich denken und fühlen, und um mich geht's hier doch, oder?“ Der Psychologe Hartmann hat in seiner kürzlich absolvierten psychotherapeutischen Zusatzausbildung gelernt, nicht nur seinem Kopf, sondern auch seinem Bauch zu vertrauen, und dieser spricht deutliche Worte.

„Dies hier ist mein Raum. Ich möchte, dass Sie respektieren, was zu meinen Arbeitsbedingungen gehört. Sollten unsere Vorstellungen sich massiv unterscheiden, dann sollten wir das jetzt hier zunächst aushandeln oder ...“ Aber alles, was er sich sagen hört, ist: „Okay, wir können es ja auch so versuchen. Ich schwitze und Sie sprechen.“

Die Klientin, circa zehn Jahre jünger als ihr Therapeut, sagt: „Ich heiße Blitz, mit tezet wie Tür zu!“

„Okay, Frau Blitz, dann öffnen Sie vorsichtig bitte die Tür zu Ihrer Innenwelt und geben Sie mir Einblick in das, was Sie zu mir führt.“ Herr Hartmann hat einen Teil seiner professionellen Haltung wiedergefunden. Er fühlt sich zwar in seiner Wortwahl noch etwas hölzern an, ist aber auf einem guten Weg, zurück zur gewohnten Sicherheit.

Frau Blitz senkt den Kopf, scheint sich zu beraten, trifft dann eine Entscheidung und sagt: „Okay, ich versuche es mit Ihnen. Ich stamme aus Lemgo und wurde vor ein paar Tagen in einer Disko von zwei jungen Männern angesprochen. Die haben mich irgendwie bewusstlos gemacht, mit einem Schlafmittel, wie ich denke, und dann vor meiner Haustür abgelegt, wo mich meine Mutter gefunden hat. Meine Hausärztin, Dr. Weber, hat mich zu Ihnen geschickt, hat aber auch gesagt, ich solle prüfen, ob ich mich einem Mann anvertrauen kann, denn sie hat auch eine Vergewaltigung nicht ausgeschlossen. Im Moment bin ich mir noch nicht sicher, ob ich das alles mit einem jungen männlichen Therapeuten bearbeiten kann.“

Herr Hartmann sieht sich im Raum um und bedeutet etwas theatralisch: „Keine Frau da, oder?“

Frau Blitz zögert, lächelt dann und scheint nach dem ersten

Testlauf entschieden zu haben, zu bleiben. Sie berichtet ziemlich „freimütig", wie der Psychologe empfindet.

„Also wie gesagt, ich bin am Wochenende in einer Disko gewesen, in Herford, in so einem richtigen Mammutschuppen und bin dort mit zwei Jungens abgestürzt. Die haben mir irgendetwas in meine Cola geschüttet, denn nach der Cola hatte ich einen Filmriss. Ab da weiß ich nur noch Bruchstücke, die mir jedoch immer wieder im Laufe des Tages und besonders auch in der Nacht einfallen. Und nun bin ich bei Ihnen, weil ich eine ungeheure Wut empfinde, ich will nichts als Rache! Ich werde herausbekommen, wer die Jungens waren und wo sie wohnen und was passiert ist, und nun überlege ich, wie man seine Rachegelüste stillen kann, ohne dabei andere Personen zu schädigen. Seit Jahren träume ich jede Nacht so ein wirres Zeugs, und nun frage ich Sie: Gibt es da irgendwelche Zusammenhänge? Werden bestimmte Personen ehe zum Opfer als andere? Was zum Teufel habe ich an mir, dass ich mich als Opfer fühle? Sagen Sie es mir, helfen Sie mir! Sie haben doch mit so was Erfahrung, oder? Sie sind doch Psychologe!"

„Als Psychologe höre ich die Verzweiflung in Ihren Worten. Ihre Frage nach dem Warum ist sehr verständlich. Wenn ich höre, was Sie so sagen, dann denke ich, das werden wir herausbekommen, aber dazu brauchen wir Zeit!"

Frau Blitz nickt, wiederholt ihre Bitte nach Tipps, wie man Rache nehmen könne. Ihr erster Wunsch, sich auszusprechen, um Hilfe zu bitten, ist erfüllt. Sie scheint besänftigter, als sie ihre Tasche nimmt und gehen will.

Michael Hartmann ist irgendwie von der Stärke und von der Kraft beeindruckt, die Frau Blitz mit dem Wunsch nach Rache verbindet, und es wird ihm plötzlich eng in seinem Büro. Er steht auf, geht ans Fenster und blickt hinaus. Unten laufen Passanten vorüber, alles scheint normal zu sein, alles geht seinen Gang. Er dreht sich um, bittet seine Klientin, ihm ein paar Tage Zeit zu lassen, notiert sich Adresse und den Namen der Hausärztin und sagt, er werde sich zeitnah melden.

Als er sein Tagwerk beendet hat, hat er noch einen wichtigen Gedanken, den er sich schnell aufschreibt, vielleicht wird aus seinen Aufzeichnungen mal ein eigenes Buch: Therapie bedeutet für mich, dass mich ein anderer einlädt, in sein inneres Land zu blicken, aber nicht, damit das Land sich automatisch dadurch verändert, sondern nur, damit der Klient sich selbst verstehen lernt.

Als er aus dem Fenster seines Büros im dritten Stock nach unten sieht, kann er auf der anderen Straßenseite einen Rollstuhlfahrer beobachten, der erst sich selbst und dann den mit der Hand angetriebenen Rollstuhl zusammenklappt und ihn fix in seinem Auto verstaut. Ein vor ihm parkender Taxifahrer, der zuvor seine Hilfe angeboten hat und ebenso wie der Psychologe den Vorgang beobachtet, hebt anerkennend die Daumen, als der Rollifahrer losfährt.

Danach wenden sich beide Beobachter wieder ihrem Leben zu, nicht ohne tief durchzuatmen. Tätiges Hilfsangebot ist ein hohes Gut, denkt Herr Hartmann und mag seinen Beruf, so wie der Taxifahrer vielleicht auch seine Arbeit. Auch er könnte seine Arbeit als Hilfe am Mitmenschen begreifen, zum Wohle seines Geldbeutels, seiner Fahrgäste und Kunden.

Manches der Bilder trägt einen Namen, dies hier nennt er die „Badende“, ein anderes „Schlafwohl“ oder „Kind mit Ball“, „Kind am Piano“.
Die Fotos von draußen sind oft etwas inszeniert, man sieht, er hat Wind und Wetter berücksichtigt, Lichtverhältnisse, Perspektive. Je älter sie wird, umso mehr häufen sich Aufnahmen in fremder Umgebung. Und er sucht doch immer wieder die Intimität des Augenblicks.

19 Die Klugheit des Herzens

Ingas Schlafzimmer liegt im zweiten Stock des elterlichen Hauses unterm Dach. Im Winter ist es oft sehr kalt, im Sommer zu heiß. Seit den schrecklichen Ereignissen vor ein paar Tagen wird sie fast jede Nacht von Albträumen verfolgt. Sie ähneln sich dadurch, dass sie große Angst empfindet, dass sie fliehen will, aber nicht von der Stelle kommt. Es sind ein oder mehrere Personen, die sie körperlich bedrohen, die versuchen ihr Gewalt anzutun. Die Gesichter, oder ist es immer nur ein Gesicht, bleiben schemenhaft, unerkannt. Sie weiß im Traum nicht, wie alt sie ist, eine Frau, nein, ein Mädchen, ein kleines Kind?

Auch in dieser Nacht schreckt sie auf. Ihr Herz schlägt heftig. Sie setzt sich auf die Bettkante, sieht auf die Digitaluhr, die ihr anzeigt, dass es erst 2.13 Uhr ist. Schon wieder, denkt sie, werde ich morgen unausgeschlafen bei der Arbeit sein. Die Kolleginnen werden mich wieder genervt ansehen, der Chef wird mich vielleicht auf meine dunklen Augenringe ansprechen, wenn er mir meinen Einsatzplan für die ambulante Pflege gibt.

Das Einzige, was sie regelmäßig tut, ist weiterhin zum Training der Frauenhandballmannschaft TBV Lemgo zu gehen. Nur dann, wenn sie spielt, ist sie frei von Ängsten. Als Rückraumspielerin ist die groß gewachsene Inga für jede Angreiferin schwer zu überwinden. Als Kind und auch als Jugendliche war sie eher still und angepasst. Ihre Eltern haben sich früh scheiden lassen; etwas, das sie mit vielen Klassenkameradinnen teilt, nichts Besonderes. Ihre Mutter ist einige Jahre alleine geblieben und hat dann erneut geheiratet.

Inga steht auf und trinkt ein Glas Wasser. Eigentlich würde sie lieber einen Tee zur Beruhigung trinken, Melisse zum Beispiel, aber dazu hätte sie nach unten in Küche gehen müssen.

Zu ihrem Stiefvater, seines Zeichens evangelischer Pfarrer der St. Pauli Kirche, hatte sie immer schon ein eher distanziertes Verhältnis. Aber wer hatte das nicht? Dieser Mann ist und bleibt ihr ein Rätsel. Das alte Pfarrhaus, in dem die Familie wohnt, steht unmittelbar neben der alten Kirche und unter Denkmalschutz.

Inga legt sich wieder ins Bett und versucht erneut einzuschlafen. Als der Wecker um sechs klingelt, wird sie mitten aus dem Schlaf gerissen. Schon jetzt, am frühen Morgen, fürchtet sie die Träume der kommenden Nacht. Der Termin mit Herrn Hartmann hat ihr zwar irgendwie gut getan, sie war danach erleichtert, auch wenn sich beide noch nicht sicher sind, ob sie die Therapie weiterführen sollen. Der Psychologe will noch einen älteren Kollegen zu Rate ziehen und hat ihr zwei Dinge mit auf den Weg gegeben: nicht auf eigene Faust die Täter ausfindig zu machen und mit ihren Eltern zu sprechen, dass sie sich in Therapie begeben wolle.

Was selten genug vorkommt, passiert am Tag nach ihrem Psychologenbesuch. Sie sitzen zu dritt beim Abendbrot, Ingas Mutter, ihr Stiefvater und sie selbst. Wie so oft, spricht sie direkt mit ihrer Mutter, ohne ihren Stiefvater einzubeziehen. Wenn der sich gekränkt fühlt, ist das sein Problem. Sie hat einen Vater und genießt die Zeit mit ihm, wann immer der Zeit für sie hat. Leider nicht so oft, denn er ist beruflich viel im Ausland unterwegs. Sie holt tief Luft und sagt dann: „Übrigens Mama, ich war gestern bei einem Psychologen. Hier in der Stadt hat er seine Praxis, es war nur ein Vorgespräch, aber vielleicht mache ich ja weiter. Wie du weißt, geht es mir seelisch nicht so super, ich schlafe echt mies, schon lange. Und er hat mich ermutigt, nach den Gründen zu forschen. Mit meinen Worten gesagt, er glaubt, dass ich viel verdrängt habe und dass der Überfall, von dem ich dir bislang noch nicht viel erzählt habe, nur die Spitze des Eisberges sein mag, also ich weiß nicht, dann noch diese ewigen Albträume. Der macht sich echt Sorgen um mich! Mensch Mama, was ist bloß los mit mir?"

Inga weint.

Das Telefon klingelt. Der Stiefvater steht hastig auf. Er bleibt eine ganze Zeitlang weg, wahrscheinlich war es eine wichtige Angelegenheit im Presbyterium. Als er zurückkommt, liegen sich die Frauen weinend in den Armen.

Es wird noch ein langer Abend, sie können über vieles sprechen, was unter dem Teppich lag, und als Inga im Bett liegt, bleibt sie noch sehr lange wach.

Irgendetwas hat sich verändert. Es kommt ihr vor, als hätte sich die Angst, die sie vor den sich immer wiederholenden Träumen hat, verändert. Verändert hat sich auch der Traum, den sie in dieser Nacht träumt. Er ist irgendwie konkreter. Sie will wie immer fortlaufen, etwas ist hinter ihr her, aber sie kann sich so frei wie nötig bewegen. Ihre Beine gehorchen ihr mehr, sie sieht sich eine Straße entlanglaufen. Sie hat zum ersten Mal das Gefühl, sie könnte entkommen, sich selbst retten, nicht mehr bloß Opfer sein, sondern auch diejenige, die etwas tut.

Am Morgen erwacht sie vor dem Wecker. Sie hat ziemlich tief geschlafen und fühlt sich erfrischt. Kann es sein, dass die Veränderung mit dem Gespräch in der Praxis zusammenhängt oder mit der Offenlegung des Geheimnisses vor ihrer Mutter oder mit beidem?

Sie klärt die Frage noch nicht und hofft, dass es sich bei der spontanen Verbesserung ihres seelischen Gleichgewichts nicht nur um einen vorübergehenden Effekt handeln möge.

20 Hilf dir selbst, dann hilft dir Gott

Am Morgen fährt Inga entschlossen direkt in Richtung Herforder Innenstadt.

Wie immer staut sich der Verkehr auf der Ringstraße kurz vor Herford und wird erst dünner, als es ländlicher wird, so um Hiddenhausen oder Eilshausen herum, Inga hat immer ihre Probleme damit, die Kaffs auseinander zuhalten. Sie lenkt ihren kleinen Wagen mit zusammengekniffenen Lippen auf den fast leeren Parkplatz vom Go-Park, dem angesagten Discoschuppen der Region.

Mein Gott, wie erbärmlich unromantisch dieser Ort ist, wenn die Discomusik schweigt und kein Schwanz zu sehen ist, denkt sie.

Innen wirkt der Veranstaltungsort, so unbelebt wie er jetzt ist, wie ein Friedhof der Emotionen, ein sehr trauriger Erdenplatz, es riecht nach schalem Bier und altem Schweiß und nach irgendeiner Chemiekeule, die verboten gehört.

Wie verloren steht ein Barkeeper hinter dem langen Tresen und spült Gläser, als ob er die Tränen der Amüsiermeile wegwischen will.

Inga will sich keinesfalls an die eher ablehnende Meinung des Psychologen zu ihren Racheplänen halten, sie hat diese Ohnmachtshaltung satt, bis oben hin. Sie will auf ihre Weise die Tätersuche starten, soweit wie möglich auf eigene Faust.

Was habe ich zu verlieren? Es gibt keine Spuren mehr, die Täter sind mir unbekannt, die Polizei wird mir vielleicht nicht glauben, denn die Frage ist doch: Wer hat mich nach Hause gebracht und mit welchen Hintergedanken? Was mag wohl ein Bulle darüber denken?

Sie weiß, dass sie sich entscheiden muss und will. Die kommen mir nicht ungeschoren davon, schwört sie sich. Die feigen Knaben werden was erleben, die wissen noch nicht, mit wem sie sich da angelegt haben, diese Mistkerle. Rache ist süß!

Als sie den Barkeeper anspricht, schaut der kurz hoch, voll desinteressiert, und verneint die Frage, ob er die beiden Männer kenne, die Inga ihm beschreibt. „Hier laufen Tausende von Typen rum, da kann ich mir unmöglich jedes Gesicht merken, und ich bin auch nicht jeden Abend da. Ich kann dir nur helfen, wenn du mehr Auffälligkeiten beschreibst."

Inga fällt es komischerweise erst in diesem Moment wieder ein, obwohl sie es doch genau gehört hat.

„Der eine stottert ziemlich stark und redet trotzdem oder vielleicht deshalb ohne Punkt und Komma, echt anstrengend", sagt Inga aufgeregt.

Der Mann hinter der Theke überlegt einen Moment und sagt dann überzeugt: „Klar, den kenne ich, da bin ich mir sicher, kann sein, dass ich den sogar in den letzten Tagen hier mal gesehen habe, jetzt, wo du das mit dem Stottern sagst. Ich könnte auch mal bei den anderen nachfragen, so was fällt ja auf! Komm am

Samstag wieder, so gegen neun, da ist es noch leer", der Barmann wendet sich wieder den Gläsern zu.

„Warten Sie", Inga dreht sich noch zum Barmann um. „Welchen Eindruck machen die beiden auf Sie? ... Ich meine, trauen Sie den beiden zu, etwas wirklich Schlimmes zu tun?"

„Was meinst du mit etwas wirklich Schlimmes?"

„Körperliche Gewalt!"

Der Barmann guckt erschrocken, er hat offensichtlich nicht mit so deutlichen Worten gerechnet. Jetzt wird es ernst, denkt er.

Inga merkt, dass sie den Mann nicht in die Enge treiben darf, wagt aber noch einen Vorstoß: „Der Stotterer macht zwischendurch immer so lange Pausen, bis er weiterspricht, so als ob er ein inneres Wörterbuch nach einem Begriff durchforsten würde, und redet dann ganz schnell weiter."

Der Barmann nickt und sagt: „Das könnte Nick sein, aber bitte, ich habe nichts gesagt, und eine Vergewaltigung, ne Mann, das wäre zu krass, an so etwas glaube ich nicht!"

„Nachname, Adresse?"

Inga geht zufrieden mit sich zum Parkplatz und lässt den Motor ihres Wagens schon mal laut aufheulen, als sie losfährt, hebt sie die Nase und denkt, frisch gestärkt von ihrem eigenen Auftreten: Ha, soll doch jeder wissen, dass ich auf dem Weg zur Selbstheilung bin. Und Jungs, zieht euch warm an, hier kommt die „Rote Zora", und sie erinnert sich gerne an diese unerschrockene kroatische Mädchenheldin aus dem gleichnamigen Jugendbuch, das im damaligen Jugoslawien spielt.

Hin und wieder schämt er sich wegen seiner Schlüssellochaktivitäten, kommt sich vor wie ein elender und billiger Paparazzi, einer der sich von hinten anschleicht, um dann die ungeschützte Privatsphäre einer Persönlichkeit öffentlich zu machen, den intimen Teil einer Person abzulichten, zu entlarven, zu erwischen, um ihn später als gefundenes Fressen der Skandalpresse auszuliefern.

Er ist jedoch keinesfalls so ein Paparazzi. Und er beruhigt seine Schuldgefühle damit, dass er sich sagt: „Ich tue das nur, um mein kleines Mädchen zu schützen und die Schönheit zu würdigen."

21 Ein sicherer Ort

Dr. Rainer Sauer schaut aus einem der Bürofenster seines hellen Praxisraumes, in dem er seit seiner Pensionierung arbeitet. Bis zu seinem nächsten Termin verbleibt ihm nur eine knappe Verschnaufpause. Ein Kollege aus Lemgo hat ihn vor ein paar Tagen angerufen, um eine zweite Meinung zu einer jungen Frau einzuholen.

Die Frau habe sich an ihn gewandt, weil sie nach einem Überfall unter Panikattacken und Rachegelüsten litte. Sie sei etwas übergriffig und er habe Abgrenzungsprobleme. Heute, am Samstag, hat Dr. Sauer sich nur einige Patienten bestellt, solche, die er unter der Woche nicht versorgen konnte.

Das funkelnagelneue Ärztehaus, in dem er praktiziert, ist ein blitzblankes Gebäude mit unterwärts fast kostenneutralen Parkplätzen für Angestellte, Patienten und Besucher und zweimal treppauf drei ebenfalls fast kostenneutralen Etagen mit opulenten Praxisräumlichkeiten der versammelten, miteinander vernetzten Heileliten, also ein äußerst ergiebiges Fanggebiet für Neukunden mit einem KV-Qualitätssiegel.

Hier öffnen sich automatisch Türen zu therapeutischen Schatztruhen wie von selbst, geisterhaft, man muss sich nur noch marginal bewegen, um Zugang zu bekommen. Mit Ausnahme seiner eigenen Praxistür, die ist schwer zugängig, vielleicht typisch für wirklich gehaltvolle Schatztruhen. Aber sonst geht es im ganzen Haus extrem offen zu: Sesam öffne dich für den universellen Heilverordnungsbasar!

Erwartungsvolle Blicke gestandener Arzthelferinnen erleichtern ihre bedürftige Kundschaft um Chipkarten und Überweisungen, und klingeling, schwuppdiwupp, schnapp und zack sitzt der Patient im Heilkunstnetz, bekommt, dem akut effektiven Win-win-Prinzip folgend, professionellen Support aller Couleur: Ohrenduschen, Hörtests, Selbsthilfegruppen, Mitgefühl, Vorschläge, Ratschläge, Stützstrümpfe, Salben, quacksalbern, bittere, süße und saure Pillen, warme Güsse, Trost und Zuwendung und eben auch, je nach personzentrierter Vorliebe, richtliniengetreue Zweiklassenpsychotherapie.

In seiner Praxis wird übrigens auch eine Tasse Kaffee aus einem äthiopischen Anbaugebiet vom Therapeuten selbst kredenzt, auf Wunsch mit oder ohne aufgeschäumte Milch und Kakaostreusel. Sagte doch gestern eine Patientin zu ihm: „Ich nehme immer Schwarz, wie meine Seele."

Vis-à-vis von seinem Ärztehausbüro erstreckt sich ein mittelgroßes Krankenhaus, das im Volksmund liebevoll Klösterchen heißt. Je nach Laune kann er seinen klinischen Blick nach gegenüber unten auf die Pathologie oder oben auf die Neugeborenenstation schicken. Manchmal geht er auch über die Straße in die Klinikpersonalkantine zum Essen. Es gibt dort für 4.99 Euro dicke leckere Sachen im Angebot: dicke Rippen, dicke Soßen, dicke Bohnen. Die Bedienung ist sehr nett, sie bietet ihre Hilfe an, ungefragt, überraschend zugewandt. Besonders eine kommunikative pummelige Dunkelhaarige hinter der Essensausgabe gefällt ihm gut, er weiß nicht, wie sie heißt, und versucht es auch nicht auszuspähen, müsste er doch in diesem Falle seine müden Augen an ihre Brust heften, wo ihm ein Schild all seine offenen Fragen beantworten würde.

Im Spätherbst und im Winter, zur fortgeschrittenen Arbeitszeit, kann er, ohne dabei in Verruf zu geraten, in die Patientenzimmer und Personalräume sehen. Natürlich schaut er nur dezent und verzichtet auf jegliche Kontrollwünsche, ob zum Beispiel der eingegipste Herr um die sechzig auf der A 3, Zimmer 26, auch brav seine Pillen nimmt oder ob die Schwestern der A 4 allzu lange Pause schieben. Nein, er ist überhaupt nicht der Typ, der zum Voyeurismus neigt, er ist eher der Kurzsichtige und Gedankenverlorene, der auf dem Weg zur nächsten Fußballkneipe mit einer Parkplatzschranke auf Augenhöhe kollidiert.

Wer die Sprache des Leidens in und an der Klinik aus dem Effeff beherrscht, ist der antike Klinikfahrstuhl. Er ächzt und stöhnt, schwer beeindruckt davon, wie viel an Elend er all die Jahre hoch- und herunter bringen musste. Als er ihn heute betritt, ist er schon rappelvoll mit Vorwehen einer Hochschwangeren, die sich den Bauch hält, während ihr Partner sich nur dafür zu interessieren scheint, möglichst unberührt auszusehen. Ehe er paartherapeutisch intervenieren kann, ächzt und stöhnt sich der Lift auf die Entbindungsstation. Er fährt dann allein bergab zum Essen in den Keller, wo der Kantinengeruch Kohlsuppe mit Knackwurst verspricht, während die Fahrgeräusche des empathischen Lifts unverdrossen sein Magenknurren widerspiegeln. Ganz anders gestrickt sind die coolen Fahrstühle in dem Neubau, in dem sein Büro wohnt. Sie sind nahezu geräuscharm, neutral in ihren Erwartungen und transportieren leichtfertig und ohne Anstrengung jedes Krankheitsbild, diagnostizieren es nicht brutal und offen, sondern machen behutsam die ersten Therapievorschläge, sind pflegeleichte Pförtner ohne stigmatisierende Kommentare.

Hier ist alles reine Vertrauenssache und, egal wer kommt und wie wer kommt, die Profis stehen allen mit allem zur Seite.

So ist es kein Wunder, dass das Gesundheitshaus am Franziskus, dem Orden der armen Mönche, eine stattlich große Verehrergemeinde hat. Nachhaltig produziert werden hier andauernd Hörgerätefans, Halsnasenohrenfans, Nierenfans, Psychofans, Internistenfans, Zahnarztfans, Fans der Logopädie, der Kinder- und Jugendlichenpsychotherapie, und diese schwimmen tagsüber in die Tiefgarage, reservieren sich früh Stellplätze und bleiben bis zum Abwinken.

So ist das 2010 vom Weihbischof aus Paderborn gesegnete Gesundheitshaus angefüllt mit wahren Schwärmen von Heilsuchenden, und es nimmt das Leiden, schafft Arbeitsplätze und entwickelt Hoffnung. Als er bei der Einweihung mit dem Weihbischof ins Gespräch kommt und ihm sagt, er habe kein Weihwasser abbekommen, sagt der, das sei auch nicht nötig, der Segen sei für alle da, und so sagt er: „Ich auch, Sie müssen nur durchrufen."

Dr. Rainer Sauer ist zur Rentnerzeit am Morgen zur Arbeit gefahren, vorschriftsmäßig wie immer, mit seinem schnellen Rolli mit viel Respekt vor großen Lastern fett auf dem Radweg.

In der Praxis angekommen, checkt er erst einmal seine E-Mails.

Es klingelt am Praxiseingang und er macht die Tür auf. „Möchten Sie eine Tasse Tee bei unserem Gespräch trinken?", fragt er und kurvt in die Küche der Praxis, als die junge Frau ihm gegenüber zwar zögert, dann aber zustimmend nickt. Obwohl ihr Therapeut, ein freundlich wirkender älterer Mann, ihr später gegenüber an einem Schreibtisch sitzt, fühlt sie sich befangen, seltsam eingeengt. Sie errötet, fühlt sich in ihrem kurzen Rock und der leichten Bluse ungeschützt wie vor den Blicken des Personalchefs eines Reinigungsunternehmens, bei dem sie sich kürzlich vorgestellt hat.

„Ich möchte Ihnen zu Anfang etwas erzählen, was mir immer wieder geschieht und heute auch bei Ihnen, dann werden Sie vielleicht mein Anliegen verstehen. Mein Anliegen ist, kurz gesagt, Ungeschütztheit in vielen zwischenmenschlichen Situationen. Zum Beispiel hatte ich mich im letzten Jahr einmal bei einer Reinigungsfirma vorgestellt. Bei dem Typen im Vorstellungsgespräch, da habe ich das wieder so empfunden, denn da sagt der doch zu mir völlig unvermittelt: Bei uns trägt das Personal immer blaue Kittel bei der Arbeit. Und dann hat er gefragt: Haben Sie Kinder oder planen Sie welche? Kinder, was für eine Frage, ich bin ja selbst noch ein halbes Kind!"

Als Dr. Sauer ganz verblüfft aus der Wäsche schaut, sagt Inga: „Ich studiere zwar, möchte aber doch gerne nicht so knapp bei Kasse sein, und meine Eltern sind sehr knauserig, um es mal nett auszudrücken. Und überhaupt, die heutigen Formen der Diskriminierung werden auch immer moderner, das sollten Sie doch wissen. Sie schauen doch den Abgründen und der Verdorbenheit der Welt tagtäglich ins Gesicht, stell ich mir als Laie so vor, aber wenn Sie noch nicht genug gesehen haben, dann machen Sie sich doch nur einmal die Mühe und gucken Sie ins Internet, dann werden Sie schnell den Glauben an das Gute im Menschen infrage stellen. Bitte, machen Sie dies einmal und googeln Sie die Praxis, und dann lesen Sie, welches Image Sie haben, das würde Ihnen gefallen! Sie würden, ohne zu zahlen, lesend erfahren, was die Patienten so alles über Sie öffentlich sagen. Da kriegen Sie garantiert erst mal kein Auge mehr zu."

„Danke für die Warnung", sagt Dr. Sauer, und er entscheidet sich in diesem Moment, seine Bewertungen im Internet nicht anzusehen und nachzulesen, was für „Nettigkeiten" dort über ihn und seine Arbeit aufgelistet sind. Da ist meine Neugierde, die mich plagen sollte, nun doch zu klein. Ich muss nicht alles über mich wissen, was Leute über mich denken, ich bin doch nicht im Dorfkrug hier!

Inga hat den Doktor, ihr gegenübersitzend, aufmerksam beobachtet und registriert zufrieden, dass auch der Doktor erkennen lässt, dass er sich mit ihren Worten zu beschäftigen scheint. Nachdem sie über ihr Anliegen und das Gespräch mit dem Kollegen Dr. Hartmann berichtet hat, schiebt sie zufrieden den Stuhl zurück und reicht Dr. Sauer ihre schmale kühle Hand.

Die beiden verabreden sich auf ein erneutes Telefonat zwei Tage später, weil beide noch nachdenken müssen: Dr. Sauer über seinen Auftrag, und der Kollege wird Frau Blitz anrufen, um die Entscheidung zu hören, zu wem sie denn nun weiter in Therapie gehen möchte.

Es ist noch nicht zu spät für einen Arbeitsanruf, und er wählt die Nummer des Kollegen in Lemgo, der das Erstgespräch mit Inga Blitz geführt hat. Wie schön, dass er seinen Kollegen prompt an die Strippe bekommt. Dessen Stimme wirkt frisch und ohne Vorsicht. Der erste Eindruck, der erste Blick, diesem zu trauen, ist doch ein so wichtiges und gutes Kapital in unserem Beruf, denkt der Alte und sagt: „Die junge Frau wirkt auf mich alles andere als schwer traumatisiert, obwohl sie wirklich etwas Schlimmes erlebt hat. Sie wirkt auf mich zornig und entschlossen, als ob sie nur darauf wartet, dass jemand zu ihr sagt: Denen hauen Sie am besten eine rein! Ich war mir einfach nicht sicher, wie ich mich verhalten sollte, außer dass ich ihr glaubhaft versichert habe, dass ich ihren Zorn gut verstünde!"

22 Beruf und Berufung

Als Dr. Sauer am nächsten Montag in sein Büro kommt, ist er eher lustlos. Manchmal liegt so eine mit Terminen angefüllte Woche wie ein Berg vor mir, denkt er und sieht zunächst auf den Anrufbeantworter.

Eine helle Stimme, die ihm sehr vertraut ist, kitzelt in sein Ohr, und sofort bessert sich seine laue Laune. Es ist übrigens die Stimme, die ihn von Amts wegen bittet, auf sein Faxgerät zu schauen, es gäbe eine Nachricht. Da guck mal, du alter Narzisst, sobald du gefragt bist, ändert sich deine Laune, du alter Narr! Genug der Selbstkritik, denkt er sich, ich werde gebraucht!

Aufmerksam liest er die Nachricht und versucht sie hinterher zu rekapitulieren, eine Technik, die er sich zugelegt hat, um leichter Berichte über Patienten zu schreiben, ohne Aufzeichnungen benutzen zu müssen. Also: Die befreundeten Kripobeamten aus Bielefeld haben Dr. Sauer am Wochenanfang wegen seiner neuen Klientin Inga Blitz angerufen und gefragt, ob er sie betreuen könne.

Der Fall steht offensichtlich in Zusammenhang mit einer Serie von Überfällen, immer auf junge Frauen. Der letzte Überfall sei tödlich verlaufen. Das Opfer sei im Wald bei Borgholzhausen überfallen worden, als es wohl eine Abkürzung auf dem Weg nach Hause genommen habe, nach dem Besuch einer Diskothek in Halle. Es sei eine Sonderkommission aus Bielefeld, Paderborn und Detmold gebildet worden. Die Frau war das vierte Opfer innerhalb von zwei

Monaten, und immer dasselbe Tatmuster: Nachts, junge Frau, rote Haare, einsame Gegend.

Mit ausdrücklicher Erlaubnis einer anderen jungen Frau erhält Dr. Sauer per Fax das Protokoll eines Tathergangs. Er liest die Aussage der Betroffenen: „Ich war in der Nacht zwischen drei und vier Uhr im Wald nach Hause unterwegs. Ich habe die Abkürzung schon öfter genutzt, ich habe normalerweise keine Angst alleine dort durchzugehen. Plötzlich hat mich jemand von hinten festgehalten und mich zu Boden geworfen. Es war ein Mann, er atmete laut. Gesprochen hat er nicht. Nur als er an meinen Haaren gezogen hat, als wolle er sie ausreißen, hat er etwas gemurmelt, etwas wie: Sollst brennen. Ich habe geschrien. Er hatte Lederhandschuhe an und so ein seltsames Eisending, das hat er versucht, mir über den rechten Daumen zu ziehen, ist ihm aber nicht gelungen. Dann ist er aufgesprungen und davongerannt. Er hat nach Benzin gerochen, wie man es an Tankstellen riecht."

Eine zweite Frau hatte etwas Ähnliches zu Protokoll gegeben. Auch sie sei von einem Mann belästigt worden, auch er habe sie aufgefordert, ihren „lasterhaften" Lebenswandel zu ändern. Das sei „unnatürlich und ekelhaft". Ob sie keine Achtung vor dem HERRN habe? Sie sei völlig panisch geworden, habe laut geschrien, und der Mann habe dann von ihr gelassen, nicht ohne sie noch kräftig an den Haaren zu ziehen.

Dr. Sauer spürt, wie sehr ihm die Frauen leidtun. Gewalt dieser Art passiert sonst meist nur in engen Beziehungen, solche Überfälle sind ihm selten begegnet.

Er hat noch zehn Minuten Zeit, bis seine neue Patientin kommt, und fährt auf die andere Straßenseite in die Cafeteria des Krankenhauses, um sich einen schnellen Mocca zu genehmigen. Heute ist die supernette Bedienung wieder da. Sie hat einen wunderbaren, leicht näselnden sächsischen Akzent. Dr. Sauer hat sich geoutet, dass auch er aus Sachsen stamme. Sie haben sich auf einen Kaffee verabredet, ganz zwanglos. Herrlich! Sie sah heute etwas abgespannt aus.

Als er zurückkommt, wartet seine Klientin vor der Tür. Dr.

Sauer reicht ihr seinen Schlüssel und bittet sie, die schwer gängige Praxistür zu öffnen. „Bitte, treten Sie ein, Sie kennen ja schon den Weg, ich folge Ihnen auf dem Fuße."

Inga sucht sich einen Sessel in Dr. Sauers Raum aus, der in der Ecke steht. Dr. Sauer bittet sie zunächst, ein paar Daten auf einem Anmeldebogen zu notieren: Adresse, Erreichbarkeit, Name der Krankenkasse.

„Muss ich das alles aufschreiben?", fragt Frau Blitz.

Dr. Sauer nickt und fügt hinzu, die Bögen würden vernichtet, falls keine Therapie gemacht werde. „Wir haben eine Stunde Zeit."

„Seit dem Überfall bin ich in dauernder Alarmbereitschaft, besonders wenn es dunkel wird. Nachts schlafe ich schlecht, und wenn, dann nur mit Licht an. Ich bin mir nicht ganz sicher, was bei dem Überfall genau passiert ist. Wenn ich die Typen vor der Nase hätte, dann könnte ich sie fragen und dann würde es mir auch besser gehen, das Schlimmste ist diese Ungewissheit!"

Dr. Sauer nickt.

„Wissen Sie, vielleicht war alles nur ein dummer Jungenstreich, so eine Art Mutprobe. Aber was kann ich tun?"

„Die Wahrheit herausfinden!", sagt der Psychologe.

„Aber ist das denn normal, dass ich auch zu Hause permanent Angst empfinde?"

Dr. Sauer muss daran denken, dass häusliche Gewalt verbreitet ist, dass hinter gut bürgerlichen Gardinen so manches Verbrechen verübt wird. Oft von den Personen, die einem am Nächsten stehen.

Die Hand, die einen füttert, kann auch die sein, die zuschlägt, sagt er nicht, denkt es nur, hört aber: „Meine Eltern sind sehr lieb zu mir", sagt Frau Blitz, als ob sie seine Gedanken erahnt hätte.

„Das ist sicher eine große Unterstützung, da haben Sie schon einmal eine gute Bank, einen sogenannten Schutzfaktor."

Dr. Sauer bittet seine neue Klientin um eine erste Rückmeldung zum Erstkontakt.

„Mal ehrlich, was mir am meisten hier gefallen hat, dass ich Ihre Tür aufschließen durfte! Ich rufe Sie an, okay?"

„Gerne“, sagt Dr. Sauer, „und Hilfe kann man immer gebrauchen, ich übrigens auch. Therapie ist die gemeinsame Suche von Klient und Therapeut nach dem gemeinsamen Thema, das schafft Entlastung, und manchmal kommt man auch gemeinsam zu dem Sinn im Ganzen und, noch einen großen Schritt weiter, finden wir den versteckten Humor!“

„Danke, das Letzte gefällt mir, das mit dem versteckten Humor, da muss ich drüber nachdenken!“

Sie schreibt sich den Satz auf und lässt einen ebenfalls nachdenklichen Dr. Sauer zurück. Der bleibt eine Zeitlang allein im Raum sitzen, bis er sich bereit fühlt, seinen nächsten Klienten zu empfangen.

23 Was du ererbt von deinen Vätern, erwirb es, um es zu besitzen

Am nächsten Morgen sitzt Hans-Christian ermüdet über seinen Papieren im Büro: Rechnungen, Quittungen, Mahnungen, Lieferscheine, Empfangsbescheinigungen, dieser ganze schnöde Organisationskram langweilt ihn zu Tode. Er könnte glatt einschlafen, so sehr ödet ihn diese Büroarbeit an, schon immer, und wie immer sehnt er sich weit fort davon.

Er weiß genau, er muss hier weg. Den ganzen Laden verscherbeln für einen Appel und ein Ei, denn wer kauft noch so dämliche Geschenke, solche Staubfänger? Und dann in den Flieger, ab nach Marrakesch, dorthin, wo sein Onkel begraben liegen könnte und mit ihm das ganze Afrikacorps. Nein, zufrieden ist er nicht mit dem, was er in jener Nacht getan hat. Es war eine weitere Aufgabe, die er zu erledigen hatte. Er hat nur wieder seine Pflicht erfüllt, für IHN getan, was ihm aufgetragen war, darin ist und war er groß. Hatte Onkel Fritz auch seine Pflicht an der Waffe erfüllt und nicht Musik studiert, also das Klavier verraten?

„In vollstem Mitgefühl müssen wir Ihnen mitteilen, dass Fritz

Hanselmann, Ihr Sohn und Bruder, für Volk und Vaterland einen Heldentod gestorben ist. Heil Hitler!"

Jetzt aber nichts wie weg hier, raus aus dem langweiligen Büro, rein in die Kirche, hoch die Treppe … das Herz jagt, es ist, wie der ungeduldige Weg zu einer heimlichen Geliebten. Ungeduldig, drängend.

Er spielt wie ein Derwisch in Marrakesch, er der Ladenhüter Hans-Christian, ohne Pause, den ganzen Morgen.

Die Orgel, dieses riesige Instrument, gehorcht ihm, ohne dass er sich mühen muss, seinen Fingern, seinen Füßen. Im virtuosen Spiel rutscht er auf seinem Hocker vor dem Monstrum von gewaltigem Klangkörper hin und her, beugt sich tief hinunter auf die Tastatur, zieht die Register, lässt sich von seiner Musik mitreißen, legt sich auf die Partitur … Bach, Johann Sebastian, Händel, Gottfried, die alten Meister, noch immer ist er fasziniert, ja, von sich selbst begeistert. Er, der Spätberufene, der auf den Tod des Vaters warten musste, um Musiker werden zu dürfen. „Brotlose Kunst", so lautete das abschätzige Urteil seines Erzeugers. Ja, die Rendite, diese Rendite, die ist natürlich das A und O. Was jemand möchte, ist dagegen wertlos, nicht der Rede wert, „aber, kein Aber!"

Die kleine Diakonisse, Hausmutter der Diakonissenanstalt Eben-Ezar, berührt leicht seine Schulter. Hans-Christian zuckt erschrocken zusammen, lässt seine Musik los und dreht sich um. „Ich muss es Ihnen sagen, einer muss es Ihnen doch sagen! Passen Sie auf, man redet über Sie. Sie sind ein guter Mann, wir Schwestern möchten Sie nicht verlieren, Sie sind unsere Freude. Ihre Musik lässt gerade die Älteren von uns auf das ewige Leben hoffen, Sie nehmen uns täglich mit auf Ihre Reise und Sie öffnen unsere Herzen, wie das sonst niemand kann. Auch nicht der Pfarrer mit seinem selbstgerechten Zorn. Wir sind nämlich, das müssen Sie wissen, weitaus lebensfroher als wir scheinen. Die Welt der Musik, die aber öffnen Sie uns, also bleiben Sie uns erhalten. Gott vergibt allen, die sich zu ihren Taten bekennen, unser Herr Jesus starb für unsere Sünden, denken Sie daran."

Hastig springt der Organist auf, er muss sich, wie gewohnt, aus der Tiefe seiner musikalischen Versenkung losreißen. Er, der sich ertappt fühlt, auch beschuldigt, verbeugt sich vor der frommen Frau und nachdem sie ihm nochmals die Zuversicht der gottesfürchtigen Mitschwestern versichert hat, verabschiedet er sich fast brüsk von Schwester Anna, die verloren in ihrer Amtskleidung neben ihm wartet, wie auf eine Erlösung hoffend, aber Hans-Christian weiß, jetzt muss er erst sich selbst retten. Er ruft ihr im Gehen noch einen weiteren Dank zu und auch einen guten Weg, eilt aus der Kirche durch die Innenstadt zu seinem Geschäft und stante pede in sein Büro. Dort macht er sofort die Tür hinter sich zu, schließt ab, lehnt sich von innen schwer atmend gegen die böse Welt und gegen ihre Gedanken und schließt die Augen.

Seine innere Sicherheit ist wie aufgelöst, im Magen fühlt er wieder diesen Kloß, von dem sein Hausarzt meint, das sei nur ein Stresssymptom. Er solle mal kürzer treten und er, der es besser weiß, zittert vor dem schwarzen Mann, dem Schreckgespenst seiner Kindheit. Die liebe Schwester hat ihn gewarnt, aber er hofft weiter, dass ihn keiner gesehen hat, er hat doch so aufgepasst. Nur dieser Fauxpas im Museum! Das fürchterliche Ding ist mir doch praktisch in die Hand gefallen, denkt er, es hat sich aufgedrängt!

„Wir bitten Sie, keine der Exponate zu berühren!" Welche Kraft in diesem magischen Gegenstand steckt, das weiß doch das ganze Mittelalter. Oder? Hat man ihn doch beobachtet?

Ernsthaft infrage kommt nur der Museumstrottel mit dem appen Bein, der mit seinem faulen Hintern bräsig dasaß, seine Beine breit auseinander haltend, wie ein Pavianmännchen. Offensichtlich nicht zur Aufsicht geboren, sondern ganz vertieft in so ein schwarzes Ding, verliebt in seinen iPod, mit anderen Worten mit null Interesse an der Umgebung, so etwas gehört doch verboten. Diese neue Technik macht die Menschen doch ganz blind für die Umgebung, da werden doch in Massen Autisten herangezüchtet. Was hat dann noch Gottes Wort für einen Wert in dieser gleichgeschalteten, verdorbenen Welt? Und was, wenn die Apokalypse, die Strafe für Sodom und Gomorra unmittelbar bevorsteht?

Ein klares Signal, ein Zeichen, ein deutliches Zeichen musste her, das war und ist eine Pflicht. Aber was ist, wenn dieser Trottel von Museumsaufseher, der einbeinige Narr, ein wachsames Auge auf ihn geworfen hat? Bekannt ist er ja, dieser angesehene Bürger und großartige Organist. Wem mag der Idiot es gepetzt haben? Dieser blinde lahme Vogel? Ist er damit zur Kirche gerannt, wie es alle erst dann tun, wenn sie Gefahr wittern oder um ihr Seelenheil besorgt sind?

24 Der Mensch kann sein des Menschen Wolf

Pfarrer Martin Leber ist deutlich unwohl. Er weiß genau, dass er handeln muss, sein Presbyterium lässt ihm keine Wahl. Das Ergebnis der letzten Sitzung ist ihm vor kurzer Zeit per Fax übermittelt worden. „Feiglinge, allesamt unfähige Feiglinge! Diese gewählten Kirchenvertreter haben Macht, aber keinen Schimmer. Aber gleichzeitig haben die das Sagen, ist das Demokratie?“ Er schimpft vor sich hin, als jemand an seine Bürotür im Haus der Kirche klopft.

„Herein!“ Seine Stimme fühlt sich barsch und rau an, und der lästige Besucher, nach dem er geschickt hatte, tritt nach kurzem Zögern ein.

„Hinaus!“, möchte Pfarrer Leber am liebsten brüllen, denn Mimik und Haltung des Besuchers sind ihm vertraut, sehr vertraut sogar. Aber zu einer tieferen Freundschaft hat es all die Jahre nicht gereicht. Jetzt weiß der Pfarrer auch, warum nicht. Er mag diese feisten Backen nicht, er nennt sie insgeheim Hamsterbacken. Sie blähen sich auf und erschlaffen über die Lebenszeit allmählich und offenbaren für ihn diese träge Bürgersattheit. Immer schon war diese Antipathie vorhanden und jetzt, wo es einen wirklich ernsthaften Dissens zwischen ihnen gibt, darf sie sich zeigen, unverdeckt, endlich.

Vorher war dieses unbestimmte Unbehagen da, das sich zwischen Menschen schieben kann. „Wir haben uns auseinander gelebt!“ Er kennt das aus Beichtgesprächen. Erklärungsmuster, die ihm als Pfarrer angeboten werden, um Fehlverhalten zu begründen. „Wir hatten uns auseinander gelebt!“

„Lüge, Schönreden!“

Nun, wo sein Kumpan so vor ihm steht, mit hängenden Schultern und hängenden Wangen, da weiß er: Der Ofen ist aus! Beide, Genossen im Geiste, wissen es genau, schon vor dem ersten Wort.

Beide wissen von dem jeweilig anderen zu viel, der eine über das Verbrechen und der andere von der Verwundbarkeit seines Gegenübers, von seinem wunden Punkt.

Jetzt wächst seine Abscheu, schießt ins Kraut, wuchert bedrohlich, der beinahe Freund wird zum echten Feind. Noch scheut er sich, anzugreifen, noch windet er sich und weicht den ängstlichen Blicken seines Gegenübers aus. Der aber hat das Protokoll auch gelesen, weiß Bescheid, wartet aber ab, um vielleicht zurückzuschlagen, sobald er seinen quasi Dienstherrn die bittere Wahrheit hat sagen hören.

„Da ist noch etwas, was heißt da etwas. Da ist ganz viel!“ Pfarrer Leber nimmt allen Mut zusammen, und viel davon hat er nicht, nicht, wenn es um Persönliches geht. Kirchenasyl zu vertreten, zur Not auch zu praktizieren, kein Problem, er hat immer schon die Schwachen geschützt, hier aber ist er der, der persönlich Flagge zeigen muss, Schwäche wäre fehl am Platz.

„Du musst deine Arbeit in der Kirche beenden, leg dein Amt nieder, ehe du dazu gezwungen werden wirst … es gibt da eine schlimme Beschuldigung … du wirst mit Angriffen auf Wehrlose in Verbindung gebracht … es gibt einen Zeugen, ich habe mit ihm gesprochen, er hat mir versichert, dass er dich nicht anzeigt, wenn du den Gegenstand an seinen Platz zurückbringst. Noch kann ich dich halten, aber es gibt undichte Stellen, Lemgo ist ein Dorf. Mensch, Hans-Christian, da hängen wir alle drin! Man wird uns die Ausnutzung einer Vertrauensstellung vorwerfen, und wenn die Kripo erst mal Lunte gerochen hat … Du Dickschädel, du Dummkopf, ja, du dummer Kopf! Nachrichten sind Nachrichten, damit man sich danach richtet. Sie weisen uns in eine Richtung, in eine neue! Wie konntest du so dumm sein, dich erwischen zu lassen! Hör, noch ist die Beweislage dürftig, aber allein der Verdacht ... Hans-Christian, in deiner Position in der Stadt, du wirst untragbar. Alle schätzen deine Musik, aber alle haben sich auch gegen dich ausgesprochen, du musst deinen Stuhl frei machen!"

Der Organist und Geschäftsmann fühlt sich einen Moment wie betäubt, er steht vor einem Abgrund. Das, was Vater immer prophezeit hat, hier ist es: Der Ruf der Firma, darauf kann er verzichten, aber dass ihm seine Musik genommen werden könnte? Das würde er nicht überleben.

Die berühmte Orgel von St. Pauli mit dem bekannten Organisten, sein Lebenswerk, mit einem Federstrich ausgelöscht ... und er selbst hat es vermasselt, so dumm muss man sein. Als ob ihm jemand einen Finger genommen hätte. Das, was sein Leben erst lebenswert gemacht hat! Er fühlt seinen so hart erkämpften Lebenswunsch wieder einmal massiv bedroht. Er bedeckt sein Gesicht mit beiden Händen, als ob er sich schützen könnte, als ob er sich vor einer heranfliegenden Kugel abschirmen, eine sich aufbauende Flutwelle eindämmen könnte.

„Aber Martin, was denkst du? Du bist mein Freund, du kennst mich seit vielen Jahren. Du weißt, was die Musik für mich bedeutet. Ich sterbe, wenn ich nicht mehr spielen darf ..." Hans-Christian Hanselmann spricht mit verzweifeltem Eifer, es geht mehr als nur um seine Haut, es geht um sein Leben.

„Du kannst anderswo spielen, Hans-Christian. Du bist ein guter Organist, aber ich muss dir sagen, du bist beobachtet worden, als du im Museum warst. Der Museumsdirektor sitzt im Presbyterium, die Leute können nicht schweigen. Hier sieh, das Protokoll ... die Lemgoer werden ihr Maul nicht halten, das konnten sie nie, wenn es darum geht, einen Schuldigen zu finden. Denk an die Hexenprozesse!"

„Aber das ist im Dunkeln geschehen, ich fürchte mich im Dunkeln, ich fürchte mich im Wald, ich bin ein Hasenfuß, warum traust du mir so etwas zu!"

„Hans-Christian, ich kenne dich, du bist manchmal ohne Verstand, wenn es um etwas Größeres geht, wenn es um den Sittenverfall, wie wir es nennen, geht. Da bist du ohne jede Gnade, auch gegen deine eigentliche Natur. Deine Finger sind für die Musik geschaffen und nicht, um zu morden. Es gibt keine Zweifel an deinen großen musikalischen Verdiensten, aber was zu viel ist, ist zu viel."

„Aber wer sagt das mir? Du? Sünder, du! Wer werfe den ersten Stein? Ich frage dich, dich, der du auch Schuld trägst! Eine viel größere Schuld, die Todsünde! Ich habe dich all die Jahre beobachtet, wie du dieses Kind angesehen hast, und du es immer und immer wieder mit deiner Kamera verfolgt hast. Ich hätte es nie angesprochen, denn ich habe mich immer geschämt, für dich mit, aber auch wenn es Jahre zurückliegt, es muss ans Licht. Du bist kein Deut besser als ich, nein schlimmer. Es ekelt mich an, du ekelst mich an, du bist ein Schwein!"

Pfarrer Leber wird aschfahl. So hat noch niemand mit ihm gewagt zu sprechen. Dieser Wicht, dieser Wurm, und dann brüllt er los wie ein Vieh angesichts des Schlachtermessers: „Du wagst es? Du hast die Stirn? So wirst du dich nicht reinwaschen, nicht vor der Welt und auch nicht vor IHM! Ich will gar nicht hören, was du zu sagen hast!"

„Ha, das hilft dir gar nichts, solche Sachen verjähren nicht!"

„Rufmörder!"

„Kindergaffer!"

„Du wagst es?"

„Ich weiß es! Ich werde es öffentlich machen, unser Herr Pfarrer ist ein Grenzverletzer!"

„Du wagst es, Elender? Du armseliger Mörder, du? Du gehörst in die Hölle!"

Und plötzlich, von Wut getrieben, springt der Pfarrer auf, dreht sich um, fasst an die Wand, reißt ein schweres eisernes Kreuz mit dem hängenden HERRN vom Haken und versenkt es mit einem gewaltigen Hieb im Schädel seines Gegenübers. Es entsteht ein hässliches Knackgeräusch, und der Getroffene bricht zusammen und mit ihm sein Wissen, seine musikalische Berufung, sein tragischer Lebensweg und seine Suche nach seiner Identität, seine Intoleranz, aber auch sein Menschenleben, Herzschläge, Gehirnströme.

Die Gewaltbereitschaft, die der Pfarrer bislang erfolgreich versucht hat zu besänftigen, lange Zeit schon, ist ausgebrochen wie ein wildes böses Tier. Er konnte sie nicht länger im Zaum halten, sie hat sich ein erstes Opfer gesucht.

Auch für ihn steht die Welt einen Moment still, erstarrt. Einen Moment lang ist er erschrocken über das, was gerade aus ihm heraus gebrochen ist, was, wie er denkt, mit ihm passiert ist, dann aber empfindet er seine Tat als eine stimmige Konsequenz aus dem Streitgespräch heraus. Ein Produkt seines Lebensweges, und er wird ganz ruhig und gelassen, erlebt seine Tat als banal, nach dem Motto: „Blut soll fließen, wenn es sein muss." Gut gesagt, aber wenn es fließt, ist das so viel Dreck, so viel Schmutz auf dem Boden, an der Wand, auf dem Schreibtisch. Die reinste Sauerei!

Angesichts dessen ergreift ihn eine tiefe seelische Erschöpfung, aber was er nicht fühlt, ist ein Gefühl für den, der da liegt.

Er wendet sich ab, stürzt in die Sakristei, dort gibt es einen hilfreichen Ort. Er wendet dem dort hängenden Heiland den Rücken zu, geht in einen Nebenraum, in sein persönliches Allerheiligstes. Dort findet er, was er sucht, braucht. Er greift in die unterste Schreibtischlade, dort wartet eine Flasche Jägermeister, halbvoll. Er setzt sie an und trinkt, bis sein Verstand zurückkommt.

Die Leiche muss weg, aber wie? Er redet sich zu: „Ich hatte doch keine Wahl nach dieser Provokation! Jetzt sollte ich mal wieder meine fünf Sinne zusammennehmen, sonst komme ich hier niemals mehr heile heraus."

Wohin mit der Leiche des „Gekreuzigten"? Pfarrer Leber ist ein Mann des Glaubens und kann wunderbare Geschichten erzählen, er hält auch gute Beerdigungsreden, aber was ihm abgeht, ist die gekonnte Entsorgung von Leichen.

Es gibt Dinge im Leben, denkt er, von denen glaubt man einfach nicht, dass sie einem passieren. Auf die ist man nicht vorbereitet, aber was soll‘s! Ich musste so handeln, ich hatte doch gar keine andere Wahl. So anarchisch, das passt doch gar nicht zu mir, oder doch? Bin ich vielleicht im Inneren ein zutiefst böser Mensch?

Nun, so fühlt er, ist Eile geboten. Wie gut, dass das Opfer relativ schmal ist und er, der honorige Pfarrer Leber, groß, breit und kräftig, sodass der Rest sozusagen zügig erledigt wird. Eine gute halbe Stunde später befindet sich der Gottesmann auf der Landstraße in seinem Auto unterwegs in Richtung Bünde.

Er erinnert sich, dass er dort einmal den Doberg besichtigt hat, eine seltene Kalksteinformation aus der Eiszeit, Meeresablagerungen aus Muscheln, Meeressand durchsetzt mit versteinertem Kleingetier vom Meeresboden. Am Rande dieser seltenen Erdformation existiert eine alte Ziegelei. Dorthin wird er den leblosen Körper bringen. Unterwegs ist alles so stinknormal, dass der Pfarrer es kaum glauben kann. Kein Donner ertönt, kein Blitz zuckt über den Himmel, kein strafender Engel hebt warnend sein Schwert.

Er fährt so unauffällig es bei seinem klopfenden Herzen geht, und als er einen Waldweg am Rand von Südlengernheide sieht, biegt er von dort ab in eine Mergelkuhle, wo ehemals eine funktionierende Ziegelei stand. Die Gebäude sind verfallen und keine Menschenseele treibt sich dort herum.

Als irgendwo ein Hund bellt, zuckt der Pfarrer zusammen, als habe der Sound einer einsamen Trompete von Jericho sein Trommelfell erreicht. „Alter Sack“, beschimpft er sein Opfer und quält sich damit ab, den frisch Erschlagenen in die erstbeste Grube zu kollern. Dann beginnt die eigentliche Arbeit. Er versucht mithilfe einer Schippe den Leichnam zu bedecken. Schweiß rinnt in Strömen über seinen Körper und bedeckt ihn binnen kurzer Zeit mit einem Film aus klebriger Masse. Körperliche Arbeit ist für den Diener des Herrn ungewohnt, und Hose und Hemd kleben im Nu an seinem Körper.

Als er losfährt, entdeckt er auf dem Rücksitz, das in ein Leinentuch gewickelte Kreuz. Wohin damit? Er fährt auf dem schnellsten Weg über den Minden-Weseler Weg hinunter zur Else, einem beschaulichen Flüsschen, dessen Schönheit sich nur demjenigen offenbart, der die Zeit und die Muße dafür hat. Am Wasser stehend holt er weit aus und pfeffert die Tatwaffe in das Mühlenwehr, einen kleinen Stauteich, der sich am Fuße des herabstürzenden künstlichen Wasserfalls gebildet hat. Das ist ein Ort, an dem Kinder Angst empfinden können, denkt er und wendet sich um, um seinen Wagen zu öffnen.

Ich werde heute nicht mehr nach Hause fahren, entscheidet er und geht, als er erschöpft und erleichtert beim Morgengrauen auf dem Parkplatz der Kirche ankommt, in die Sakristei.

Sein Körperschweiß ist inzwischen so weit getrocknet, dass er gut auf das eigentlich fällige Duschbad verzichten kann. Er nimmt sich wie jeden Abend seinen gewohnten Schlummertrunk Roten zur Brust und sinkt in seinem Ausweichlager auf die harte Liege, wo er heute ohne sein übliches Nachtgebet zu Bett geht.

Ich muss keine Angst mehr vor dem schnellen Elsewasser haben, das sich in einem kühnen Rausch in die Tiefe wirft. Es ruft mir nun nicht mehr zu: „Komm mit, wir spielen wieder Katz und Maus." Vaters Schatten ist getilgt, und mit ihm auch die ewige Schuld. Er schließt die Augen und genießt diesen letzten tröstlichen Gedanken, bevor er in den dankbar begrüßten Schlaf versinkt.

25 Es kann der Beste nicht in Frieden leben, wenn es dem bösen Nachbarn nicht gefällt

Lilianna Kaczinska ist schon längere Zeit in der lauten Kneipe angestellt. Es ist eine typische Studentenkneipe voll reger Unterhaltung und permanentem Gelächter. Das Arbeitsklima ist angenehm, die Kundschaft homogen, die Arbeitszeiten human und die Bezahlung stimmt auch. Alle Kellnerinnen tragen kurze Jeanshosen, im Winter über einer Strumpfhose, im Sommer, wie jetzt, ohne. Die luftige Kleidung ist bei der Arbeit erleichternd und sieht ein wenig keck aus.

Lilianna stammt gebürtig aus Oberschlesien, was schon lange polnisches Staatsgebiet ist, aus dem schönen Städtchen Oppeln, dem heutigen Opole. Zu Hause wurde bei ihr Deutsch gesprochen, auf der Straße und in der Schule Polnisch, und so fühlt sie sich weltoffen und auf das Leben im kapitalistischen Wilden Westen gut vorbereitet.

Als ihre Eltern nach Deutschland übersiedeln, geht sie mit. Heute fühlt sie sich als Deutsche in Europa, weiß aber ihre polnischen Wurzeln durchaus zu schätzen, vor allem den Stellenwert des Familiensinns, der ist Bürde und Freude zugleich.

Als Frau von Mitte zwanzig ist sie, wie viele Polinnen, ziemlich selbstbewusst und fühlt sich frei von Vorurteilen. Na ja, manchmal ertappt sie sich doch noch beim „magischen“ Denken ihrer einäugigen Oma aus dem Dorf. Die hatte ein Auge verloren und das Loch mit Watte verstopft. Den Schaden hat sie sich selbst zugefügt, weil sie beim Holzhacken mit dem Beil ausgerutscht ist und ihr ein Span in das Augenlicht geflogen ist, der ihr so eine Seitensicht geraubt hat. Aber wie so oft bei Menschen mit einem Handicap hat sie ihre anderen Stärken entwickelt, ihre Persönlichkeit entfaltet.

Oma hielt nicht viel von den Popen, von der Kirche, von den Männern und vom regelmäßigen Waschen. Zweimal im Jahr, vor Ostern und vor Weihnachten, sonst ist es Gotteslästerung und man wird schnell krank.

Lilianna duscht zweimal am Tag, immer nach der Kneipe und oft noch mal schnell morgens, aber wenn sie an Oma denkt, dann spart sie Wasser. Aber zweimal im Jahr, sich das anzugewöhnen, das würde ihr bei aller Treue zu ihren familiären Wurzeln doch sehr schwerfallen.

Oma ging nie zum Arzt, aber die Leute kamen zu ihr, der guten „Baba Jaga“, der Kräuterfrau. Ihr Mann war im Krieg von den Deutschen erschossen worden, bei einer der vielen Massenhinrichtungen des Rückzugs mit der Ideologie der „verbrannten Erde“, für jeden Deutschen zehn Polen und Schweine und Hühner, als Rache wegen der Partisanenüberfälle. Als dann der braune

Spuk vorbei war, kam der Russe und „wir waren wieder die Sklaven“. Ja, die Oma … Lilianna sieht sie vor ihrem geistigen Auge, wie sie über den Hof geht, in jeder Hand einen vollen Eimer Wasser für das Vieh.

„Zwei Alster, drei aufgebrühte Pfefferminztee, bitte!“ Sie nickt, nimmt die Bestellung der fünf jungen Leute entgegen, notiert sie an der Kasse, ohne überbetonte Eile absolviert sie ihre Arbeit souverän.

Es ist eher selten, dass ein älterer Mann in die Kneipe kommt, deshalb fällt er ihr sofort auf. Der hagere, groß gewachsene Mann von knorriger, fast asketischer Gestalt wirkt auf sie extrem verschlossen, scheint offensichtlich an keinem Kontakt interessiert zu sein, sodass sich Lilianna automatisch fragt, was er hier sucht.

Später erst, als sie wieder in die Ecke schaut, in der sich der Typ niedergelassen hatte, fällt ihr auf, dass sie sein Verschwinden gar nicht bemerkt hat. Der Kamillentee „natur“, den er bestellt hatte, steht noch unberührt und dampfend auf dem Tisch, das geforderte Geld ohne Trinkgeld liegt abgezählt auf der Serviette.

Mit ihrer offenen Art ist Lilianna in der Kneipe sehr beliebt, sie hat für jeden ein Lachen auf den Lippen oder einen Spruch und gibt so den Studenten das Gefühl, willkommen zu sein. Sie ist heute irgendwie müde und matt und sehnt sich nach ihren eigenen vier Wänden und ihrem Bett. Ausnahmsweise fragt sie ihren Chef, der sich heute in der Küche aufhält, ob sie früher gehen könne. Der willigt sofort ein und lässt eine Kollegin anrufen, die als Springerin in der Kneipe angestellt ist.

Was ist bloß mit mir, warum bin ich so angestrengt?, fragt sie sich. Auf dem Nachhauseweg muss sie immer wieder an den auffälligen, etwas seltsamen „Kamille“-Gast denken. Er hatte sie angestarrt ohne Regung zu zeigen. Sie geht heute sehr unsicher und hat hin und wieder das Gefühl, sie sei nicht alleine auf den fast leeren Straßen. Sie dreht sich immer wieder um und ist froh, endlich in ihrer Wohnung zu sein. Und richtig, an einer Straßenkreuzung sieht sie den seltsamen Gast, wie er hinter ihr hergeht. Und als sie später aus dem Fenster nach draußen sieht, erkennt sie wieder diesen Mann, der im Schatten des gegenüberliegenden Hauseingangs steht und zu ihrem Fenster hinübersieht.

Sie denkt über ihre aufgescheuchte Aufmerksamkeit nach und erst, als sie sich vornimmt, ihre Beobachtungen der Polizei mitzuteilen, kann sie sich wieder beruhigen.

Sie denkt daran, dass sie diese Art von Umgang nur von hier kennt, besonders von älteren Männern. Diese abschätzigen Blicke, dieses Sich-abgetastet-Fühlen kennt sie gar nicht aus Polen, ganz im Gegenteil. Immer wenn sie dort länger ist, fällt ihr auf, dass die Männer den Frauen mit deutlichem Respekt begegnen. Ist das wieder so ein Heimwehimpuls? Sie lächelt.

Erst als sie in ihrem Bett liegt, fühlt sie sich sicher. Sie schreibt noch ein paar SMS an ihre Freundinnen zu Hause in Opole, dreht sich auf die andere Seite, imaginiert kurz, dass ihr Mamusch über die Bettdecke streicht, und sinkt dann in einen traumlosen, erholsamen Schlaf.

26 Die Gegenwart der Vergangenheit

Am Abend des nächsten Tages betreten ein Mann und eine Frau mittleren Alters die Bielefelder Innenstadtkneipe Kachelhaus, ein besonderes Haus, das Geschichte geschrieben hat. Nicht nur, dass es von seiner Architektur her mit seinen grünen Kacheln bemerkenswert ist, es hat auch teilweise eine schlimme Vergangenheit, weil aus diesem Haus, wie überall in Deutschland, ab 1937 Juden enteignet, vertrieben und später ermordet worden sind. Aus diesem Haus hatte damals nur ein junges Mädchen überlebt, das ihre Eltern vorsorglich und weise nach England geschickt hatten und das später, als der braune Spuk vertrieben war, über diese Zeit ein Buch mit dem Titel „Das Unterkind“ geschrieben hat: „Wir durften nicht auf dem Bürgersteig gehen, wir Kinder mit dem gelben Stern!“

Der Innenraum der Kneipe ist kommunikativ gestaltet. Die Gäste sitzen an langen Tischen und verschiedenartigen Stühlen, was eine gemütliche Atmosphäre erzeugt, wie in Omas Küchenstube. Für die als stur und eigen geltenden Ostwestfalen ein ungewöhnliches Experiment, denkt Annette, als sie sich in der Kneipe umsieht, aber irgendwie auch interessant.

Johanningmeier muss sich erst daran gewöhnen, nicht allein oder zu zweit an einem Tisch zu sitzen, sondern mit mehreren Gästen zusammen.

Werde ich langsam seltsam?, denkt er, dass ich die Nähe anderer Menschen nicht mehr so gut haben kann?

„Was kann ich Gutes für euch tun?", fragt die flotte junge Bedienung die beiden Kommissare. Annette will Rotwein, Johanningmeier guckt auf die Uhr und sagt: „Ich bitte auch."

Annette schaut auf die Beine der Kellnerin und sagt: „Schöne Beine!" Johanningmeier ist sofort leicht eifersüchtig, weiß aber wirklich nicht warum und sagt: „Finde ich auch!" Dann summt er dezent mit lächelnden Augen: „You are so beautifull to ME", und Annette ermahnt ihn, sie seien nur rein beruflich hier zusammen und sie verbitte sich jede plumpe Form der Anmache, weshalb Johanningmeier tief Luft holt, so als ob er den Song hier und jetzt heraushauen will, so dass Annette herausprustet: „Untersteh dich, das wagst du nicht!"

Dann, die Rotweingläser stehen noch unberührt vor ihnen, erzählt Johanningmeier, dass er ihr unbedingt etwas mitteilen müsse, was ihm zwar peinlich sei, aber gleichwohl sehr wichtig sein könne. „Vielleicht die erste heiße Spur, na dann Prost", sagt er, stößt mit Annette an und berichtet, das Morddezernat habe heute Morgen einen Anruf einer Frau zu ihm durchgestellt und: „Nun hör gut zu, soweit das bei diesem Lärm im Lokal geht. Die Frau hat sich über einen Glotzer beschwert. Ich habe den Namen aufgeschrieben und, jetzt halt dich fest, der blöde Zettel ist futsch. So beginnt immer diese Sache, die wir Alzheimer nennen, aber wie schon der Pressereferent gestern gesagt hat, wir verfolgen, nach allen Seiten, meine ich, auch wenn meine Rolle in diesem Falle bislang wenig glorreich war!"

„Höre ich da eine gewisse Einsicht?"

„In meinem Alter ist Selbstkritik so gut wie ausgeschlossen, aber nun zurück zu dem Anruf: Interessant sind die Details. Die Anruferin, die in der Gastronomie arbeitet, fühlte sich gestern von einem ihr unbekannten älteren Herrn verfolgt. Sie sagte, es sei so ein Glotzer im Lokal aufgetaucht und der habe sie auch noch verfolgt, als sie nach der Arbeit nach Hause gegangen sei und auch später habe er vor ihrem Haus gestanden und sie beobachtet. Das sei ihr auf jeden Fall so unheimlich gewesen, dass sie es melden müsse, wo sie doch von Angriffen auf Frauen mit roten Haaren gehört habe. Sie trage schon seit ihrer Kindheit rot auf dem Kopf und da wisse man, wann jemand daran Anstoß nehme. Das merke jemand mit einer Besonderheit sofort, modern gesagt, sie habe so ein deutliches Bauchgefühl. Hab ich nie!", stöhnt Johanningmeier. „Ich habe die Zeugin sofort ins Präsidium bestellt, sie ist aber bisher nicht erschienen."

„Hast du Erinnerungen an den Namen?"

„Weiß nicht, so ein fremdländischer. Ich kann mir schon deutsche Namen schlecht merken." Johanningmeier wird rot, weil ihm sein Fehler peinlich ist. Das mit dem Namen hat er vermasselt, den hätte er sich notieren müssen. „Vielleicht komme ich drauf, wenn ich den noch mal höre…" Als er sich entschuldigt hat, sind sie bei der zweiten Runde Rotwein angelangt.

Wie verabredet, kommt Dr. Sauer in die Kneipe gefahren. Er hat sich am Eingang erfolgreich durch eine Nikotinwolke gekämpft und erreicht mithilfe mehrerer Gäste, die ihm die Tür geöffnet haben und drinnen ein paar Stühle zur Seite zerren, mit seinem neuen Elektrorollstuhl den Tisch, an dem seine Freunde sitzen.

„Was macht denn unser Rolli hier zu so später Stunde?", frotzelt Johanningmeier.

„Hat sich selbst Ausgang gegeben!", kontert der Gefragte und umarmt Annette.

„Theorie und Praxis der Schweigepflicht. Was kannst du uns über einen Therapiefall sagen?", fällt Johanningmeier mit der Tür ins Haus.

„Nix, gar nichts, aber ich könnte den oder die Person fragen, ob sie mich entbindet, es sei denn, es ist höchste Gefahr im Verzug."

„Wir haben eine verzwickte Sache am Laufen. Da gibt es ein Opfer, die Frau ist verblutet. Hätte sie aber nicht müssen, denn die Verletzung durch den oder die Täter war geringfügig! Was bedeutet das für dein Psychohirn, wenn jemand so verstümmelt wird?"

„Finger ab", ergänzt Annette cool.

„Wie, das nennst du geringfügig, was ist denn bei euch Kriminalen schwerwiegend?" Dr. Sauer ist hinsichtlich der gestellten Frage ratlos, ein Zustand, der bei frei praktizierenden Psychologen öfter vorkommen soll, der aber auch zu guten Zwecken zu benutzen ist, wenn man ihn kommuniziert.

Also sperrt Dr. Sauer seinen Mund auf wie ein Karpfen vor seinem Ebenbild.

„Man hat jemandem seinen Stinkefinger abgeknipst, und zwar rabiat!", erläutert Annette Sasse.

Dr. Sauer schaut sich um.

„Was ist?", fragt Johanningmeier.

„Weiß nicht", antwortet der, „mir ist irgendwie seltsam."

„Bauchgefühl?", lacht Johanningmeier, merkt aber, dass Dr. Sauer nicht wie erwartet reagiert.

„Ich muss etwas loswerden, ehe ihr mir erzählt, warum ihr mich sprechen wollt, obwohl es hier sehr laut ist und ich mich anstrengen muss, euch auch richtig zu verstehen. Also, ich gehe die Arndtstraße entlang und mir kommt so ein Hüne von Kerl auf meiner Straßenseite entgegen, sodass ich ausweichen muss. Marschierte wie ein Panzer, ich semmele fast einen Radfahrer um, der von hinten kommt, und der Kerl stoppt direkt neben mir und beleidigt mich dick und fett."

„Name, Adresse ..." Johanningmeier zückt seinen Notizblock. „Weiß nicht." Dr. Sauer schluckt und sagt dann, „‚Sie armseliger Krüppel', hat der Kerl mich angebrüllt und dann ganz kalt gesagt: ‚Sie haben damals meine Tochter nicht behandelt, Sie armseliger Wicht, Sie Krüppel, Sie!'"

„Kannst du dich an den Mann erinnern?“, fragt Johanningmeier und Annette legt ihm die Hand auf den Arm.

„Stimmt Annette, Entschuldigung, berufliche Deformation: die Identifizierung des Übeltäters!“

Johanningmeier muss zugeben, dass er seine erste Reaktion, den Schreck über die Attacke auf seinen Freund, übergangen hat. Dr. Sauer aber lässt sich nicht aus dem Konzept bringen, er ist sichtlich noch immer in dem Ereignis verhaftet und sagt: „Ich muss das einfach loswerden, also bitte, hört mir zu. Ich kann mich nur vage erinnern. Da war eine Familie in der Sprechstunde, die wollte unbedingt zu mir. Das Problem schien mir ein so genanntes psychotisches Geschehen im akuten Stadium zu sein, ich habe sie direkt in die psychiatrische Ambulanz weitergeschickt. Mag sein, ich habe es nicht weiterverfolgt, ob die Familie dort auch angekommen ist, geahnt aber habe ich nicht, was sich entwickelt haben könnte. Ich habe nicht genau gewusst, was die Folgen sein würden ...“

„Folgen?“ Annette Sasse möchte die Antwort nicht hören, oder doch?

„Tot?“

„Ich vermute heute, ja!“ Dr. Sauer senkt den Kopf.

Die beiden Kommissare berichten anschließend von dem „Fingermord“.

Dr. Sauer verspricht, sich damit zu beschäftigen, weiß er doch im Moment auch noch keine befriedigende Antwort auf die Frage, was es wohl zu sagen hat, dass so ein historisches Werkzeug zur Anwendung kam.

Die Drei bleiben noch eine Zeitlang in der Kneipe zusammen, schweigen, sprechen ein wenig über berufliche Risiken und darüber, dass jeder gelernt haben muss, mit Fehlern und Misserfolgen umzugehen. Sie trennen sich erst, als Annette Sasse bedeutet, sie sei müde, die Bettkante rufe, nein, die brülle nach ihr. Draußen empfängt sie eine laue Sommerluft.

So ist das Leben, denkt Annette, als sie den warmen Hauch spürt, der sie umfächert, nicht gerecht, ganz und gar nicht! Wir sollten mehr Morde verhindern als zu untersuchen, aber das gehört nicht zu unseren Aufgaben ... oder doch?

Auch das „Unterkind“ geht ihr immer noch im Kopf herum. Mit welcher Selbstverständlichkeit oder auch Gedankenlosigkeit sitzen wir Nachkommen der Täter eigentlich in diesem Haus und essen und trinken, ohne uns bewusst zu machen, welches Schicksal sich hier ereignet hat? Gut, das Leben geht weiter, heute ist der Wirt in diesem Hause auch jemand, der aus einem anderen Land stammt und auf seiner internationalen Speisekarte allerlei lukullische Köstlichkeiten anbietet. Ist er auch geflohen? Und mit wie viel Unsicherheit mag dieses jüdische Mädchen damals wohl nach England geflüchtet sein? Und ob es ihr klar war, dass sie ihre Familie niemals mehr lebend wieder sehen würde? Kam sie vor ihrem Tod noch einmal zurück in dieses Haus?

Manchmal wissen wir zu wenig, aber wir müssen fragen. Learn to be a questioner! Dann hat die Dummheit keine Chance.

Sie liegt noch lange wach im Bett, obwohl sie sehr müde ist. Dr. Sauer fällt ihr ein, der konnte sich aus dem Rollstuhl heraus gegen so eine rüde Attacke auch nicht so einfach wehren. Das unheimliche Gefühl der Ohnmacht ... schrecklich, und sie zieht ihre Bettdecke hoch bis zu den Ohren, um diese Welt auszuschließen.

27 Brot und Spiele

Als sie sich nähern, hören sie schon von Weitem, dass das Stadion lebt. Es sieht aus wie eine große blaue Muschel, die Geräusche macht, Trommeln dröhnen und hämmern, und als sie noch näher kommen, baut sich vor ihnen die riesig hohe Wand der Sportstätte auf.

Diese Kolosse von Fußballstadien ähneln nur noch wenig den Sportstätten, die man von früher auf dem Land erinnert. Das waren schlichte Bolzplätze mit einem Eisengestänge drum herum, an dem sich wenige, ein wenig verloren wirkende tapfere Zuschauer festhielten. Fiel damals ein Tor, dann ertönten ein paar Klatscher und vereinzelte Jubelrufe, und am lautesten aber war das Gemecker vom Trainer der Verlierermannschaft zu hören, der mit seinen „Flaschen“ so hart ins Gericht ging, wie man es sonst nur bei deftigen Ehestreitigkeiten im Hausflur kennt, während der Heimtrainer seine Jungs anfeuerte mit einem: „Weiter so, ja, weiter so!“

„Männerselbsterfahrung“, sagt Johanningmeier, als sie durch den oberen Eingang die SchücoArena betreten.

Ein wenig erinnern Annette die Zugänge für Zuschauer an Gladiatoreneinlasse im alten Rom. Drinnen im Stadion empfangen die Besucher eine ohrenbetäubende Krachkulisse und eine sehr aufgepeitschte Atmosphäre. „Das hier ist nicht die erste Liga, hier kannst du Fußball rustikal erleben!“ sagt Johanningmeier.

Annette, ihr Sohn Kai und Johanningmeier suchen ihre nummerierten Sitzplätze im Block E. Hier gibt es noch viele freie Plätze, und das, obwohl das Spiel in wenigen Minuten beginnen wird. Gerade noch zu sehen ist das Maskottchen Lohmann, das schnell in den Katakomben verschwindet, um die Spieler nach oben zu begleiten. So richtig ernst kann Annette das alles hier nicht nehmen, muss aber zugeben, dass sie sich schon mitgezogen fühlt in einen Sog der Leidenschaft, auch ohne zu ihrem Kollegen hinüberzusehen, was sie auch etwas bange macht. „Gute Idee, dass wir das heute hier zusammen machen“, sagt sie und lächelt dankbar Johanningmeier an, der jetzt aber voll idiotischem Stolz die Namen der Spieler von Arminia mitbrüllt, denn hier geht es um Helden der Neuzeit.

Dann geht's endlich los, die Arminia stürmt gleich alle Mann nach vorne und versucht schon in den ersten Minuten Druck aufzubauen. Der erste Schuss auf das Tor ist eindeutig ein „Tooooor“, und das in der dritten Spielminute. Der Vollstrecker vom Dienst, Fabian Klos, macht das, was ein Vollstrecker tun muss, er vollstreckt.

Annette und ihr Sohn liegen sich in den Armen und Johanningmeier will sich aus Freude über das frühe Tor sofort ein frühes Bier genehmigen. „Bring uns was mit, wir wollen ein frühes Bier und für Kai eine frühe Cola.“

„Aye, aye, Sir!" Johanningmeier salutiert.

Es wird eine Zitterpartie, wie so oft bei der Arminia, aber am Ende steht die Null, und in der Pause haben sie mit vielen anderen vor einer der Imbissbuden anzustehen, um gemeinsam zu mampfen, lecker, lecker Spengemanns-Bratwurst. Für manche Almbesucher ein Grund mehr, vielleicht in Zeiten schlechter Ergebnisse auf dem Rasen fast der einzige Grund, um jede zweite Woche zum Spiel von Arminia zu gehen, und dann gibt es natürlich noch Pommes für alle.

Vom Magen her satt, vom Ergebnis her zufrieden, verlassen die drei inmitten einer Traube von Fans die Alm in Richtung Siegfriedplatz, um sich dort zur vertiefenden Spielanalyse auf die Stufen der Bürgerwache zu setzen.

Wie eine echte Kleinfamilie, fühlt Johanningmeier fröhlich.

Kurze Zeit später allerdings wird er still und nachdenklich, denn vor und nach Spielende hörte er aus einem Teil der Ultra-Arminen-Fan-Kurve ein eintönig herausgebrülltes: „Sieg, Sieg, Sieg!"

Er versucht seine Angst wegen dieses dummen Gegröles zu besänftigen oder zu rationalisieren, merkt aber, dass seine Euphorie über das Spielergebnis verfliegt.

So ein Gemeinschaftsgefühl, denkt er, kann die Isolation jedes Einzelnen für einen Moment scheinbar auflösen und ein super Wirgefühl erzeugen. Am Ende eines Symphoniekonzertes ebenso wie bei einer Massenveranstaltung wie dieser. Wie verführbar wir sind in unserer Sehnsucht nach Geborgenheit, und er schiebt seine Finger zwischen die von Annettes Hand, eine Novität zwischen den beiden.

„Wisst ihr, meiner Meinung nach gibt es drei Sorten von Fans, wenn ich mal die weglasse, die sich nur prügeln wollen oder ihre Dummheit demonstrieren: die erfolgsorientierten, die erlebnisorientierten und die treuen Fans. Die Letzten kommen auch bei dem schlechtesten Wetter, bei Kälte und Heuschnupfen, und auch wenn ihnen nur grottenschlechte Leistungen geboten werden, die stehen hinter ihrer Mannschaft, weil sie Armine sind."

„Und du, wozu gehörst du?“

„Ich bin treu!“, sagt Johanningmeier und verrät, dass er die Mitgliedsnummer 1003 hat. „Das ist bei mir die Wahrheit“, sagt er mit frischer Stimme, um sofort düster weiter zu sprechen, „damit sind die Menschen nicht immer korrekt. Hitler zum Beispiel hat seine Parteimitgliedschaft in der NSDAP deutlich geschönt, war aber nicht die erste Lüge bei diesem notorischen Verbrecher!“ Er hört seinen Vater, der Jahrgang 1922 war, den Witz erzählen: Sagt doch einer zum anderen „Heil Hitler“, sagt der andere: „Heil du ihn doch!“

Der Siegfriedplatz wird langsam leer, ganze Trauben von Fans gehen in Richtung Innenstadt, lassen einen Großteil ihrer ausgetrunkenen Bierflaschen in den Müllkästen verschwinden, wo diese wenig später von Flaschensuchern wieder herausgeholt werden.

„Was wäre, wenn wir das Flaschenpfand noch nicht hätten, mit unserer Umwelt? So aber haben wir eine weitere Schattenwirtschaft, da passt der Name. Aber Annette sag mir, warum ich mich schäme, wenn ich die Menschen sehe, die traurig und verlegen in den Mülleimern wühlen?“

Annette lächelt und bittet Johanningmeier, sie nach Hause zu begleiten.

„Polizeischutz gefällig?“, fragt er und Annette sagt: „Gerne, aber bitte auch mit anschließender Verwahrung in Schutzhaft!“

Annettes Sohn sagt, dass das Daumendrücken für Arminia voll geholfen habe: „Das glaubt man nicht, dass so ein Glaube Berge versetzen kann!“

„Danke“, sagt Johanningmeier und klatscht mit Annettes Sohn ab. Annette betrachtet die Szene wohlwollend. „Der echte Armine sagt, auch wenn das Spiel erfolgreich gelaufen ist und selbst wenn sie 4:0 gewonnen haben: Ehrlich Männer, so schlecht haben sie gar nicht gespielt!“

28 Nicht Quark, Solidarität macht stark

Am Morgen eilt Inga auf schnellen Beinen nach einem schnellen Frühstück zur Arbeit als ambulante Pflegehelferin. Als sie am Zielort angekommen ist, öffnet sie die fremde Wohnungstür von außen. Als freie Mitarbeiterin in der ambulanten Hilfe für Behinderte und psychisch kranke Menschen hat sie einen Schlüssel für die Wohnung von Robert Meise.

Sie ist deshalb sehr in Eile, weil sie wegen Tarek verspätet hat. Der kam wie immer viel zu spät zum Rendezvous, etwas worüber sich Inga regelmäßig ärgert. Ich muss von meinem Gefühl runterkommen, denkt sie. Tarek hat es nun mal nicht so mit der deutschen Pünktlichkeit.

Was ihr gefällt, ist seine Fröhlichkeit, er ist doch wie ein kleiner süßer Junge und doch ein Mann, das fühlt sich gut an. Inga hatte schon mehrere Freunde, aber nie jemanden, mit dem es ihr so viel Freude machte, zusammen zu sein.

Tarek ist im kurdischen Norden von Syrien geboren und kam mit seinen Eltern als Flüchtling nach Deutschland. Sein Vater ist Ingenieur und die Familie zählt vier Kinder. Aus allen ist, wie man so schön sagt, etwas geworden, nur Tarek der Jüngste leidet an starken Sozialängsten, hat aber zu viel Stolz in sich, um sich therapeutische Hilfe zu holen. Vor einiger Zeit haben sie sich zusammen ein altes Video vom Abschied der Familie am Flughafen von Damaskus angesehen. Dabei hatte Tarek zum ersten Mal in ihrer Anwesenheit geweint, herzzerreißend und lange, und sich danach zwei Wochen lang nicht bei ihr gemeldet.

„Mach das nie wieder“, hat sie ihm gesagt, „du darfst mich nicht aus deinem Leben einfach so ausschließen!“

Tarek hat irgendetwas von Stolz und Ehre gesagt, was Inga nicht richtig verstanden hat, außer, dass es für Tarek wohl sehr, sehr wichtige Begriffe sind. „Ich wollte so gerne bei Oma bleiben, damals, das ist mir wieder bewusst geworden, als ich das Video mit dir angesehen habe, so gerne!“ Und wieder standen ihm dicke Tränen in den Augen und dann stieß er hervor: „Meine Familie hat mich verraten, alle. Ich gehöre nie dazu, alle waren gegen mich, immer schon, meine Brüder sind die Größten! Und ich? Ich bin ein Nichts, hörst du! Ich habe nichts hingekriegt, alle haben Beruf und Kinder, ich bin ein Kameltreiber!"

„Auf jeden Fall der schönste Treiber, den ich kenne", versuchte Inga zu trösten. Danach haben sie sich geliebt, schön und lange. Als sie sich gemeinsam im Bett räkeln, gibt Inga ihrem Freund private Nachhilfe in Deutsch, indem sie ihn auf die Doppeldeutigkeit von „Treiber" und „es treiben" hinweist.

„Krass, dann bin ich mal dein Treiber, gefällt mir", schmunzelt Tarek, „durch die Wüste ins wilde Kurdistan."

Später erzählt Tarek ihr, dass er schon einmal versucht habe, sich das Leben zu nehmen. Er habe einfach keinen Sinn im Leben gesehen: „Meine Heimat ist weg, meine Großmutter, die Familie auch. Ich habe alle nur immer und immer wieder enttäuscht... Was soll ich hier? Was habe ich hier zu suchen? Zu Hause ist Krieg, das ist nicht mehr meine Heimat. Oma ist tot und ich bin kein Krieger. Ich kann mich nicht mal auf der Straße prügeln, auch nicht, wenn mich jemand schief anguckt, und das passiert oft genug. Was man alles zu hören bekommt!" Tarek schluckt, Inga auch, und dann haben sie sich getröstet.

Inga trennt sich nur ungern von ihren Gedanken an ihren Freund und ruft, in der Realität zurück:

„Hallo Robert!", in die Wohnung, die ihr schon vertraut geworden ist.

„Hallo!", knurrt es verdrossen zurück. „Du bist spät dran! Ich hatte schon fast die Hoffnung aufgegeben. Aber ein Patient ist der, der leidet und immer geduldig wartet! Ein Krüppel, wie er im Buch steht, hält die Fresse und ist gut zu verwalten."

Inga hängt ihre Jacke an der Garderobe auf und geht in den Wohnschlafraum, in dem Robert im Bett liegt und fernsieht. „Scheiß Programm heute?", fragt sie.

„Frühstücksfernsehen für alte Leute wie mich, echt lustig, zum Totlachen!"

„Und was möchte der Herr zum Frühstück!"

„Ein Gläschen Sekt, ein Omelette mit Speck und Zwiebeln und einen Jägermeister!"

„Jawohl Mister Hochgeboren und Alk!"

Inga geht in die Küche, um etwas Nettes aufs Tablett zu zaubern. Dann hilft sie Robert von der Bettkante in den Rollstuhl, wobei sie im Wesentlichen darauf achten muss, dass er nicht zu Boden segelt. Sie mag Robert sehr, denn er lässt sich selten hängen. Wenngleich er auch körperlich massiv eingeschränkt ist, nimmt er doch aktiv am Leben teil, ist interessiert, vor allem politisch, und hat eine halbe Stelle in der Stadtverwaltung, wo er Sozialhilfeempfänger betreut.

„Du glaubst gar nicht, wie sehr sich manche bei mir anstrengen, einfach, weil ich im Rolli sitze und nicht Däumchen drehe!" Dabei lacht Robert und sagt: „Wobei so ein Däumchendrehen könnte ich schon mal nicht, da versagt meine Motorik, und der Rosenkranz ist auch ein für mich unerreichbares Beruhigungsmittel. Wer also tröstet mich noch, mich Armen?"

Robert ist von Geburt an spastisch gelähmt, und wenn ihm einmal die Zunge wegrutscht, zum Beispiel bei einem Fluch, dann liebt er zu sagen: „Sorry my dear, war nur Mundmuskelspastik!"

Wenn sie über Politik sprechen, dann spürt Inga, dass Robert sich solche Sorgen macht, die sie nicht in diesem Ausmaß bedrücken. „Diese Neonazis, die machen mir doch zu schaffen, im Dritten Reich hätte man mich einen ‚Ballastmenschen' genannt und auch so behandelt …" Robert lacht mit einem belegten Unterton: „Aber als Panzerfahrer wäre ich genehm gewesen, den hätte ich ja nicht einfach im Stich lassen können, ohne eine Ausstieghilfe! In Kenia wäre ich verhungert, Ratzputz, ein Esser weniger!"

Robert findet es sehr angenehm, dass Inga, wenn sie länger als nur einen Moment mit ihm spricht, die Angewohnheit hat, in die Hocke zu gehen. Dann darf er zu ihr hinuntersehen. Besonders bei Männern fällt ihm auf, dass die einfach gerne stehen bleiben, auch wenn sie einen langen Sermon loslassen. Für ihn ist es oft anstrengend nach oben zu schauen, dann schmerzt auf die Dauer sein Nacken. Genickstarre, denkt er, brauch ich nicht, aber selbst, wenn ich die Leute bitte, sich doch zu setzen, sagen die: Ich stehe lieber!

„Inga, ich muss dir was erzählen, ich brauche deinen Rat!" Robert sieht Inga an, um zu sehen, ob sie in Eile ist.

„Schieß los, aber fass dich kurz!" Inga schaut auf die Uhr.

„Ich kann nichts versprechen, aber ich versuche, mich nicht zu sehr aufzuregen. Meinen Hass lasse ich weg. Also, ich musste am Montag zum Amt, Gesundheitsamt, zu einem Dr. Erschieß-mich-doch oder so ähnlich." Robert versucht sich zu beherrschen, denn wenn er sich anstrengt, verspannt er sich, und dann wird seine Spastik am ganzen Körper stärker und führt ein schwer zu bändigendes Eigenleben, was Robert gerne mit einem ungezähmten Gaul vergleicht.

„Im Vorzimmer ging es noch, da war ich noch ganz locker, habe sogar mit der netten Dame, die etwas Mütterliches hatte, geschäkert. Dann kam dieser Kerl von Doktor, ich sag dir was. Ich wollte ja nur eine Bescheinigung für eine Kur, und Beamte müssen zu diesem Amtsfritzen." Robert weiß, er muss jetzt schneller reden, denn Inga nimmt schon Kurs auf die Tür.

„Sagt der doch allen Ernstes: Machen Sie sich oben herum frei. Meinst du, der hätte mich angesehen? Der kramte unsinnig in seinen Papieren herum und knurrte dabei wie ein frustrierter Hofköter an der kurzen Kette. Kettenhunde, so hießen doch diese besonders scharfen Supernazis!"

„Robert, bitte mach hinne!" Inga drängelt jetzt. „Komm zum Punkt, erzählt etwas flotter, mein Held, ich habe nicht ewig Zeit."

„Gerne, denn jetzt das Dollste, fragt dieser Idiot vom Amt doch tatsächlich: Und, arbeiten Sie noch? Ja, sage ich noch brav, bis der mich fragt. Und warum? Sie sind doch nicht mal in der Lage, ihr Hemd alleine auszuziehen! Und, was sind Sie für ein Doktor? Sie Affenarsch, Sie blöder Sack! Was haben Sie gesagt? Entschuldigung Dr. Chef, mir ist die Zunge ausgerutscht, da kann ich nix für, die hat so ein Eigenleben, dieses Teil! Ach so, ach so, so einer sind Sie, so ein armer Behinderter, schwer zu verwalten diese Leute ... na, ja, wenn das so ist, dann wollen wir mal. Junger

Mann, vorab eines, diese Kur können Sie schon mal vergessen. Welche Einrichtung hat das Personal und den Willen, Sie aufzunehmen? Sie brauchen doch reichlich Spezialbehandlung! So einer wie Sie macht doch nur Arbeit! Und dann hat er so richtig vom Leder gezogen, echt der Naziarzt, das musst du mir glauben, Arbeit macht frei, aber hallo!"

„Mensch Robert, entschuldige, ich muss weg, dringend, erzähl mir den Rest morgen, ja?" Inga hofft auf Roberts Verständnis. Der willigt widerstrebend ein, sagt aber noch: „Gut, ich halte die Klappe, aber nur, um sie anderswo wieder aufzumachen. Heute gehe ich erst mal zur Patientenbeschwerdestelle, die ist im selben Gebäude, nur links herum, nicht rechts. Der feiste Doktor wird sich wundern. Und den Behindertenbeauftragten der Stadt, den kenne ich auch gut. Behindert zu sein bedeutet eben auch, eine Menge von Wut herunterschlucken zu müssen. Ich muss doch das Phänomen systematisch untersuchen, die Welt ändert sich eben zunächst nur durch Wissenszuwachs."

Inga lächelt ihn an: „He, Herr Philosoph, wann soll ich wiederkommen? Ich muss weiter, die Zeit, die wir hier verquatschen, die kostet meinen Chef reines Geld, und Hugo, das nette Lästermaul, meine nächste Station, der wartet nicht gern, und danach muss ich noch eine Sache klarstellen!" Inga macht dabei ein Gesicht, das Robert bislang nicht an ihr wahrgenommen hat, aber ehe er seinen Eindruck formulieren kann, ist sie an der Haustür, saust davon und hört nur noch, dass Robert ruft: „Gegen 23 Uhr! Und pass gut auf dich auf, die Welt ruft dich zwar, ich aber brauche dich, vielen Dank!"

Robert ist wieder allein und hofft, dass sein Fahrdienst heute pünktlich ist. Ungeduldig zu warten ist uns als Behinderte doch so vertraut, so lautet doch die freie Übersetzung von Patient. Als es endlich schellt, wartet er schon einige Zeit voll angekleidet und eilt, so schnell er kann, zum Fahrstuhl, um endlich seinem Leben einen Sinn geben zu können.

29 Vorsicht ist die Mutter der Porzellankiste

Die Kneipe schließt gegen ein Uhr in der Nacht. Lilianna hat kurz vor der Zeit die Eingangstür von innen abgeschlossen, damit kein neuer Gast mehr hereinkommen kann. Sie erledigt die letzten Handreichungen mit großer Routine. Gleich wird der Chef kommen, um Kasse zu machen, und seine Frau, die einmal durchwischt, damit am nächsten Morgen um elf Uhr wieder aufgemacht werden kann. Es hat immer etwas Trauriges, wenn sich die Kneipe leert und die Stühle hochgestellt worden sind. Zeit, Abschied zu nehmen, fällt ihr ein.

Wie lange Lilianna nun schon nicht mehr in ihrer Heimat gewesen ist! Die Sehnsucht schießt ein wie ein warmer Strom. Sie sieht das Dorf vor sich, in denen die Eltern gewohnt haben, eine Straße, rechts und links kleine Häuser, flaches Land, in der Ferne hin und wieder ein Waldrand, dort lebten sie und die anderen aus der Familie.

Praktisch waren jeder mit jedem verwandt, ein Haufen Cousins und Cousinen, Tanten und Onkels und vereinzelt auch schon Neffen und Nichten. Natürlich bedeutet das Kontrolle, aber auch Wärme und Behütetwerden. Irgendwann, denkt sie, kehre ich zurück, kaufe mir ein kleines Häuschen und verbringe dort meinen Lebensabend.

Oma ist letztes Jahr gestorben, die letzte Vertreterin ihrer Generation, mit 89 Jahren. Sie hatte ein schweres Leben. Die Götter sind gnädig mit den Menschen, die früh sterben, hat sie einmal irgendwo gelesen. Was ist früh? denkt sie und zählt innerlich auf, wen sie alles schon verloren hat: zwei Katzen, zwei Hunde, die Großeltern ... kommt schon einiges zusammen, an das man sich nicht gewöhnen kann.

Als der Chef mit seiner Frau kommt, um Kasse zu machen und grob aufzuräumen, heute etwas früher als erwartet, kann sie endlich nach Hause gehen.

Es war ein langer Arbeitstag und ihre Beine sind schwer. Sie hat die lauten Schuhe mit klappernden Absätzen an, irgendwie geben ihr die Gehgeräusche auf dem Bürgersteig Stärke. Obwohl sie ziemlich angstfrei ist, braucht sie diesen vermeintlichen Schutz. Sie durcheilt die Innenstadt, die jetzt, obwohl es noch warm ist, menschenleer ist.

Die warme Luft tut ihr gut und sie fängt an, ein Lied aus der Heimat zu summen, das ein wenig zum Rhythmus ihrer Schritte passt. Plötzlich, in einer kleinen Straße, stellt sich ihr ein großer hagerer Mann in den Weg, den sie sofort wieder erkennt. „Hey!", ruft sie, „Sie kenne ich doch, Sie waren doch am Dienstag in unserem Lokal, was wollen Sie von mir?"

„Sagen Sie Ihrem Chef, dass er sein Personal unsittlich anzieht! Das sollte er wissen, das geilt die Kerle auf. Das darf er nicht zulassen, das ist gefährlich, davon muss man die Finger lassen. Denken Sie daran, sonst komme ich wieder. Besser Sie suchen sich eine andere Arbeit, es gibt genug Kneipen in der Stadt, Sie sind doch ein anständiges Mädchen!"

Stille!

Lilianna wagt nicht zu widersprechen, und als der Mann abdreht und davonrennt, kommt es ihr vor, als ob sie gerade einem Albtraum entronnen ist. Puh, denkt sie, so ein Idiot! So ein armes Schwein!

Wer sich nicht wehrt, lebt verkehrt. Das reimt sich zwar, erscheint ihr aber, als sie langsam und wie betäubt weitergeht, irgendwie schleppend und ohne Kraft, ohne Sinn und Verstand. Was soll man jemandem sagen, der seine Wut oder was es sonst sein mag, unbedingt meint, aussprechen zu müssen. Ja, es erscheint ihr wie ein MUSS, wie ein Zwang, unter dem dieser Mann gestanden hat.

Zu kurze Hosen! Hotpants heißen die Dinger. So ein Mist, so einer hat sie doch nicht mehr alle! In welcher Zeit lebt so ein Spanner? Ihre Angst wird von einem Schwall von Wut übertüncht. Wo leben wir hier, wir sind doch nicht im Mittelalter! Dann aber muss sie an Mahmut, einen Iraner denken, mit dem sie manchmal im Cafe Moccaklatsch spricht, und der hat ihr erzählt, dass bei ihm zu Hause im Iran, in Teheran, Mädchen und Frauen, die sich westlich kleiden, auf der Straße beschimpft werden. Der Staat beschäftigt extra Sittenwächter, die fahren in Gruppen auf Motorrädern durch die Straßen und spielen den Dicken. So weit scheint das Mittelalter doch nicht entfernt zu sein ...

Widerlich, denkt sie dann und ihr schaudert, in ihr herrscht ein Gefühlschaos.

Schnell geht sie weiter, der Typ ist nicht mehr zu sehen.

Wenn man natürlich nicht die Beine dafür hat, dann sollte man lieber einen Liebestöter anziehen, aber mal ehrlich, meine Beine können sich sehen lassen, in jeder Verkleidung. In der Lokalpresse hatte sie von diesen Überfällen in Bielefeld und Umgebung gelesen. Ob es da einen Zusammenhang gab?

Nur sehr schwer kann sie in dieser Nacht einschlafen und ist schon früh morgens mit einem Schlag hellwach. Gott sei Dank ist es schon hell, es ist fünf nach fünf, erzählt ihr das Digitalradio auf dem Nachttisch ganz umsonst.

30 Liebe deinen Nächsten

Annette Sasse und ihr Freund und Kollege haben sich, als die Sehnsucht beginnt zu bestimmend zu werden, zu einem Abendspaziergang verabredet.

Zuerst sind sie sich unklar, wo dafür denn der netteste Platz sein könnte, und nach einigem Hin und Her entscheiden sie sich für die Teutopromenade in der Nähe der Schönen Aussicht zur späteren Abendstunde nach Dienstschluss. Jeder, der sich im polizeilichen Freizeitbereich auskennt, weiß, dass die Beiden schon eine Menge Glück haben müssen, damit sie, ohne massive Störungen zu erleiden, ein unbeschädigtes Zeitfenster für sich beide und nur für sich beide garantiert bekommen.

„Nix da", krächzt Johanningmeier mit belegter Stimme, als er mit Annette an der Hand ein Stück Wegs gegangen ist. Sie sind noch nicht weit gekommen und möchten sich eigentlich auch viel Zeit lassen, ehe sich ihre Beziehung wieder intensivieren könnte.

Für eine schnelle Annäherung ist ihre Angst vor Nähe noch zu präsent. Nix da! nützt wenig, denn als der Kommissar auf einer Bank oberhalb der Hundewiese auf sein Display sieht, weiß er, sie müssen wieder sachlich werden.

Er hatte sein Handy sicherheitshalber auf Brummen gestellt, kann aber doch seinen inneren Beamten nicht vollständig ignorieren, der ihm sozusagen verkündet: Sie haben Bereitschaftsdienst, wenn Sie sich inmitten einer ungeklärten Ermittlung befinden! Hier hätte die Sittenpolizei von Staphorst eine Menge Verhaftungsgründe wegen unflätiger Bemerkungen aus amtlichem Munde gehabt, aber Bielefeld ist eine weltoffene, bunte und tolerante Stadt, wie er letztens bei einer antifremdenfeindlichen Demonstration vernommen hat. Annette, um deren Schulter Johanningmeier stolz seinen Arm gelegt hat und der er seine Gedankengänge offenbart, meint: „Da müssen wir mal Tarek fragen!" „Zurück im Dienst", verkündet Johanningmeier und fragt: „Wer zum Teufel ist Tarek?"

„Der dunkelhaarige und dunkelhäutige Syrer, der durch und durch nicht arische Freund unserer Inga, unserem neuen gemeinsamen ...!"

Während Johanningmeier seine Annette liebevoll küsst, murmelt er etwas, was sich erst einige Minuten später über eine offizielle Nachfrage von Kolleginnenseite exakt eruieren lässt. „Sündenfall habe ich gedacht!", sagt er und küsst weiter, bis das Handy wieder anfängt zu stören, diesmal das von Annette, die sich auch nicht gerade freut.

„Wir fahren mal ein paar Tage weg, wenn wir den Kerl haben." „Oder auch die!" Johanningmeier seufzt und ist mehr als einverstanden. „Überstunden abfeiern, das hat doch eine ganz andere Melodie als dienstfrei oder Urlaub. Wir feiern, so wie Feierabend, Feiertage ..."

„Mm", meint Annette und Johanningmeier ergänzt: „Alles Fremdworte, an die könnte ich mich gewöhnen, auch ohne Übersetzer!"

31 Frischluft tanken

Über die Geschichte seiner gepachteten Ackerkrume hat Johanningmeier Folgendes in Erfahrung gebracht: Der Schrebergarten ist zurückzuführen auf einen Dr. Schreber, seines Zeichens Orthopäde in Leipzig. Er stellte einen Zusammenhang zwischen den Erkrankungen seiner kleinen Patienten und deren seltenen Bewegungen an der Frischluft fest und empfahl die Einrichtungen von Gärten. Später kam hinzu, dass die Menschen dort auch Gemüse anbauten. Vom Spiel zur Arbeit, eine offensichtlich gute Karriere, und so gibt es solche Gärten heute im gesamten Europa.

Der September tut so, als sei er der bessere goldene Oktober, die Sonne hat Früh-, Mittel- und Spätdienst, die Schwalben fliegen tief, und Johanningmeier verbringt seine, zugegeben nicht gerade üppige Freizeit, in seinem Schrebergarten. Seit einem Jahr hat er sich dort ein Stück Eckgarten gemietet, ganz gegen seine sonstigen massiven Vorbehalte gegen jede Form von Vereinsmeierei. Sein Garten liegt auch nicht abseits der anderen Gartenfreunde, sondern mittendrin. Seine Stadtwohnung ist zwar sehr praktisch stadt- und arbeitsnah, aber etwas düster im Parterre gelegen, da, wo unter dem Pflaster die Erde wohnt.

„Du musst mal an die frische Luft“, hat einer seiner wenigen Freunde gesagt, der selbst am liebsten ganze Tage in seiner Briefmarkensammlung verschwindet. „Stimmt irgendwie, dann können wir uns dort mal zum Schachspielen und Gesprächen über Frauen versammeln!“

Die erste Beobachtung vor Ort ist eine, die Johanningmeier erstaunt. Neben deutschen hört er oft polnische Laute, und seine Recherche ergibt: Nicht nur Deutsche werkeln in Schrebergärten, auch Polen und sogar Russen, aber allen anderen Kulturvölkern dieser Welt scheint diese Form der Freizeitarbeit zu gut wie unbekannt zu sein. Die Schrebergartenkneipe Almblick, in der Johanningmeier hin und wieder ein Bier trinkt, gehört einem Türken, der Fan von Arminia ist, deren Stadionwand die Gartenanlage zum Berg hin begrenzt.

Anfänglich hat die Wand in seinen stattlichen Ausmaßen für den Betrachter vom Garten aus etwas Bedrohliches ausgestrahlt, aber sobald sich das Stadion mit Leben füllt, verliert sie diese negative Ausstrahlung schnell, zumal wenn Arminia auf der Gewinnerstraße ist.

Johanningmeier ist ganz in Gedanken, sitzt unter seinem Apfelbaum, der etwas Schatten spendet, und springt zwischen seinen Lieblingsthemen hin und her: Annette und der ungelöste Fall. Beide Themen haben noch reichlich Luft nach oben. Eine Wespe umkreist sein Getränk, das auf dem Plastiktisch steht, sie scheint ähnlich unentschlossen.

„Hei, Herr Kommissar", am Gartenzaun steht eine junge Frau. Instinktiv deutet Johanningmeier an, sie solle seinen Beruf nicht an die große Glocke hängen, aber nun ist es zu spät. Er bittet Frau Kaczinska zu sich in den Garten und lädt sie zu einem Kaffee ein.

„Was machen Sie denn hier?" Frau Kaczinska scheint gar nicht überrascht zu sein und erklärt ihm, sie habe ihn schon öfter hier gesehen, aber heute erst bemerkt, dass sie in gewisser Weise Nachbarn seien. Ihre Tante Jadwiga habe dort, und sie zeigt mit ihrem Daumen über ihre Schulter, einen Garten.

„Prima für mich", sagt sie und deutet nach unten auf eine Plastiktüte, die voller Gemüse zu sein scheint.

„Ach du grüne Neune!", rutscht es Johanningmeier raus, „das ist ja der reine Supermarkt hier", und entschuldigend fügt er hinzu, er lasse alles wild wachsen und befürchte irgendwann Ärger mit dem Verein, von wegen Standardbegrünung.

„Sie könnten sich doch ein Schaf halten", lacht Lilianna, „das erspart das Rasenmähen, oder eine Ziege!"

„Stimmt!", sagt Johanningmeier, „ist aber nicht erlaubt, es gibt ja sogar fast geräuschlose Rasenmäher, die brauchen nur Strom und nerven keinen Nachbarn." Er holt rasch aus dem kleinen etwas muffig riechenden Gartenhäuschen eine zweite Kaffeetasse, und bittet seinen netten Überraschungsgast neben ihm auf der Bank Platz zu nehmen.

„Immer im Dienst?“, neckt ihn Lilianna, als Johanningmeier sie bittet von ihrer nächtlichen Begegnung mit dem Mann zu erzählen.

„Ist Ihnen noch etwas eingefallen?“

„Er hatte Mundgeruch, ziemlich ekelhaft, ich mag keine Zwiebeln!“

„Oder er ist arm und hat schlechte Zähne“, vermutet Johanningmeier.

„Oder stille Messe!“

„Was ist das denn?“

„Wenn man Krach hat und nicht mit dem anderen redet, und wenn man das lange tut, dann riecht man schlecht aus dem Mund!“

„Das vielleicht auch, aber ich glaube, schlechte Zähne, kein Wunder bei den Zahnarztkosten!“

„Nein, arm war der nicht. Der Mann war sauber gekleidet, aber irgendwie altmodisch, wie die Kommunisten zu meiner Kinderzeit, so austauschbar, ohne Pep, Einheitssoße. Entschuldigen Sie, ich muss weiter, meiner Tante geht es nicht gut und ich muss ihr Medikamente aus der Apotheke bringen. Wenn Sie nachher noch da sind, komme ich noch einmal über den Zaun, danke für den Kaffee!“

„Was fehlt Ihrer Tante?“, fragt Johanningmeier und ärgert sich im selben Moment über seine berufsbedingte Penetranz. Das Sein macht das Bewusstsein, sagt unser aller Kalle Marx, denkt er, und sie sagt: „Sie hat schlimme Schmerzen, und zwar solche, die wir alle nicht wollen, und deshalb sage ich: Tschüß, bis später vielleicht, und denken Sie über die Ziege nach!“

Johanningmeier denkt über die Ziege nicht nach, sondern nur darüber, das es ja manchmal komische Zufälle gibt.

32 Hilflose Helfer

In der Nacht entlädt sich ein schweres Gewitter, der Himmel ist von zuckenden Blitzen überzogen und die Menschen sind froh, dass jemand die Blitzableiter erfunden hat. Nur der Schreck, der in die Glieder fährt, wenn es gewaltig donnert, der ist nicht zu bannen. Taub zu sein, wäre auch keine gute Alternative, denkt Dr. Sauer, der schon so manches Übel sein eigen nennt. Er sitzt zu später Stunde noch am Schreibtisch und fürchtet sich davor zu Bett zu gehen. Dann werden, besonders bei so einer geladenen Wetterstimmung, seine Nerven extrem dünn und er kann sich nur schwer beruhigen und so zu dem seelischen Gleichgewicht gelangen, das ihm das Einschlafen ermöglicht. So surft er im Internet und erhält viele Antworten auf Fragen, die er eigentlich gar nicht gestellt hat. „Trauma", der Google Text enthält eine Menge guter Informationen. Betont wird der Zusammenhang zwischen der Verletzung und Gefühlen der Hilflosigkeit.

Seine neue Klientin Frau Blitz hat vorhin, so berichtet ihm der Kollege aus Lemgo, davon gesprochen, sich rächen zu wollen. Rache ist in seinem Verständnis ein Ausgleich von erlittenem Unrecht, ist wahrscheinlich ein Versuch, Ohnmacht zu überwinden? Könnte es so etwas geben, wie begleitete „Rachetherapie"? Jemand sieht rot, will Selbstjustiz üben, und darf ich so ein Anliegen unterstützen?

Dr. Sauer wünscht sich manchmal zu einfachen Fragen einfache Antworten herbei, spürt aber, dass ihn Zweifel erfassen und so beherrschen, dass sie lähmen können. Bin ich so empfindlich gegenüber Unrecht, weil ich so nahe an der Ohnmacht gebaut habe? Als früh durch ein Trauma verletzter Mensch nach seinem Unfall vor vielen Jahren und seitdem im Rollstuhl sitzend?

Er spürt seinen Kopf schwer auf den Schultern sitzen, der Nacken ist verspannt und das, was ihm fehlt, lässt sich schwer beschreiben und eingestehen. Es ist wahrscheinlich nichts weiter als nur eine nette Berührung.

Ehe ich jetzt hier noch ins Sentimentale abgleite oder meinen

Entschluss zu fasten, infrage stelle und zum Wein zurückkehre, mach ich mal eine Mücke, und der Morgen ist klüger als der Abend, sagt ihm ein russisches Sprichwort und schickt ihn ohne Widerrede zu Bett.

Als er dann endlich liegt, denkt er noch ein wenig über das Fasten nach und schläft über dem Gedanken ein, ob er als Narzisst nur aus dem Grund fasten will, um sich etwas zu beweisen.

33 Ein Unglück kommt selten allein

Zwei Tage hat Annette im Bett zugebracht. Hexenschuss war die Diagnose vom Notarzt, den sie in ihrer Ohnmacht angerufen hat. „Auf dem Boden bin ich zum Telefon gekrochen, um den Doktor zu alarmieren.“ Johanningmeier hat sich doch wirklich erdreistet, laut aufzulachen, als sie vom Hexenschuss gesprochen hat, dieser Rüpel! Annette, nun schon wieder in der körperlichen Verfassung, aufrecht zu stehen, stützt sich vorsichtshalber auf ihre Küchenzeile und flucht leise vor sich hin. Die Spülmaschine ist kaputt, der Monteur offensichtlich auch, denn obwohl sie in großer Not und Dringlichkeit in Form und Inhalt ihrer sprachlichen Mitteilung die Firma angerufen hat, kommt keine hilfreiche Hand mal eben um die Ecke und behebt den Schaden. Manchmal braucht man doch einen Mann im Haus, denkt sie genervt.

Der Not gehorchend, spült sie per Hand und fühlt sich bei dieser Tätigkeit in die frühen Jahre ihres Küchenlebens zurückversetzt. Die Teller kleben aber auch und werden nicht besser, wenn das Geschirr sich länger als erwünscht auf der Ablage neben der Spüle herumtreibt. Es wird böse enden, denkt sie und hofft, dass einfach mal ein Fachmann klingelt. Ich habe alles falsch gemacht, zerfließt sie fast vor Selbstmitleid, keines der Kinder hat sich ernsthaft mit dem Modell vom Tellerwäscher zum Millionär angefreundet. Und Johanningmeier, der Freizeitgärtner mit seinem lächerlichen Stück Rasen hinter der Alm, der könnte sich doch einfach mal auf Spurensuche begeben, die Harke fallenlassen, anrufen, ankommen, spülen und dann die Klamotten fallen lassen. Na, wie wäre das? Dieser Lümmel!

Er hatte zwar angerufen, aber nur was von einem antik gekleideten Mann erzählt, der Zwiebelmundgeruch verbreitet haben soll und geflucht hat. Und wer hatte dem Kollegen das erzählt? Typisch Mann, so ein junges Ding, von unseren östlichen Nachbarn.

Annette entschließt sich in der bezahlten Arbeit tätig zu werden und all die unerledigten Aufgaben rund um die Wohnung und in der Wohnung herum, wie zum Beispiel Kühlschrank auffüllen, Bluse bügeln, Versicherungsfritzen anrufen, vorerst zurückzustellen und zu ihrer Arbeit, Mörder zu finden und einzubuchten, zurückzukehren und knallt das Restgeschirr, verdreckt wie es ist, in die Spüle.

Sie nimmt die leichte Sommerjacke von der Garderobe, denkt an Geld und Schlüssel und will sich gerade pfeifend, ein Ziel vor Augen, auf den kurzen Weg zum Präsidium in ihr Büro machen, als das Telefon ihr auf dem Hausflur in den Ohren liegt.

Es gibt manchmal Telefonate, die man besser nicht angenommen hätte, aber dieser Apparat verfügt über eine ziemliche Macht, die da fordert: Nun geh bloß ran, sonst verpasst du das Glück deines Lebens.

Ein starker süddeutscher Akzent klingt aus dem Telefon: „Grüß Gott Frau Sasse, Annette Sasse, ich bin doch richtig?“ Annette bejaht.

„Hier spricht Frau Angleitner, vom Sozialamt München, Abteilung Freising!“

Annette Sasse ahnt Böses, hört aber nicht auf ihr Bauchgefühl, sondern sagt: „Ja, das bin ich, was kann ich für Sie tun?“ Wann immer sie in einer amtlichen Angelegenheit zu Hause kontaktiert wird, hat sie die alte Unsicherheit im Kontakt, die sie auf der Arbeitsstelle selten überrascht. „Sie wünschen?“ Auch da hätte sie sich noch verleugnen können, aber Annette Sasse ist eben eine ziemlich ehrliche Zeitgenossin.

„Wenn Sie eine Tante haben, die Hermine heißt und in München gemeldet ist, dann sollten Sie mir jetzt zuhören!"

Annette weiß aus Erfahrung, was jetzt kommt, war sie in ihrer beruflichen Laufbahn öfters, als sie sich das gewünscht hatte, auf der anderen Seite, nämlich auf der, jemanden erschrecken zu müssen.

„Setzen Sie sich!" Annette Sasse, von Hause aus gar nicht autoritätsgläubig, bleibt deshalb stehen, um die angekündigte Übelnachricht annehmen zu können. „Ihre Tante ist gestern im St. Albertinus Stift verstorben, es tut mir leid, übrigens im gesegneten Alter von 96 Jahren, Gott hab sie selig!"

Annette Sasse ist weder schockiert noch traurig, nicht einmal erstaunt, eher etwas erleichtert, und sie nimmt auch die Mitteilung über die Höhe der verlangten Summe für die Erdbestattung, „Urne wäre billiger!", und kommerzielle Begleitung durch einen überkonfessionellen Grabredner gelassen entgegen.

„Du wirst eines Tages für mich bezahlen müssen", hatte Hermine ihrer Nichte vor Jahren schon prophezeit und nun recht bekommen, „deshalb wirst du nicht freischaffende Künstler, sondern wie dein guter Herr Vater, mein Bruder, Staatsbeamter."

„Ihre Großtante ist eines natürlichen Todes gestorben, es war, meinen Unterlagen zu Folge, ein ganz und gar gnädiger Tod, sie soll ihn herbeigesehnt haben. Die Schwester, übrigens eine herzensgute Frau, hat mir mitgeteilt, Ihre Tante habe schon lange Zeit vor ihrem Tod immerzu gefragt, ob der Herrgott sie vergessen habe, aber, da konnte sie sie beruhigen, das sei nun doch noch nie geschehen. Davor walte Gott! Sie ist übrigens schon unter der Erde, der Platz im Stift musste schnellstens neu belegt werden, da gibt es ja horrende Wartezeiten, wissen Sie, die Alten leben heute einfach zu lange, oh, nochmals meine Entschuldigung, mein Gott, was rede ich heute für einen Unsinn, aber, ehe ich es vergesse, mein tief empfundenes Mitgefühl! Ich schicke Ihnen alle Unterlagen zu, auch die persönlichen Sachen, kommt alles per Post in den nächsten Tagen. Auch die Rechnung und einen Plan vom Liegeplatz auf dem Freisinger Friedhof." Damit ist das Gespräch, wie eine Botschaft aus einer anderen Welt, abrupt zu Ende, und Annette Sasse muss sich erst mal setzen. Eben noch habe ich meine Spülmaschine verdammt, denkt sie, und jetzt werde ich mit meiner Nase an die alten Zeiten erinnert.

Nun muss sie aber los, sonst verpasst sie noch den ganzen Tag, aber auf ihrem eiligen Weg die Treppe nach unten, wird sie vom Nachbarn an der Tür aufgehalten. „Sie tropfen!“, sagt der, Annette erschrickt. Der Nachbar aber sagt erläuternd: „Ich glaube, Sie haben einen Wasserschaden!“

Gemeinsam stiefeln sie nach oben und müssen sehen, dass Annette Sasses Bad zu einem komfortablen Fußschwimmbad mutiert ist. Alles, was auf dem Fußboden stand, Klorolle, Klobürste, Fußmatte, ein paar Lappen und ein Plastikeimer machen einen Schwimmkurs, und der Nachbar lacht. Und zwar so von Herzen, dass beide begeistert zusammen das Kunstwerk bewundern. „Nicht schlecht“, sagt der lachende Nachbar anerkennend, der übrigens im Hauptberuf Urologe ist und sich mit unangemessenem Tropfen auskennt.

„Klempnersache!“, sagt Annette Sasse, ganz Hausfrau, die solche Überraschungen nicht so mag, ihr genügt eigentlich schon die Angelegenheit mit ihrer defekten Spülmaschine.

„Die Klospülung ist nur defekt, das kommt bei technischen Geräten bisweilen vor, ein organisches Ermüdungsphänomen, das kenne ich aus meiner Praxis!“ Der Urologe entpuppt sich nun als echter Witzbold und Annette denkt positiv, dass es an der Aura der neu aufkeimenden Liebe liegen muss, dass sich die Männer in ihrer Gegenwart so seltsam entspannt und betont locker verhalten, so ein bisschen, wie die Jungs aus ihrer alten Schulklasse. Sie ist gespannt, was ihr heute noch an Männern so begegnen wird.

Von der Tropfsache her gesehen, steht nun aber primär an, dass man tätig wird, und Annette Sasse schlägt vor, unverzüglich den Hausbesitzer zu informieren. Der jedoch empfiehlt ihr am Telefon, faul wie er ist, die Firma Stahl & Co anzurufen, was Annette Sasse jedoch ablehnt, weil sie sich nicht zuständig fühlt.

„Dauert etwas“, informiert sie der Hausbesitzer drei Tage später, „bis dahin empfiehlt es sich, einen Eimer unter das defekte Objekt zu stellen und im Klo mit Wasser aus dem Hahn bei Bedarf nachzugießen. Bei großen Geschäften suchen Sie eventuell Ihre Arbeitsstelle oder andere offizielle Örtlichkeiten auf." Annette Sasse hätte große Lust, ihren Hausbesitzer zu fragen, ob sie seine Gästetoilette im Falle eines Falles besuchen dürfe, und zwar in Uniform, entschließt sich aber, sich nicht zu ärgern, sondern sich höflich zu verabschieden und ihm noch „gute Verrichtung" zu wünschen.

„Ich habe meine Tante dreißig Jahre nicht mehr gesehen", erzählt sie später in einer Arbeitspause ihrem Freund und Kollegen. „Sie war eine seltsame Frau, hat sich früh aus der Familie verabschiedet, damals war ich 16 Jahre alt. Meinem Vater hat es das Herz gebrochen, ihr aber war, als die Kinder aus dem Haus gingen, Bielefeld einfach zu eng. München war ihr Ziel, sie hatte dort einen früheren Chef, einen Bauunternehmer als Freund. Einmal im Jahr gab es einen längeren Brief von ihr, damit wir, ihre Kinder, auf dem Laufenden blieben, später war auch das vorbei. Sie hat zusammen mit meiner Mutter immer gesagt: Annette wird Beamtin, mit der Kunst, das sind nur Flausen, die werden sich schon auswachsen.

Und heute bedauere ich es manchmal, denn wenn ich diese Modeschauen sehe ... aber, glaub mir, das ist auch ein hartes Geschäft, da sind die Kriminellen, mit denen wir es zu tun haben, die reinsten Osterlämmer. Damals hätte ich mich durchsetzen müssen, aber da war niemand, der mich unterstützt hätte. Vater, der war zu sehr mit seinem Leid über den Verlust seiner schicken Hermine beschäftigt, aber ich hatte immerhin schon eine Lehrstelle bei Seidensticker."

Als sie Johanningmeier alles berichtet hat: Spülmaschine, Tante, Klogeschichte, Urologe sagt sie zum Thema Tante, dass es ihr Ziel gewesen sei, Modedesignerin zu werden. „Das verstehe ich, Geschmack hast du ja, das stimmt", und er denkt daran, dass sich Annette immer sehr pfiffig anzuziehen versteht.

„Weißt du was? Ich habe mir einen neuen Namen für meine

neue Liebe ausgedacht: Johanningmeiner! Na, wie findest du das", fragt Annette und kommt selbst ein wenig kühn vor.

„Übergriffig, aber im besten Sinne!", lacht der Umbenannte.

34 Feuerteufel unbekannt

„Ihre Laube ist mehr als hin", sagt der Mann in Uniform der Berufsfeuerwehr Bielefeld. „Ach", Johanningmeier wundert sich, wie wenig ihn die Aussage des Brandmeisters erschüttert.

Johanningmeier erklärt sich seine geringe Betroffenheit damit, dass er sich nun schwere Arbeit des Streichens ersparen kann. und sagt: „Nein, nein, Herr Kollege, da liegen Sie falsch, es ist bei Strafe verboten in der Anlage Feuer zu machen! Das bestimmen schon die Statuten des Kleingärtnervereins. Das heißt, man darf zwar den ganzen Sommer und zur Not auch im Winter grillen, aber man darf keine ganze Hütte abfackeln. Das ist ein Grund zum Ausschluss des Mieters, aber ehrlich, etwas hinfällig war das Teil schon", erklärt Johanningmeier, sieht aber dann doch traurig zu den verbrannten Trümmern seiner Gartenbehausung hin, die er zwar nicht benutzt hat, weil sie penetrant nach alter Socke gerochen hat. In Wahrheit aber war der Geruch nur den süßen Mäusen geschuldet, die sich dort, weil ungestört, eingenistet hatten.

Nach der offiziellen Begutachtung des Brandes mit abschließendem Protokoll nach dem Motto, „von der Wiege bis zur Bahre ... Formulare, Formulare", läuft Johanningmeier zu Fuß die paar Meter zum Präsidium durch den Grüngürtel. Die frische Luft bringt Freude in die Glieder und, ganz komisch, auch Freude auf die Arbeit.

Wer macht denn wohl so was, ein Pyromane?, fragt Johanningmeier sich und stellt diese Frage auch Annette, die die Schultern zuckt.

„Gibt's heute noch Feuerteufel?" fragt er.

„Natürlich, Brandstifter sind sehr verbreitet, die probieren ihre Freude an der Zerstörung an jedem aus. Hauptsache, die

Leute sehen die Signale, Feuer frei, möglichst nahe an der Angst der Menschen. Immer nach dem Motto: Wir haben Recht, wir sind die, die was zu sagen haben."

„Aber die wahren Drahtzieher, Annette, die fackeln nicht, die fackeln nicht lange, die schlagen eiskalt zu und bums, dann sind wir aber hin!" Johanningmeier spricht betont mit theatralischer Gestik.

„Meinst du, es wusste jemand, dass du dieses Prachtstück an Behausung benutzt?"

„Nur die Mäuse!"

„Komm zurück ins Leben, mein Lieber, wir warten mal den Bericht der Feuerwehr ab, und wenn es Brandstiftung war, dann war es sicher keiner aus der Laubenkolonie, dann hat es eine besondere Symbolik: Ins Feuer mit dem Übel oder dem Übeltäter oder dem, der den Übeltäter nicht zu fassen kriegt!"

Das Telefon klingelt und das Ordnungsamt aus Bielefeld ist dran. „Herr Kommissar, wir haben unseren Fall gelöst, sie können die Täter verhaften!"

Johanningmeier staunt, muss dann aber hören, dass man den ganzen Fanklub von Preußen Münster verhaften muss.

„Einer von diesen Rowdys wird es gewesen sein, aus Rache, weil Arminia gewonnen hat. Wir haben eine Augenzeugin, die hat die Fans an den Farben erkannt. Das war kein Freudenfeuer, aber gebrannt hat die Hütte sehr beeindruckend. Es gibt sogar ein Video."

„Sind Sie sich ganz sicher?" Johanningmeier fühlt, dass sein Gesprächspartner zögert und anbietet, noch einmal die Polizeitechnik zum Tatort zu schicken.

„Ich gebe Ihnen meine E-Mail-Adresse." Johanningmeier ist wirklich froh, dass es kein Anschlag auf seine Person war, das wäre eindeutig übertrieben gewesen. „So eine wichtige Person bin ich nun wirklich nicht!"

„Für mich schon, zumal ich für dich Feuer und Flamme werden könnte!" Annette nimmt sich noch einen Kaffee und denkt, dass so die Arbeit gute Laune macht.

35 Gleiches mit Gleichem vergelten

Als Pfarrer Leber etwas außer Atem in sein Dienstbüro kommt, stockt ihm derselbe. Jemand muss seinem Arbeitszimmer einen Besuch abgestattet haben, so ein ungebetener Gast, denn der Boden ist bedeckt mit allerlei Zeugs, was jemand aus den Regalen und Schubladen gezerrt hat.

Was ihn aber tief erschrecken lässt, ist, dass inmitten des Raumes ein respektabler Haufen eindeutig menschlicher Extremente prangt. Er eilt zum Fenster, angeekelt reißt er es auf, dreht sich zur Tür um und verschwindet auf seine Toilette, wo er alles zum Besten gibt, was er zum Frühstück zu sich genommen hat.

Es schüttelt ihn bis in die Knochen. „Wer hat das getan?“, er brüllt den Gedanken hinaus, schleudert wütend den Seifenspender auf den Boden, der zerspringt, und sinkt auf die Knie.

Es gibt Momente, da tut sich der Himmel nicht auf, sondern alles rinnt wie Sondermüll, wie ätzender Abschaum auf den Boden. In solchen Momenten könnte er den Allmächtigen verfluchen für dieses Unheil, das über ihn gekommen ist, das er für zutiefst entwürdigend empfindet, menschenverachtend.

Wer das getan hat, der gehört bestraft, auch auf Erden, besonders da, und zwar sofort, mit der aller härtesten Konsequenz.

Er erhebt sich, geht schwankend aus dem Bad, als sein Diensttelefon im Büro klingelt, so laut wie ein Schellenbaum. Er hält sich die Ohren zu, aber das Signal hört nicht auf. Es klingelt und klingelt, da reißt er sich zusammen und nennt benommen und mit brüchiger Stimme seinen Namen, so als ob er sich dessen schäme. Er hält sich mühsam, wie von einem Hieb gemein getroffen, am Schreibtisch fest, der scharfe Geruch des Exkrements in seinem Zimmer dünstet, ist durch die Luftzufuhr nur wenig schwächer geworden, dennoch bleibt er.

Da vernimmt er ein lautes Lachen, höhnisch, verächtlich, voll Hass und Häme. Er weiß sofort, wer der Kerl ist. „Heute Abend bist du dran, ich erwarte dich um zehn an den Steinen, du weißt wo!“

Achim Stückrath, Dr. Achim Stückrath, dieser Papiertiger ... wie er dessen Stimme verflucht, aber noch ehe er etwas sagen kann, ist die Leitung mausetot. Ohne sich noch einmal umzudrehen, verlässt der Pfarrer seine langjährige Wirkungsstätte, gefühlt wie für immer, und rennt hinaus in die warme Mittagssonne, als sei ihm der Leibhaftige auf den Fersen, aber in ihm brennt ein Schmerz wie von einer alten Wunde.

„Scheiß am Bein, Scheiß am Bein!“, aus Kindertagen verfolgt ihn dieser Schmerz, diese Scham, und er zittert in der Erwartung, diese Schande zu tilgen. Es war dieser Achim, der sich erdreistet hat, immer wieder in der Wunde herumzustochern. Mit Bemerkungen, die gespickt waren mit Giftpfeilen.

Er versucht sich zu beruhigen und läuft durch die Innenstadt, ein Parcours aus Schimpf und Schande, Stationen der Angst. Warum ist er nicht gegangen? Fort von hier, nach Amerika, warum nicht? Jetzt hat er die Antwort, auf den Boden geschissen! Er ist nicht gegangen, weil er sich rächen musste, weil sich ein Gottesmann nicht beugt, schon gar nicht vor hämischen Mitbürgern oder überheblichen Doktoren.

Er wird zurückschlagen. Auge um Auge ... wie der HERR so der Sohn. Mein Vater, warum hast du mich verlassen?

Entschlossen knallt er die Tür seines Wagens zu, und seine alte Karre, sein treues Auto aus dem Jahr 1999, fährt ihn wie ein alter Esel nach Detmold und von dort weiter die B 1 nach Horn, durch das nette, etwas ausgestorbene Städtchen hindurch zu den „Externsteinen“. Er parkt auf dem verlassenen Parkplatz und macht sich zu Fuß auf, bis er die imposanten Zeugen großer und kleiner geschichtlicher Ereignisse erreicht.

Nun kann er sich auf eine lange Wartezeit einstellen, eine Zeit, die er zu nutzen weiß, denn ein gut geplantes Verbrechen braucht einen kühlen Kopf und eine überzeugende Strategie.

36 Die Hoffnung stirbt zuletzt

Die neue Klientin kommt voller Elan in die Praxis von Dr. Sauer und lässt sich ohne große Vorrede in den Klientensessel plumpsen. „So“, Inga Blitzs Augen blitzen, „denen hab ich es aber gegeben, danke für den Rückenwind!“, sagt sie aus vollem Lauf heraus.

Dr. Sauer hält die Luft an. Wird er jetzt zum Mitwisser einer Straftat und hat er seine Klientin dazu etwa auch noch ermutigt? „Ich habe es öffentlich gemacht“, fährt seine Klientin fort. „Morgen weiß es halb Lemgo, das wird den Idioten gar nicht schmecken, aber selbst Schuld, einen so zu erschrecken. Die sollen sich was schämen!“

Der Psychologe ist erleichtert, es klingt nicht nach einer Straftat, und gespannt auf das, was er gleich zu hören bekommen wird. „Ich habe die Eltern der beiden Typen angerufen und ihnen erzählt, was das für Früchtchen sind, die sie sich da herangezüchtet haben.“

Rainer Sauer lehnt sich weiter zurück, es scheint ihm, dass seine Mission, seelisch Angegriffenen ein Asyl zu bieten, bereits jetzt erfüllt ist, muss aber erfahren, dass sich Frau Blitz sofort einem anderen Thema zuwendet. Sofort ist er ganz aufmerksam. Sie sagt, sie betreue einen jungen Mann im Rollstuhl und befürchte, sie habe sich in ihn verliebt und brauche seinen Rat, wie sie damit umgehen solle. Er sei ihr zwar sehr sympathisch, sie fühle sich aber überhaupt nicht frei, denn sie liebe sehr einen jungen Mann aus Syrien, der ihr zwar in vielem fremd sei, der aber etwas in ihr anspreche, was sie immer schon gesucht habe, etwas Unbeschwertes.

Puh!, denkt der Psychologe und ist jetzt hellwach, sieht er doch einen direkten Zusammenhang zwischen der damaligen Äußerung von Frau Blitz hinsichtlich ihrer Opferrolle im Leben und deren starken Wunsch nach Gewaltlosigkeit.

Gewalt entsteht oft aus Hilflosigkeit, das hat er bei einem Seminar über die Therapie mit Männern gehört, und da er selbst einer von den Kerlen ist, kann er dieser These nur zu gut zustimmen.

Wie sehr ich Täter sein könnte, weiß ich nicht, aber im Falle von großer Hilflosigkeit bin auch sicher ich gewaltbereit, denkt er und wagt einen Versuch: „Verstehen Sie die Täter in Ihrem Falle?"

Frau Blitz ist nicht verärgert, wie er es fast erwartet hätte, sondern denkt lange über die Frage nach, bis sie sagt: „Ja, ein wenig, die jungen Männer mit denen ich zu tun habe und hatte, sind alle schon mal ausgerastet, Tarek, Robert zum Beispiel, aus ganz unterschiedlichen Gründen. Robert, wenn er wieder einmal nichts auf die Reihe kriegt, weil ihm seine Knochen im Wege stehen, und Tarek, wenn er fühlt und sogar hört, dass er diskriminiert wird. Letzthin haben ein paar Männer auf der Straße, als sie an ihm vorbeigingen, so Affengeräusche gemacht. Ich meine, als Frau kennt man ja diese fiese Anmache, die dich reduziert ..."

Frau Blitz sagt zum Gesprächsabschluss, sie habe über etwas Wichtiges in ihrem Leben noch nicht gesprochen, das traue sie sich jetzt, brauche aber viel Zeit dafür, und so verabreden sie sich für den nächsten Termin zwei Tage später. „Auch wenn Sie keine Lösungen anbieten, möchte ich Ihnen doch sagen, dass Sie mir durch Ihre Art das Gefühl vermitteln, ich könne die Dinge, die mich quälen, alleine bewältigen, das passiert mir zum ersten Mal in meinem Leben. Danke!" Frau Blitz hat Tränen in den Augen, als sie sich verabschieden.

Der Psychologe fühlt sich gut, hat er doch das Gefühl, dass bei dieser Patientin ein Bann gebrochen ist, sie scheint sich bei ihm sicher zu fühlen, und er möchte dieses Gefühl aufnehmen und festigen.

Für heute genug getan, sagt er sich, macht sich schnell ein paar Notizen, schaut in den Terminplan für den nächsten Tag und bemerkt mit Behagen, dass er sich auf alle Termine freut. „Eigenlob stinkt!", sagte seine Großmutter manchmal zu ihm, und er findet das ganz und gar nicht so: Man soll sein Licht nicht unter den Scheffel stellen!

37 Wer zu spät kommt, den bestraft das Leben

Am selben Abend ist Inga schon früh bettreif, sie fühlt sich sehr, sehr müde, sie fühlt sich wie ausgelutscht, ohne Energie, und schaltet den Fernseher aus, als es an der Haustür ganz kurz schellt. Ihre Eltern sind im Theater in Minden und werden erst spät nach Hause kommen. Sie ist unruhig, dann schaut sie auf die Küchenuhr. Einundzwanzig Uhr und ganze dreizehn Minuten.

Der oder die vor der Tür müssen schon eine gute Begründung haben, um sie um diese nachtschlafende Zeit noch zu stören. Vielleicht eine Nachbarin, mit der sie manchmal ein Gläschen trinkt und mit der sie sich gut über Männer unterhalten kann?

Vielleicht ist es ja der Gerichtsvollzieher, denkt sie, denn sie hatte von Robert gehört, das sei bei seinem Nachbarn an Heiligabend passiert, da sei der Geldeintreiber zu einer sehr unangemessenen Zeit aufgetaucht.

Sie öffnet die Haustür, und um ein Haar wäre ihr ein „Scheiße!“ rausgerutscht, denn vor ihr stehen, mit gesenkten Köpfen, die beiden Übeltäter mit offensichtlich einem Elternpaar.

„Dürfen wir Sie kurz …?“, der Stotterer wagt trotz seines Sprachfehlers den Anfang zu machen.

„Los, kommt rein!“, sagt sie und versucht abweisend zu klingen.

„Wir sind gekommen, um uns bei Ihnen zu entschuldigen, das war ein großer Fehler, wir werden morgen zur Polizei gehen und uns selbst anzeigen!“

Der andere junge Mann nickt.

Sie verharren stumm, lange schweigen sie, es ist alles gesagt.

Dann erzählt Inga von ihren Angstzuständen und bemerkt zu ihrer Überraschung, dass es ihr leichter als gedacht fällt. Die jungen Männer erzählen dann, unter Stocken und im ehrlichen Bemühen auf der Suche nach Worten, die das ausdrücken, was genau in der Nacht passiert ist.

Ein leichtes Betäubungsmittel hätten sie ihr gegeben, eine Freundin arbeite in der Klinik und sie hätten sich unter einem

Vorwand das Mittel besorgen können. „Ich schwöre, bei allem was mir heilig ist, wir haben Ihnen nichts angetan. Ich weiß nicht, warum wir es getan haben. Ich, weil ich doch so schlecht spreche, ich hatte noch nie eine Freundin, die anderen in der Schule, die haben mich ausgelacht, gesagt, ich sei schwul ... das hat mich wütend gemacht ... ich werde auch keine Frau bekommen, so wie ich rede! Aber als wir Sie so bewusstlos sahen, haben wir einen tüchtigen Schrecken bekommen, auf Ihren Pass geschaut und Sie sofort mit dem Auto nach Hause gebracht!"

„Auf diese Weise bekommst du bestimmt keine Frau, du Idiot, ich mache dich mit Robert bekannt, von dem kannst du eine Menge lernen. Weißt du, du kannst doch nicht aus so einer Ohnmacht heraus gewalttätig sein! Sieh mal, wo soll das denn enden, wenn wir alle das täten? Und dein Kumpel, der ist doch nicht besser, hatte der denn schon mal eine Frau im Bett? Sollen wir uns alles nehmen, ohne zu fragen, alles, was wir nicht serviert bekommen?"

Die jungen Männer schauen betreten nach unten.

Dann sprechen noch alle lange miteinander, und obwohl Inga ihre Müdigkeit weiter tief innen fühlt, merkt sie doch, dass sich in ihr eine Bedrohung dem Leben gegenüber löst, wenigstens ein wenig.

„Vielleicht ist ja doch noch nicht Hopfen und Malz verloren, wenn wir einmal etwas richtig Schlimmes bewältigt haben", lautet ihr Fazit.

Als die Eltern nach Hause kommen, sind sie darüber verwundert, dass ihre Tochter immer noch wach ist. Sie setzen sich noch ein wenig zusammen in die Küche und erzählen von ihrem Theaterabend bei den „Stichlingen", einem politischen Kabarett. Inga merkt mal wieder, wie schwer es ist, ihren Eltern zuzuhören, und denkt, dass es Zeit wird, höchste Zeit, zu Hause auszuziehen. „Das wird mein Leben auf selbständige Beine stellen."

Als sie um drei in der Nacht endlich ins Bett geht, kann sie lange Zeit nicht einschlafen.

Um sich zu beruhigen, holt sie sich noch ein Glas Milch aus der

Küche, wo sie ihren Stiefvater trifft, der auch den Weg ins Bett noch nicht gefunden hat.

38 Zu Hause ist man dort, wo einem die Liebe begegnet

Annette Sasse ist zu Fuß in der Innenstadt von Bielefeld unterwegs. Seit einem bestimmten Alter hat sie diese Wahrnehmung, dass sie sich nicht mehr gesehen fühlt. Besonders von jungen Männern nicht, was sie dadurch auszugleichen versucht, indem sie ältere Männer auch nicht mehr beachtet.

Während Annette den schweren Themen soziologischer Vorgänge beim Älterwerden nachhängt, ist Johanningmeier, ohne dass er es weiß, auf dem Weg zu ihr. Er schlendert gerade außerdienstlich, also völlig unprofessionell durch die Fußgängerzone der Neustadt und überlegt sich angesichts der sportiven Auslagen, ob er nicht ein Hobby bräuchte. Fliegen und schwimmen? Nee, danke, kein Sport, schon beim einfachen Radfahren kann man über abgehackte Finger stolpern …

Hier in der Neustadt gibt es viele Kaufhäuser, die der Innenstadt ein völlig austauschbares Stadtbild verleihen, man könnte sich auch in anderen Großstadt irgendwo in NRW befinden, sogar die kleineren Geschäfte tragen die berühmten Namen aus Mailand, Florenz, Paris oder New York. Am Jahnplatz, einem Verkehrsknotenpunkt von Autos, Bussen und U-Bahn, setzt Annette sich vor ein Café. Das Getränk holt man sich von der Theke in dem Lokal, was dem Besitzer Personal und Annette Wartezeit erspart. So sind alle zufrieden, allerdings ist Annette gar nicht mal so sicher, ob sie denn zu den Zufriedenen gehört, der Kaffee ist ihr zu kalt und ganz Bielefeld kommt ihr wie kalter Kaffee vor.

Wumms!, der edle Retter kommt in Gestalt ihres Kollegen angeritten, stellt sein weißes Pferd in die Box und fragt sie nach ihrem Wohlergehen. „Bescheiden wäre geprahlt“, versucht Annette witzig zu sein, lässt also diese Bemerkung fallen und seufzt noch leicht.

Als Johanningmeier sie fragt, warum sie sich in der gestrigen Pressekonferenz gar nicht beteiligt habe, erzählt Annette von ihrer Schulzeit. Damals sei sie das gewesen, was man gemeinhin als Intelligenzbestie bezeichnet habe, und da habe sie sich abgewöhnt, sich im Unterricht immer zu beteiligen, um nicht arrogant zu wirken.

Johanningmeier versteht sie und Annette lächelt ihn froh an.

„Dass du das aber nicht benutzt, um mich bloßzustellen! Da bin ich sehr empfindlich!“ Und als Johanningmeier bemerkt, dass sei immer so bei echten Bestien, droht sie ihm, sodass Johanningmeier beteuert: „Diese Geschichte bleibt unter uns!“

Ehe auch noch ihr Kollege vom Kaffee enttäuscht werden kann, sagt Annette: „Du hast zwar Bereitschaft, aber das kann man so oder so verstehen, ich versteh es mal so, dass wir einen Spaziergang machen und uns den japanischen Garten in Bethel ansehen, da wollte ich heute unbedingt mal hin. Was meinst du mein Lieber? Und um die Überraschung perfekt zu machen, ich habe mich auf das Ereignis gut vorbereitet, denn wie unser aller Goethe so klug sagt: ‚Das gebildete Auge sieht mehr, als das, was nur glotzt‘, oder so ähnlich, auf jedem Fall dem Sinn nach.“

Johanningmeier lässt sich doch gerne überraschen, kann er doch, so als Durchschnittstyp, immer etwas dazu lernen, weil er, wie er gerne von sich in Oberstudienratsmanier sagt, nur halb gebildet sei.

39 Wanderer kommst du nach Spa!

„Mit dem nach den Regeln der Zen-Gärten im Stil der frühen Edozeit (1603–1868) gestalteten Japanischen Garten in Bielefeld wurde ein Ort der Meditation geschaffen“, liest Annette von dem mitgebrachten Ausdruck aus dem Internetauftritt des Gartens ab, während sich ihr Begleiter, der nach dem ellenlangen Fußweg durch den endlos sich dahin ziehenden Ortsteil Gadderbaum schwer aus der Puste gekommen ist, plumps, auf den ersten Stein niedersinken lässt. Der liegt neben dem Eingangstor, durch das sie den Garten erreichen. Dabei ist es ihm schnurz, ob es sich um eine offizielle Sitzgelegenheit handelt.

Als Johanningmeier wieder zu Kräften kommt, sieht er sich um und lächelt: „Weißt du Annette, es ist doch etwas Seltsames mit unserer Vorstellung. Wir machen uns ein innerliches Bild, haben eine bestimmte Erwartung, hören das Wort Garten, denken an ein weitläufiges Gelände und sind dann enttäuscht, wenn alles ganz anders aussieht, als wir es erwartet haben. So ist das auch mit Beziehungen. Ich glaube meine letzte, unsere letzte, ist daran gescheitert, dass ich eine bestimmte Erwartung an sie hatte und du wahrscheinlich eine ganz andere, aber, da wir das nicht besprochen haben, wir Hornochsen, haben wir die ganze Sache in den Sand gesetzt!"

„Zu viel Sand hier, mein Lieber! Wäre dir so ein saftiger grüner Rasen lieber?" Annette lächelt.

„Nein, nein, ich meine, es wäre mir lieber, wir haben gar nicht so viele Erwartungen, dann können wir auch nicht andauernd enttäuscht werden. Wenn ich zum Beispiel nur den Wunsch gehabt hätte, ich könnte in diesem Garten unter hohen Bäumen mit dir am Arm flanieren und es wäre eben nur ein Wunsch gewesen und keine Erwartung, dann wäre ich nicht enttäuscht, sondern könnte mir etwas Neues wünschen!"

„Zum Beispiel?"

„Na, nur still zu sitzen und dich an meiner Seite zu fühlen, nur zum Beispiel!"

„Weißt du", sagt Annette, „das ist hier auch ein reiner Betrachtungsgarten, der ist nicht zum Begehen, sondern zum Gedankenwandern bestimmt."

Johanningmeier stimmt von Herzen zu, ist ihm doch im Moment mal gerade nicht nach körperlicher Bewegung zumute. Gedankenwandern, das ist genial, und er betrachtet den aus seltsamen Bäumen, geharktem Sand und anderen, ihm unbekannten Steinpyramiden und Elementen bestehenden Garten. So etwas hat er noch nicht gesehen. Wenn er da an die Bundesgartenschau in

Rietberg denkt, dann ist das hier schon ein optisches Kontrastprogramm allererster Sahne.

Er muss natürlich auch an seinen Schrebergarten denken, der von allen Seiten von kultivierter Erde umgeben ist. Da geht es doch immer wieder um die richtige Ordnung, um eingefasste Beete und den Versuch, aus der letzten Ackerkrume Profit in Form von gezogenen Tomaten, gezüchtetem Blattsalat und Radieschen zu ziehen, die wirklich den Produkten von Aldi, Lidl und Co. in Geschmack und Aussehen weit überlegen sind. Johanningmeier ist, seitdem er seinen Alabasterkörper auf seiner Rasenfläche sommers in die Sonne knallt, ein beliebtes Opfer von allerlei Gartengaben der besorgten Nachbarschaft, vor allem von weiblicher Seite.

Er gibt sich dem Gedankenwandern hin und lässt sich auf den Gedanken ein, dass so, wie man bei einem neugeborenen Leben von einer besonderen Aura spricht, es vielleicht auch bei einem gerade verstorbenen Menschen einen Moment der Stille gibt, wenn die Seele aufsteigt und der Körper zum Gegenstand wird.

Bei seinem Gedankenwandern stößt Johanningmeier auf eine Vorstellung, die ihn erheitert. Da gibt es doch diese Bonsais, das sind Bäume, die man in ihrer Gänze als Kunstwerk ansehen kann, und da beginnt er zu schmunzeln, die man von oben besehen kann, wie unseren Rollidoktor, dem kann man auch auf den Kopf sehen, wenn man über 144 cm groß ist.

„Der Buddhist hat es einfach nicht im Sinn, sich die Erde untertan zu machen." Annette reißt ihn erfolgreich aus seiner allgemeinen Gartenkontemplation und scheint sich auch noch unterhaltsam auszukennen und lockt Johanningmeier einen langatmigen bewundernden Pfiff von den Lippen.

„Sag mal, so einen Zengarten in Miniformat hat doch auch unser Psychodoc, oder!"

„Stimmt!" Annette ahnt schon, dass der Kollege mit Volldampf wieder ins Fahrwasser der Falllösung zurücksteuert.

„Ob er Buddhist ist?"

„Wer, der Täter?"

„Nein, Quatsch, so ein Täter, der die Sünde austreibt, ist nie und nimmer ein echter Buddhist, eher doch ein allzu fundamentaler Christ, von wegen Schuld und Sühne und Kirche der Angst. Du sollst nicht ... du sollst nicht ... und das auch nicht, wehe, wehe!"

„Sündigen!", bestätigt Annette und errötet, was Johanningmeier ermutigt. Viel von dem, was die beiden später erleben dürfen, hat nichts mit Sünde, sondern ganz viel mit Freude und Vergnügen zu tun. Rechenschaft müssen sie niemandem abgeben, und als Johanningmeier pfeifend unter der Dusche steht, hat sich die Abendsonne schon längst verabschiedet, mithilfe eines prächtigen Panoramas über dem Teutokammweg weitgehend unbemerkt von den beiden wärmeverwöhnten sich Liebenden.

„Du kannst auf dem Rückweg zu mir mal die Kaffeemaschine anwerfen, Lieber!", ruft Annette und Johanningmeier meint: „Das klingt doch nicht schlecht!"

„Nicht zu sehr nach einer abgestandenen Ehe?"

„Schon, ist aber auch nicht so schlecht, es sei denn der Kaffee schmeckt nicht!"

Annette wirft ein Kopfkissen nach ihm, trifft und er ruft um Hilfe.

40 Hoch oben ist schnell unten

Nach der Überwindung verschiedener individueller Ekelbarrieren, sprich Taubendreck, Fahrstuhlmief und -enge und Durchquerung einer sehr lebendigen Obdachlosenszene, erreicht Johanningmeier, nicht ohne sich für seine Vorurteile einen kleinlichen Spießer zu nennen, sein Ziel. Es handelt sich um die Außenrestauration mit dem blumigen Namen Strandbar Santa Maria, einem Eldorado für unverbesserlich Junggebliebene, Smokies, Juppies und Sonnenanbeter, aber auch für viele Leute, die, um sich von der kalten Jahreszeit zu erholen, frische Luft, Weite und hohe Himmel wünschen.

Johanningmeier ist vom luftig leichten Ambiente der gesamten Anlage beeindruckt. Vom sechsten Stock des eigentlich öden Parkhauses an der Jöllenbecker Straße eröffnen sich aus der Perspektive dieser pfiffig ausgedachten Lokalität viele weit reichende Panoramablicke über die gesamte Stadt, das nähere Umland bis hoch zum Teutoburger Wald. Alle Türme und hohen Gebäude der achthundert Jahre alten Leinenweberstadt kann man gut erkennen, und das vertraute Gefühl von heimatlicher Verbundenheit stellt sich für den schnell ein, der diese geschäftige und lebendige Stadt in sein Herz geschlossen hat.

Der, der das fließende breite Wasser vermisst, kann auch hier nicht befriedigt werden, der muss schon manchmal an die Weser fahren oder über das Wiehengebirge hinaus zum Dümmer See. Von oben gut gegen die Sonneneinstrahlung geschützt, unter einer Überdachung sitzend, entdeckt Johanningmeier seinen Freund Dr. Sauer, der wie immer etwas vom Sitzleben gedrückt, in seinem Elektrorollstuhl hockt.

Beide sind ehrlich hocherfreut einander zu treffen, und Johanningmeier holt für sie zur Begrüßung ein Glas Weißwein, gekühlt und rund im Abgang.

Dr. Sauer betrachtet amüsiert das bunt gemischte Publikum aus Jung und Alt, das ihn die in OWL leicht vermisste Leichtigkeit des Seins relativieren lässt und die Illusion einer echten Bar am Strand von Las Palmas erweckt, nur, dass hier der Sprung ins Wasser fehlt, wobei er sich eine weitere Illusion, die des Meeresrauschens, dadurch herbeizaubert, indem er die Augen schließt und dem Auf- und Abklingen des Verkehrs auf der nahen Stadtautobahn lauscht.

„Sollen wir arbeiten, plaudern oder ein Nickerchen machen?“, fragt sein Freund. Dr. Sauer schmunzelt, er kennt diese Rückmeldung, „sind Sie müde?“, weil er manchmal, um sich auf die Worte seines Gegenübers besser konzentrieren zu können, im Kontakt die Augen schließt und dann offensichtlich total verschlafen wirkt. Er ist froh gestimmt, der Wein schmeckt, der Gaumen freut sich also und sein Freund ist nah.

„Multitasking liegt uns Männern doch, okay?“, schlägt Johanningmeier vor. „Also mein Superhirn, was denkst du über den Verlauf der Ermittlungen?“

„Da tretet ihr mächtig auf der Stelle, was zur Lochbildung führt. Also zum Brand in deinem Garten sage ich nur: Brand macht ne reine Hand, im Feuerlegen liegt eventuell viel Symbolik, und was deine Annette angeht, kommst du gut von der Stelle, von außen betrachtet. Du gehst wie ein Cowboy, du bist entspannt wie eine Hängematte und strahlst mit einem schwer zu überbietenden Potenzial an Testosteron. Echt der Hammer, aber was euren eigentlichen Fall der toten Frau angeht, die offensichtlich verblutet ist, werdet ihr nach meiner Einschätzung nicht darum herumkommen, einen Lockvogel ein-, um nicht zu sagen auszusetzen! Ich meine, das ist ja nicht besonders genial zu denken, dass es sich bei der Häufung von Überfällen um eine zusammenhängende Serie handelt.“

„Nein, nein, nein, nicht wieder so ein Ding, denk an Annette und diese Saunageschichte!“, stöhnt Johanningmeier, auf den letzten Einsatz von einem Lockvogel im Fall in Bad Oeynhausen, einen diesbezüglich mordgefährlichen Einsatz seiner Freundin anspielend.

„Du bist zu sensibel für deine Mordarbeit, Menschenskind!“, ruft Dr. Sauer so laut, dass sich einige der herumsitzenden Gäste entrüstet umsehen.

Um zehn Uhr erklärt Dr. Sauer seinen Einsatz für beendet mit dem schlagenden Argument, sein vom ewigen Sitzen geprüfter Hintern brauche dringend seine weiche Bettmatratze. Über das offene Kneipengelände gelangen die beiden zum Treppenhaus, wo sie eine kleine Überraschung erwartet: Beide Fahrstühle sind außer Betrieb. Johanningmeier blickt seinen Freund an und der sagt: „Macht nix, dann spielen wir eben Auto!“

Das ehemalige Parkdeck, wo jetzt die Bar, die sich so nennt, wie das 1492 in der Karibik defekt zurückgelassene Flaggschiff von Kolumbus, hat sehr schräge Auf- und Abfahrten für PKW-Parker.

Johanningmeier geht ein paar Meter hinter seinem Freund im Rollstuhl. Als sie die zweite Ebene erreichen, brüllt plötzlich hinter den beiden zu Fuß beziehungsweise im Rollstuhl abwärts gehenden Männern der laute Motor eines schweren Wagens auf, nimmt schnell Fahrt auf und rast auf die beiden zu. Alles geht jetzt blitzschnell, Johanningmeier springt nach vorn, packt Dr. Sauer unter die Arme und wirft sich und ihn zur Seite. Eine Aktion, die man nicht auf der Polizeischule lernt, sondern nur durch Imitationslernen, etwa durch häufiges Ansehen von James-Bond-Filmen mit wechselnden Protagonisten der zum Retten autorisierten Figur von 007.

Der Rollstuhl bleibt auf der Stelle stehen, und in einem bisher nicht geübten Salto mortale machen die beiden, miteinander verschlungenen Männer eine Bruchlandung und pappen wie zwei leckere Eierpfannekuchen platt übereinander. Das Auto erwischt den Elektrorollstuhl seitlich, es gibt ein hässliches Geräusch, der Wagen rast vorbei, die nächste Abfahrt hinunter, verschwindet, und die beiden Herren bleiben so lange liegen, bis ihnen einige herbeigeeilte Passanten zu Hilfe kommen.

„Schwarzer Landrover, Defender, geschätztes Baujahr 92, herrlicher Schlitten!“, diagnostiziert Dr. Sauer in diesem Moment noch glasklar, bevor es in ihm zappenduster wird.

Johanningmeiers erfolgreiche Rettungsaktion für Leib und Leben seines Freundes hat ihm, der oben liegt, außer dem Schreck nichts Schlimmes getan. Seinen Untermann schmückt jedoch eine kernig blutige Stirnschramme, verursacht durch direkten Hautkontakt mit der scharfen Kante der blechernen Fahrbahnbegrenzung, und ein dickes fettes Hörnchen durch den Bums auf den Hinterkopf durch Kollision mit dem Betonboden der Auffahrt, so dass ihm für einen kurzen Augenblick durch das Aufpralltrauma seine, an sich intakte Bewusstheit geraubt wird.

„Halleluja“, ruft er, als er wieder zu sich kommt, „du glaubst gar nicht, was man so alles erlebt, wenn man nicht mehr bei Sinnen ist.“

„Psst!“, macht Johanningmeier und macht sich dazu noch

Sorgen um den geistigen Zustand vom gefallenen Doktor. „Wer, um Gottes willen, will uns was antun und warum? So übel sind wir doch gar nicht, dass man sich diese Mühe macht, uns per Luxusschlitten an die Karre zu fahren oder Schlimmeres?"

Der Doktor stöhnt und Johanningmeier ruft einen Notarzt. Wird man mit den Jahren so abgebrüht, dass man immer sofort nach dem Täter fragt und das Opfer links liegen lässt? Oder braucht man so eine Kaltschnäuzigkeit und könnte ohne diese diesen den Beruf nicht ausüben? Was sagt die bürgerliche Psychologie dazu und die Forensik? Dies zu fragen, ist das Privileg unserer Demokratie, denkt Johanningmeier, irgendwie innerlich dankbar.

41 Kommet zu mir, die ihr mühselig und beladen seid

„Haben Sie die Versichertenkarte dabei? Ja? Muss aber nächstens mit Bild sein, wissen Sie das nicht? Gut, dann fahren Sie bitte in Raum 7, nein, in die 8, die ist größer, den Gang entlang, Sie müssen allerdings warten, ein bisschen wird es wohl dauern, wir haben gerade die Bude voll, Heimspiel, Derby, da fliegen die Fäuste!"

In der Ambulanz ist einiges los: Einige Wartende sitzen auf dem Flur, ein Pfleger schiebt ein Bett fort, offensichtlich auch kein Fall für einen stationären Aufenthalt. Johanningmeier begleitet Dr. Sauer in das freie Untersuchungszimmer und hilft ihm auf die bereitstehende Liege.

„Im Licht gesehen, wird alles klarer", sagt Dr. Sauer und zeigt auf die Neonbeleuchtung an der Decke. Der Raum ist voll gestellt mit moderner Medizintechnik und lässt wenig Platz zum Jammern. Die Wunde schmerzt ziemlich, und beide hoffen, dass bald Abhilfe kommen wird.

„Wieso hast du den Wagen sofort erkannt, wo du doch in deiner Flugbahn unterwegs warst?"

„Danke übrigens für deine Rettung, die war verdammt knapp, aber deine Reflexe, à la bonheur! Wie gesagt, bei Licht besehen fällt mir ein, dass ich den Wagen schon einmal gesehen habe, kürzlich."

„Denk nach, wenn du kannst!"

„Also, ich bin mir nicht sicher, aber mir scheint, wir haben ein wichtiges Puzzlestück in der Hand, ich muss es nur noch gut platzieren ... Es gibt so eine Geschichte, ich habe dir ja von der seltsamen Begegnung auf der Rolandstraße erzählt!"

„Als dich so ein Finstermann angepöbelt hat?"

„Genau!" Dr. Sauer senkt die Stimme: „Also, ich hatte es bisher auf meine Arbeit bezogen, aber vielleicht liege ich da ja ganz falsch, ich hatte einen Onkel, Bruder meiner Mutter, der war deutschnational bis auf die Knochen. Gearbeitet hat der im Collegium Humanum, einer ehemaligen Kaderschmiede der NPD, die sich vor allem mit der sogenannten Auschwitzlüge und der Verbreitung von völkischem Denken beschäftigte. Dort hatte sich damals diese Schrumpfpartei um die Rekrutierung von Jugendlichen bemüht und ihre Neonazis geschult, das Collegium mit diesem widersinnigen Namen war in Vlotho ansässig und wurde 2008 geschlossen. Alle Besitztümer wurden beschlagnahmt, aber du weißt ja, wie das ist, die Idee, das Gedankengut, das vergeht nicht so schnell, das existiert weiter. Ich war damals als Gutachter auf der Gegenseite im Mahlerprozess involviert, und von daher gibt es vielleicht irgendeine Untat, die jemand mit mir in Verbindung bringt, späte Rache ist besonders süß!"

„Dieser Typ auf der Straße, Mensch Rainer, überleg mal, dein brauner Onkel müsste doch heute weit über die Hundert sein?"

„Ja, ja, der war zwar ein strammer Altnazi, zäh bis in die Knochen, aber die meisten sind ja schon unter der Erde ... aber es könnte da doch einen Zusammenhang geben! Vielleicht, puh, ist das zu glauben? Als Psychologe denkt man doch immer, es könnte etwas mit der Familie zu tun haben! Ist mir selbst nicht so klar, vielleicht ist das auch zu einfach, dieses Strickmuster, zwei rechts, zwei links, aber dieses Auto ... das ist ja auch nicht so einfach zu übersehen …" Dr. Sauer kämpft mit seinen Erinnerungen, als eine Schwester in den Raum kommt. Sie hatte vorher kurz angeklopft. Beide Männer stellen sich ihr vor und sie schaut sich die Wunde an. „Eijajaja, sollte getackert werden oder wollen Sie einen Schmiss da oben haben? Ich informiere den Dienst habenden Arzt. Was hat Ihr Kollege gesagt?"

„Bloß keinen Schmiss, bitte!"

Nachdem alle medizinischen Handgriffe an dem Rollidoc beendet sind, gehen die beiden Sünder noch rasch die paar Meter den Gang hinunter, ein Stockwerk tiefer, um in die Andreas Kapelle zu gelangen, dem Wallfahrtsort der kurzen Wege, wenn man für den Jakobsweg nicht den Nerv, die Zeit und die Kondition hat. Der im ersten Moment nüchtern wirkende Innenraum mit leeren Sitzbänken und seinem liebevollen Blumenschmuck ist ein echtes Gegenprogramm zum hoch technisierten Krankenhausbetrieb.

Es ist ein praktisches Wunder, denn sobald die Helden den sakralen Raum betreten, fallen all die schlimmen und bedrohlichen Erlebnisse von ihnen ab, die Kopfwunde scheint weniger zu schmerzen. Das aber schafft Platz für den Zorn auf diese rüde Attacke und auf die Ungerechtigkeiten da draußen in dieser Ellbogenwelt, und der Zorn bewaffnet sich, schwillt an und schreit danach, gestillt zu werden.

Als Johanningmeier seines Freund nach Hause begleitet, sagt der: „Nenn es Rache oder was auch immer, das fühlt sich richtig und gut an", und sie nicken sich zu, und der Ältere sagt, weil es sich reimt: „Na, denn man bloß los, nix wie ran, Dschingiskhan!"

42 Rache ist Blutwurst

Am breiten Toreingang hält Johanningmeier den Wagen an. Ein Blick zum Gebäude schenkt den drei Profis eine weite Sicht über das großzügige, parkähnliche Gelände mit seitlich gelegenen Stallungen, englischem Rasen, gekrönt von einem sehr nobel aussehenden Herrenhaus. Der Kommissar pfeift anerkennend, steigt aus, reckt sich und geht ums Auto herum nach hinten, um den geklappten Rollstuhl zum Schieben für Dr. Sauer aus dem Kofferraum zu wuchten.

Nach getaner Vorarbeit setzen sich die drei Ermittler gemeinsam in Bewegung. Jemand, der das Trio beobachtet, würde denken, das seien die glorreichen Drei, die Rächer der Enterbten.

Trotz der Hitze schieben Johanningmeier und Annette Sasse ihren Doc flott in Richtung Hauptportal des Herrensitzes. Johanningmeier erinnert sich an seine Zivildienstzeit im Altenheim, an die Zeit zwischen dem Windelwechseln und Zigarettendrehen. Er dreht den Rollstuhl am Fußende der stufenreichen Treppe geschickt um 180 Grad, kippt ihn auf die Hinterräder, und in Kooperation mit Annette, die sich noch gut an ihre Einsätze als Mutter mit Kinderwagen erinnern kann, nicht ohne einen Schuss Nostalgie in den Augenwinkeln, als ein Wink aus anderen Lebenszeiten, und von unten nachschiebt, sodass sich Dr. Sauer gut aufgehoben fühlt.

Oben angekommen, dreht er selbst den Rollstuhl nach vorne und drückt auf die Klingel. „Sie wünschen?“ Eine elegant gekleidete Frau, zweifellos die Dame des Hauses, öffnet nach kurzer Zeit höchst persönlich die gewichtige Eingangstür, mit einem Gesicht wie: „Wer stört? Wir kaufen nichts!“

Ihr Anflug von Besucherfreundlichkeit wird schnell von massiver Versteinerung abgelöst, als sie sieht, wer vor ihrer Tür steht. Dr. Sauer musste sich ihr gar nicht groß vorstellen. „Wir kennen uns ja“, sagt er, „und die beiden Herrschaften, die mir zur Seite stehen, sind von der Kriminalpolizei aus Bielefeld, die möchten gerne deinen Gatten sprechen.“

„Entschuldigen Sie, meine Herrschaften“, sagt die Angesprochene, „mein Mann ist sehr beschäftigt. Darf ich erfahren, um was es hier eigentlich bei Ihrem Überfall geht?“

„Nein gnädige Frau, das dürfen Sie nicht! Aber keine Panik, dies ist kein Verwandtenbesuch, obwohl ich der Cousin deines Mannes bin!“

„Rainer, du … aber was machst du denn hier?“, fragt die Dame aus dem Gefühl von Erstaunen und Entsetzen heraus.

„Genau“, erwidert der, „und ich lebe noch, quietschfidel, wie du sehen kannst. Dein werter Gatte hat mich mit seinem Geschoss von Auto nicht erwischt, und mein Kollege ist auch nicht eingeschüchtert, obwohl er von Geburt, nicht vom Namen her, Achteljude ist.“

Ab diesem Moment ändert sich die gesamte Situation. Der Herr des Hauses, Herr Schröter selbst, kommt in hohen Reiterstiefeln und flottem Tempo die Treppe herunter und schreit so laut, dass Annette instinktiv nach ihrer Waffe greift.

„Was geht hier vor? Was haben Sie hier zu suchen?“

„Polizei, wir sind hier, um Sie zu verhaften, Wolfram Schröter. Wir haben einen Haftbefehl und einen Durchsuchungsbeschluss! Machen Sie uns keine Schwierigkeiten, Sie haben schon genug davon, und achten Sie darauf, was Sie so daherreden, es kann alles gegen Sie verwendet werden.“

Johanningmeier macht einen Schritt auf den kräftig wirkenden Mann zu, der aschfahl wird und sich auf den Doktor stürzen will und dabei schreit: „Du Krüppel, du, du ...“

Aber ehe er den Satz zu Ende bringen kann, dreht Dr. Sauer, unbeeindruckt vom Gebrüll seiner buckligen Verwandtschaft, seinen Rollstuhl in Fahrtrichtung frontal zum Angreifer, treibt ihn mit beiden Greifrädern an und fährt seinem Cousin mit voller Wucht, wie mit einem Rammbock, gegen das Schienbein, wobei er von Annette, die hinter ihm steht, effektiv und kräftig durch einen gekonnten Schubs unterstützt wird.

Die Hausdame verliert ihre Souveränität und schreit wie am Spieß, der Hausherr jault auf, verblüfft und von der Wucht der Wut und den Fußstützen getroffen, und Johanningmeier nutzt dessen Schwäche und dreht dem Kerl den Arm im Polizeigriff nach hinten, sodass der Gegner auf dem Bauch auf dem Boden liegt, diskret vor den Füßen seiner Frau.

Dr. Sauer kann es sich nicht verkneifen zu fragen: „Und, tut‘s weh?“ Der Gefragte schleudert ihm ein verfassungsrechtlich problematisches „Judenpack“ vor die Füße, und keiner darf ihm dafür einen in die Schnauze hauen.

Der Streifenwagen, der sie begleitet hat, fährt rasch vor, und in Nullkommanix ist die Situation geklärt. Der Übeltäter wird in Gewahrsam genommen, und man kann nicht sagen, dass die Ehefrau unglücklich oder gar betrübt aussieht. Der Hund wird vom Hofe gejagt und die Hühner freuen sich des Lebens.

Die Tatwaffe wird aus der Garage gerollt, dann, mithilfe des Abschleppwagens, hoch gehievt, und schon beim ersten Blick auf die Beule am Kotflügel sind sich alle einig, dass die eingehenden Untersuchungen am Rover eindeutig ergeben werden, dass der braune Windhund versucht hat, mittels dieser tödlichen Waffe eine alte Rechnung zu begleichen, nämlich seine Verwandtschaft zu rächen. Die Vernichtung von Menschen, die nicht in das braune Konzept passen, das ist und bleibt das Ziel der „Bewegung".

„Erzähl bitte etwas mehr über das, was gerade geschehen ist, das muss eine lange Geschichte sein", sagt Johanningmeier, als sie wieder zu dritt im Auto sitzen, Dr. Sauer holt tief Luft.

„Ich dachte, es wäre ein alter Spuk, der sich von selbst erledigt hat. Als Kinder hatten Wolfram und ich eine gute Beziehung, ich war auch oft hier auf dem Gestüt. Wir haben uns dann aber in der Jugend weit voneinander entfernt, bis es dann zum damals endgültigen Knall kam. Ich bin im Prozess gegen Mitarbeiter des Collegium Humanum damals als Gutachter hinzugezogen worden, und obwohl mir bewusst war, dass ich nicht frei von Befangenheit war, habe ich mich, um der Sache willen, engagiert, musste aber schmerzlich erkennen, dass mich mein internes Wissen über die Familienverhältnisse in die ganze Sache, mehr als es gut für die Beteiligten war, hineingezogen hat. Ich musste sogar vor Gericht aussagen, was meine Beziehung zu Wolfram endgültig zerstört hat. Was uns Kindern mühelos gelungen ist, nämlich eine unbefangene Beziehung zu leben, war uns als Erwachsenen nicht mehr möglich, denn unsere Lebenswege hatten sich unglaublich weit voneinander entfernt. Ich war halb links, er war stramm rechts, und bei der Verhandlung ging es um die Rolle seines Vaters in dieser Naziclique, die mir mehr als zuwider war und ist."

Annette atmet hörbar aus und sagt bedrückt: „Mensch Rainer, das ist mal was, das macht mir alles so Angst. Diese Nähe, auch zeitlich, das war doch alles erst eben. Wie nur können wir uns schützen, um nicht unterzugehen?"

Johanningmeier nickt und schlägt vor, sich genau hier ein wenig umzusehen. „Vielleicht ist der Fisch, der uns heute ins Netz geschwommen ist, ja ein ganzes Stück kapitaler und bringt ein paar Pfund mehr auf die Waage unserer guten römischen Göttin der Gerechtigkeit Justitia."

Sie gehen wieder ins Haus zurück, um sich dort genauer umzusehen.

Besonders beeindruckend ist der sogenannte „Rittersaal", ein lang gestreckter Raum im Gebäude, dem es nicht an den entsprechenden Requisiten mangelt: eine Büste von Richard Wagner, an den Wänden üppige Schlachtendarstellungen, antik anmutende Stiche, die Auskunft geben über die germanischen Sagen und Mythen, die Götterwelt von Odin und seinen Kameraden, eine Seekarte in Überdimension von Atlantis.

„Hier fehlt nur noch ein Konterfei vom Führer!", sagt Annette Sasse, sie ekelt sich vor so viel Propaganda.

„Leider kein klares Beweismaterial für Volksverhetzung, nur die üblichen Requisiten zur Pflege völkischen Denkens, aber die notwendigen Beweise werden unsere Computerexperten schon finden. Die Netzwerke werden sich zeigen, und die Affen auch, die, die nichts wissen, nichts sehen, nichts sprechen, nichts hören!" Dr. Sauer sagt entschieden: „Seht das ist meine bucklige Verwandtschaft!"

Johanningmeier sagt, ihm sei schlecht, und er muss die Toilette des Hauses besuchen, um, wie er sagt, „nicht auf den Teppich zu kotzen!"

Annette Sasse ist fassungslos, nur Dr. Sauer scheint unberührt, ahnt er doch seit Jahren, dass gegen den braunen Bodensatz kein normales Reinigungsmittel hilft, auch nicht der General der Firma Saubermann und Co.

„Er ging damals zur Wiking-Jugend und ich zu den Falken,

und damit waren wir geschiedene Leute, aber warum er jetzt zur Rache geschritten ist, jetzt, Jahre später? Keine Ahnung! Ich weiß gar nicht, ob ich das wirklich wissen will. Es ist mir völlig unklar, warum der Rachegedanke sich so lange bei dem Knaben gehalten hat, dass er diese Attacke auf mich geritten?"

„Man sagt ja, gut Ding muss Weile haben, vielleicht aber auch schlecht Ding, und dann gab es die Gelegenheit, er hat dich auf dem Sonnendeck gesichtet und hat dann Gas gegeben. Er könnte dich schon eine Zeitlang im Auge gehabt haben, dann kam die Gelegenheit. Vielleicht hat er sogar extra den Fahrstuhl lahm gelegt und dann seine Waffe auf dich gerichtet!", mutmaßt Johanningmeier. „Wir werden es schon herauskriegen, jetzt sind wir am Zug, endlich!"

Annette wird es innerlich kalt, es schüttelt sie und sie fragt sich, wie um Gottes willen in diesem Land eine glaubhafte Willkommenskultur für Menschen aus anderen Ländern entstehen kann. Die kann man doch nicht von oben verordnen wie Jesus, der sagte: „Liebet Eure Feinde!"

„Nein zum Heim!", diese dummdreiste Parole stand gestern in der Tageszeitung, wo über eine SA-ähnliche Attacke auf eine 1. Mai Veranstaltung der Gewerkschaft in Weimar berichtet wurde. Eine fast schon wieder alltägliche Meldung, die noch vor kurzer Zeit die Weltpresse entrüstet hätte. Im Mittelmeer lassen wir Asylsuchende ertrinken, viele Menschen täglich, Frauen und Kinder ... und wir hier wollen ihnen eine Heimat geben? Woher nur sollen wir diese Kraft nehmen? Doch nicht etwa aus dem Glauben, der angeblich sogar Berge versetzen kann? Ich lasse mir meinen Glauben an die Menschlichkeit nicht kaputt machen, den werde ich hochhalten, und den Glauben, der die Berge bewegt, den möchte ich erst mal in Aktion sehen", seufzt sie und merkt, wie sehr sie an ihrem kleinen Glück hängt.

Manchmal steht er in seinem Atelier staunend davor, wie die Welt ihm ihre schöne Seite offenbart, in feinen Linien in einem Schwung der Hüften, mit einem Schulterrund. Er sieht sich satt und ist doch schnell wieder hungrig, sobald er die rote Tür hinter sich verschlossen hat.

43 Eine Krähe hackt der anderen doch ein Auge aus

Die Externsteine am Rande des Eggegebirges bei Horn in Lippe sind, besonders in den Abendstunden, von beeindruckender symbolträchtiger Ausstrahlung. Wie steinerne Spielzeuge von Riesenhand ins Waldland gesetzt, entfalten sie im Dämmerlicht ihre optischen Wirkungskräfte.

So ist es kein Wunder, dass diese bizarre Felsformation zur rituellen Wanderstätte für allerlei esoterisch und auch vaterländisch Verblendete, für Suchende und Fromme, für Heiden und Götterverehrer geworden ist und es weiter sein wird. Erst kürzlich wurde dem Erlebnistourismus ein Ende gesetzt, indem der Rat der Stadt Horn-Bad Meinberg unerlaubten Partytourismus aus Sicherheitsgründen verboten hat. Wegen der Lichtverhältnisse vor Ort ist mehr zu ahnen als deutlich zu sehen, dass die Gesichtsfarbe des Pfarrers, der sonst eher eine blasse Gesichtsfarbe hat, die vielleicht seiner asketischen Lebensposition entspricht, puterrot sein könnte, denn er brüllt mit seiner chor- und kanzelgeübten Stimmgewalt sein Gegenüber an und nieder: „Was fällt dir ein, du Schwachkopf, du absoluter Scheißkerl!"

„Nur die Ruhe Hochwürden, das steht doch alles nur in der Tradition, Scheiße am Hacken!" Sein Gegenüber bleibt gelassen, kann sich aber eines drohenden Untertons nicht enthalten.

„Was erdreistest du dich! Lass ihn aus dem Spiel, was fällt dir ein, du, du, du arroganter Kerl!" Pfarrer Leber wird noch hitziger.

Der Beleidigte aber bleibt gelassen und sagt: „Sag du mir lieber, wo Hans-Christian geblieben ist, wo? Ich versuche ihn seit Tagen vergeblich zu erreichen, hast du etwas damit zu tun?"

Der Pfarrer schweigt, erkennt er doch langsam, wie ernst es seinem Gegenüber ist. Er verlegt sich zunächst darauf, auf Nachsicht zu hoffen, ist innerlich aber bereit, zum ultimativen Schlag auszuholen, eine weitere Beleidigung seines Vaters kann und will er nicht ertragen.

„Bitte, Achim, ich bitte dich, lass es nicht zum Äußersten kommen, du kannst alles von mir haben, alles! Ich gebe alles zu, aber lass Vater aus dem Spiel, er hat mir alles gegeben, er hat mir ermöglicht, meinen Weg zu finden!"

„Auch den Weg der Sünde?"

„Es war ein Zufall, eine Explosion, er wollte mich entblößen, er hat meine Existenz bedroht, da fuhr er in mich, der Satan! Du hast immer gesagt, wir müssen die Sünde bekämpfen, wir müssen ihr zu Leibe rücken, mit aller Klarheit entschieden sein!"

Die Männer stehen sich, oberhalb der langen Steintreppe am Sargfels, vor Wut schäumend Brust an Brust gegenüber, schlechter Atem kann nicht tödlich sein, wohl aber ein entschlossener und wutgetränkter Stoß, und so geschieht es.

Rückwärts fliegt die eine Person die, von vielen Besuchertritten gezeichnete, lange Treppe hinunter in die Tiefe und bleibt gekrümmt am Ende der Treppe liegen, ein letzter Fußtritt zerstört die Gläser einer Gelehrtenbrille, und eine andere Person eilt davon. Der Waldboden schluckt die Laufgeräusche, und nach kurzer Zeit vernimmt der vorbeischnürende Fuchs, der zum Trinken an den See an den Externsteinen kommt, ein rasch sich verflüchtigendes Motorengeräusch, und die erhabenen Gesteinsformationen, die viel Freud und Leid gesehen haben, stehen in ihrer Unbeirrbarkeit in einer Linie wie steinerne Zeugen der Entstehung der Welt und der vorbeiziehenden Weltereignisse. Für sie ist Karl der Große, der den Sachsen unter Wittekind mit Feuer und Schwert zu Leibe rückte, nur einen winzig kleinen zeitlichen Wimpernschlag vom Naziideologen Himmler entfernt, der die

Externsteine als germanische Kultstätte ideologisch ausschlachtete.

Am Ende der Treppe liegt ein Mann mit abgeknicktem Hals und in seltsam verdrehter Körperhaltung. Für jeden Betrachter ist sofort klar, hier liegt ein toter Mensch, hier hat ein plötzliches Ende gewaltsam einen Lebensweg abgeschnitten, und der Lehrbetrieb an der Hochschule in Bielefeld wird um ein Mitglied des akademischen Lehrkörpers, in Person des bekannten Fachmanns Armins Stückrath, dem Vertreter für ältere Kirchengeschichte, ärmer.

Der Täter ist auf der Flucht, vielleicht vor sich selbst, vielleicht auch zu neuen Untaten bereit, denn, wie sein Opfer, ist auch letztlich er am Fuße seiner Lebenstreppe angekommen.

44 Hübsch wachsam sein

Als Annette Sasse den Hörer abnimmt, begegnet ihr eine sehr deutliche, resolute Stimme. Annette muss sofort an eine Lehrerin denken, die sie sehr verehrt hat. Ich müsste ihr das mal sagen!, denkt sie und hört die durchaus angenehme Stimme am anderen Ende der Leitung sagen: „Mein Name ist Trischler, Edith Trischler, mein kürzlich verstorbener Mann, wir waren 45 Jahre glücklich verheiratet, er war Sänger, Tenor am Landestheater in Detmold ... ach, was rede ich da ... das interessiert doch keinen, aber ich habe ja auch nicht jeden Tag mit der Polizei zu tun und wissen Sie, in meiner Generation und als Halbjüdin ... na ja, also, ich hab etwas zu melden, wollen Sie es nun hören oder nicht? Ich habe nämlich zu tun, ich bin an einem Text!“

„Darf ich Sie fragen, was Sie beruflich machen?“ Annette fragt sich, ob es sich schickt, Frau Trischler nachträglich zu kondolieren.

„Och, wenn Sie das interessiert, ich arbeite immer noch als Souffleuse. Eigentlich bin ich längst in Pension, aber da habe ich viel zu viel Zeit, so alleine. Sie werden mich aber nicht kennen, ich bin nie zu sehen, ich sitze nur in den Katakomben des Theaters. Aber glauben Sie, junge Frau, die Schauspieler müssen mir vertrauen, ob sie es wollen oder nicht! Nun will ich Sie aber nicht länger aufhalten, Sie haben ja auch zu tun, denn die Welt wird ja auch nicht besser, wenn man nix dagegen tut, oder?“ Annette murmelt eine Zustimmung und sagt noch: „Mein herzliches Beileid“, wofür sich Frau Trischler ebenfalls herzlich bedankt: „Also, ich schlafe schlecht oder besser gesagt kaum. Ich wohne gegenüber der Kirche St. Pauli, und obwohl ich keiner Religionsgemeinschaft angehöre, ich erachte solche Glaubensgemeinschaften frei nach Karl Marx als Opium fürs Volk, kenne aber trotzdem den Pfarrer, ist ja mein Nachbar, sozusagen, und außerdem hat er meinen Mann auf seinem letzten Gang begleitet und, das, das muss ich zugeben, als Profi, das hat er blendend gemacht, denn er hat auch ein kräftiges geschultes Stimmorgan!“

Annette beginnt daran zu zweifeln, ob die Anruferin noch einmal zum Punkt kommen wird, muss sich dann aber eine knappe und präzise Beobachtung anhören. Wenn nur alle Zeugen so wären!

„Der Pfarrer Leber hat gegen 23.45 Uhr am späten Abend seine Kirche durch den Seiteneingang verlassen, aber nicht allein, denn er hatte etwas großes Längliches bei sich. Ich würde sagen, der Kulissenschieber transportiert etwas höchst Verdächtiges bis zu seinem Auto, verstaut es im Kofferraum, fährt damit weg und kommt erst im Morgengrauen nach Hause zurück. So, das war es, jetzt muss ich aber weiterarbeiten!“

Annette springt auf, schnappt ihre Klamotten und saust, entsprechend dem Bild eines besagten Wirbelwinds, den Flur hinunter, wo sie ihren Kollegen vermutet.

„Pfarrer, natürlich“, der Kollege haut sich fast die Stirn platt. „Es hat etwas mit der Kirche zu tun, diese ganze Symbolik, der Brand, die roten Haare, diese moralischen Beschimpfungen, die Angst machen sollen. Ja, diese Kirche der Angst … klar, dass wir die nicht auf dem Schirm hatten, jetzt fällt es mir wie Schuppen von den Augen, ist doch klar wie Kloßbrühe … los, wir fahren nach Lemgo, Annette, wir fahren … in die Höhle des Löwen … nix wie ran Dschingiskhan!" Johanningmeier greift nach seiner hellgrauen Schimanski-Jacke und nach seiner Dienstwaffe und die beiden eilen zum Parkplatz. Unterwegs erzählt er Annette von Lilianna, dass er sie im Schrebergarten wieder getroffen habe. „Könnte es da einen Zusammenhang geben?" Annette lässt den Satz offen und Johanningmeier ruft: „Au, verflucht, wie war denn noch der Name …?"

45 Hass macht hässlich

Als Lilianna abends nach dem Dienst aus der Kneipe nach Hause kommt, fühlt sie sich todmüde, und ihre Schlafstatt, ein Bett mit Namen „Hendrik" von IKEA, nimmt sie wie ein guter Kamerad fest in seine Arme. Sie spürt kaum noch den Schmerz in ihren strapazierten Füßen, weil er ihr so vertraut ist, und ist Ratzeputz, auf der Stelle, wie narkotisiert eingeschlafen.

Kurz darauf jedoch erwacht sie, weil sie von jemandem brutal in die Matratze gedrückt wird, festgehalten und dann auf den Bauch gedreht, von jemanden, von dem sie mehr als einen vagen großen Schatten wahrnehmen kann. Mitten aus dem ersten Tiefschlaf gerissen, ist sie noch viel zu verschlafen, um sich zu wehren, sie schwebt noch weit weg in Traumwelten und wird so, besonders unvorbereitet, hart erwischt. Sie hat nicht die Spur einer Chance zu reagieren, und sie realisiert, dass mit ihr gerade etwas Schlimmes passiert, etwas Brutales, vor dem sie zutiefst erschrickt.

Ehe sie ganz wach ist, muss sie feststellen, dass sie sich nicht bewegen kann, sie ist gefesselt und geknebelt und ihre Augen sind fest verbunden. Das Blut ist abgeschnürt, ihr Körper stellt um auf Notaggregat. Taubblind, denkt sie, eine unvorstellbar grässliche Vorstellung. Vom Gefühl her befindet sie sich weiter an der Stelle, wo sie gerade noch eingeschlafen ist. Sie lauscht in die Finsternis, in ihre eigene Wohnung, die im Tiefparterre des Zweifamilienhauses liegt. An den wenigen Geräuschen, die von außen zu ihr dringen, versucht sie zu orten, wie spät es wohl sein mag. Unwillkürlich muss sie an dieses seltsame Treffen in der vergangenen Woche denken.

Wenn es heute Mittwoch ist, dann habe ich heute auch diese Verabredung im Präsidium, um zehn Uhr. Was habe ich dem Kommissar denn erzählt? Mehr als nur diese Begegnung vor meiner Haustür? Was passiert, wenn ich mich nicht zum Termin einfinde? Werde ich dann gesucht? Meinen Namen, meinen Namen muss ich doch genannt haben, den wird man doch erinnern: Lilianna, von Freunden und Familie genannt Lila, wie die Farbe. Der Typ auf der anderen Seite der Leitung, mit dieser angenehmen Stimme, der hat noch gelacht und gesagt: „Lila Pause!“ Aber jetzt fällt es ihr wieder ein, dem hatte sie ihren Namen gesagt.

Manchmal ist es schwer in einem fremden Land zu leben, auch wenn man es schon lange tut. In Gefahr und höchster Not zählen die einfachen Dinge. Vertraust du mir, vertrau ich dir? Aber sie hatte doch von alleine den ersten Schritt gewagt, wenn auch ein paar Tage verspätet und nicht unmittelbar nach dem Ereignis. Solange ich meinen Atem habe, lebe ich, denkt sie und versucht jede Form von Panik zu verhindern. Sie hat einmal etwas gelesen über die Panikatmung. Wenn sie sich richtig erinnert, dann soll der, der eine Panikattacke befürchtet, den Sauerstoffgehalt seines Blutes versuchen konstant zu halten, indem man durch die Vorgabe immer auf dieselbe Zahl an Einatmen und Ausatmen achtet. In der Tat scheint das zu helfen, sie beruhigt sich, bis sie merkt, dass sie noch nicht allein in ihrem Schlafzimmer ist. Der oder die Person ist Raucher. Der Geruch, seit sie selbst vor drei Jahren mit dem Quarzen aufgehört hat, stört sie, er stößt sie innerlich ab.

Dann aber hört sie die Stimme: „ER hatte dich gewarnt! Er hatte dich doch gewarnt! Warum gehorchst du IHM nicht?“

Lilianna fühlt ihr Blut in den Adern rauschen. Wenn sie könnte, würde sie schreien. Sie denkt an ihr Dorf, an das Leben dort und dass sie, als sie ein Kind war, das Schreien der Tiere, vor allem der Schweine, bei aller Vertrautheit oft so erschreckt hat, dieses Quieken, wenn es im November ans Schlachten ging und der Sau ans Leder.

Blutwurst, warum denke ich an Blutwurst? Lilianna windet sich, aber vergeblich, der Verbrecher hat ganze Arbeit geleistet, sie ist gefangen, Hilfe kann nur von außen kommen.

„Hast du mich erkannt?"

Sie schüttelt den Kopf.

„Lüg nicht, lüg mich nicht an, ER mag keine Lügner, er mag das Reine, das Gute!"

Die Angst kriecht in ihr hoch und raubt ihr den Atem. Nun aber kommen ihr die Erinnerungen zu Hilfe. Sie denkt an den Zusammenhalt zwischen der polnischen Gemeinde am Sonntag bei der letzten Messe: Die Kirche St. Bonifazius ist bis auf den letzten Platz gefüllt, ja, es gibt sogar viele ihrer Landsleute, die stehen müssen. Der Kirchenraum ist erfüllt von erwartungsvollem Schweigen, bis die Orgel einsetzt. Die Worte, die der Pope spricht handeln von Gottes allmächtiger Güte.

Diese Worte klingen nach, und während sie um ihr Leben fürchtet, beginnen die Worte Früchte zu tragen, ihre Angst wird schwächer und schwächer, sie fasst auf dem Weg ihrer Rückbesinnung auf den Kirchenraum, auf dessen Atmosphäre, auf die solidarische Nähe zu den Menschen und die Macht des Wortes zu IHM neuen Lebensmut, sie schöpft aus dieser Lebensquelle.

Eine Solistin tritt ans Mikrophon, ihre Stimme hebt und senkt sich, der Pope bittet alle Kinder zu sich an den Altar, sie laufen zu ihm, halten sich an den Händen, bilden einen Kreis, einen Kreis des Vertrauens in das Leben, einen Kreis gegen die Angst.

46 Der frühe Vogel fängt den Wurm

„Annette, was haben wir bis jetzt? Nach den Informationen von unserer Souffleuse ist es sicher, dass der Typ, dieser Pfarrer brandgefährlich ist. Aber gegen wen?"

Annette schlägt sich vor die Stirn und sagt: „Natürlich, diese Lilianna, los Johanningmeier, streng dich an, wir brauchen den Namen der jungen Frau Lilianna, denn sie scheint mir jetzt gefährdet zu sein!"

Der Flur, auf dem Johanningmeier sein Büro hat, gleicht trotz fortgeschrittener Stunde einem Bienenschwarm ... Alle Türen sind offen, die Kollegen hasten hin und her. Sie recherchieren, sie suchen, wie von einer Tarantel gestochen, einen Namen, sie suchen den Namen.

Johanningmeier kann sich nur dunkel erinnern. Der Name beinhaltet laut seiner Worte einen Sch-Laut und vorne war ein K. Irgendwas Kroatisches, Serbisches, Polnisches, ja, das ist es. Das ist das richtige Stichwort. Er ist sich jetzt sicher, er hat den Namen vorher schon einmal gehört. Im Garten, da ist er jetzt sicher, es war etwas Verbales, was über den Zaun geflattert kam. Fremd, aber nicht unangenehm. Etwas aus dem Osten und trotzdem geläufig.

Johanningmeier dreht sich um, nimmt das Telefon und ruft in aller Eile beim zweiten Vorsitzenden des Schrebergartenvereins an der Alm an. Beim dritten Klingeln nimmt jemand ab.

„Wissen Sie, wie spät es ist?"

Johanningmeier nickt, er lässt sich nicht abweisen. Jetzt hat er seinen Fisch am Haken: „Bitte, liebe Herr Henkemeier, bitte, ich bin von der Polizei, mein Name Johanningmeier, ich arbeite bei der Mordkommission. Ich bin in ihrer Anlage Mieter und ich suche dringend den Namen eines polnischen Nachbarn. Es geht aber nicht um ihn, sondern um eine junge Polin, die wahrscheinlich in großer Gefahr ist."

„Okay", Herr Henkemeier reagiert und sagt: „Moment, ich fahre den Computer hoch und gehe mal eben die Liste durch, das haben wir gleich ... Kosinski, Jerzy, Kosinski, ja, den Namen finde ich, der hat den Garten Nummer 117, gleich bei Ihnen ... die Nummer kann ich Ihnen geben, wenn es um etwas Wichtiges geht, dann hilft man ja gerne, das ist ja höhere Gewalt, oder? Hier, die Handynummer, Kosinski, Festnetz hat er auch!"

„Geben Sie mir beide, ich höre!“ Johanningmeier atmet durch, notiert die Nummern und ruft sofort die Handynummer an. Er hat den Polen vor seinem geistigen Auge, ein stämmiger Mann, der ihm, als er den Garten gemietet hatte, sofort erklärt hat, das sei viel Arbeit, wobei Johanningmeier gekontert hat, er sei Polizist und Beamter und habe auch viel freie Zeit.

Der Mann meldet sich sofort, und Johanningmeier erklärt ihm hastig sein Anliegen inklusive dessen immenser Wichtigkeit. „Sie müssen mir helfen, ich bin der Polizist von gegenüber, ich suche in meinen grauen Gehirnzellen den Namen einer Person. Sie hat einen polnischen Namen, der Name beginnt mit K, dann kommt ein a und dann so ein Sch-Laut!“

„Ich verstehe, Sie suchen einen polnischen Namen, der mit K ... a ... sch anfängt. Da fällt jedem Polen sofort der rechte Politiker Jaroslaw Aleksander Kaczynski ein, dessen Zwillingsbruder bei einem Flugzeugabsturz bei Smolensk ums Leben gekommen ist, der ist in Polen eine Berühmtheit, schon wegen der unklaren Umstände des Absturzes.“

„Die Person war aber hinten dran mit einem A!“

„Klar, die Person nach der Sie fahnden wird eine Frau sein, in Polen ...“

Johanningmeier hat jetzt keine Zeit für die Grammatik des Nachbarlandes, sondern ruft wie ein Blöder: „Kaczynska, danke, danke, Herr ... ist ja egal, Kaczynski, Kaczynska, was für ein Glück!“

„Wie bitte, dieser Kerl und ein Glück?“

„Entschuldigung, Sie haben mir geholfen, wie ein Sechser im Lotto!“

„Wenn das stimmt, Herr Kommissar, dann kommen Sie auf einen Bimber in unseren Garten, und dann sagen Sie du zu mir, ich heiße Jerzy, und wir trinken Bimber bis zum Umfallen.“

Kurze Zeit später sitzen sie zu dritt im Polizeiauto, Johanningmeier, Annette Sasse und ein junger Kollege, der, wie er sagt, die 100 Meter in 11,0 Sekunden laufen kann. Mit Blaulicht rasen sie los, umkurven alle Autos, die an die Seite fahren, und sind atemlos vor lauter Anspannung in weniger als zehn Minuten vor dem Haus von Lilianna.

Der Rest läuft ab wie im Krimi am Sonntagabend: Nur wenige Minuten später hält Annette die frisch Befreite in den Armen, die Männer untersuchen die Wohnung und sichern den Ausgang. „Er ist weg, als er das Martinshorn gehört hat!" Der junge Polizist nimmt den Hinweis der jungen Polin auf, saust los und kehrt nach 11,9 Sekunden schwer atmend, aber leider ohne Trophäe zurück.

Nachdem nach einiger Zeit etwas Entspannung eingekehrt ist, Annette für Lilianna ein Glas Wasser geholt hat und diese sich einen Bademantel, berichtet die Gerettete von dem, was geschehen ist. „Ich hatte so sehr gehofft, dass sie sich an meinen Namen erinnern ..."

Johanningmeier nickt und erzählt kurz, wie sie dem Namen auf die Spur gekommen sind. „Bald sind Präsidentenwahlen, ich glaube, ich sollte nach Polen fahren und meine Stimme abgeben, schaden kann es ja nicht!"

Johanningmeier sagt irgendwas von der wehrhaften Demokratie, in der man aber auch wählen muss, sonst kann es keine Machtwechsel geben.

„Ja, wenn es genug zu essen gibt und die Konzerne nicht unser Land kaputt ausbeuten, kann es was werden." Lilianna wirkt zwar sehr müde, erklärt sich aber sofort bereit, mit ins Präsidium zu fahren, um an der Erstellung eines Fahndungsfotos mitzuwirken.

47 Wer anderen eine Grube gräbt

Als ob etwas in ihm auf diesen Moment gewartet hätte, auf ein eindeutiges Signal, hat das Martinshorn alle seine bösen Geister aufgeweckt, die in ihm sitzen, seit Jahrzehnten gelauert haben, bis jetzt ausgehalten haben, in diesem Menschen zu sitzen, und die ihn nun bei den Hörnern packen, mit der ganzen Wucht. Mit der Angst vor Entblößung, vorm Sichtbarwerden seines wahren Gesichts, vor den Fratzen der Häme, vor den Fingern, die auf ihn zeigen, auf den Kackemann. Und er stürzt mehr als er läuft, blind, ohne klares Ziel, nur weg. Was ihn einzig etwas beruhigen kann, ist ein Griff in seine Jackentasche.

Es war doch bei seinem Vater, nicht bei ihm, er hat doch seine Arbeit tadellos erledigt, mehr noch als verlangt. Er hat doch alles gegeben. Seitdem die Braunen weg sind, ist doch die Sippenhaftung verboten.

Wie egal ihm das ist, diesem Jungen, der er einmal war, wie egal. Kein Schlag schmerzt mehr als der, der ihn treffen würde, wenn er verlacht würde, bespuckt mit Geifer armseliger Sünder und Richter.

Dieses feine propere Städtchen, pah, ein Sündenhaus, das sich darin rühmt, die Hexen zu vernichten.

Heute versteht er, man darf, man muss sich gegen diese verlogene Welt sträuben, sich aufbäumen, man darf kämpfen, muss kämpfen für eine reine Welt. Gegen Verrat und Schimpf und Schande, gegen die Heuchler, die Gutmenschen, die Schwachköpfe ...

Ja, so ist das alles gekommen. Jetzt ist er sicher, jetzt, wo er rennt, als ob der Leibhaftige sich auf seine Spur gesetzt hat, mit Lalülala, haha, haha, ihr kriegt mich nicht, ich bin der brave Gottesmann. Der Kluge mit dem schnellen Kopf und den schnellen Beinen.

Er erreicht den Park, stolpert bis zum Teich, dort wo am Tag die Mütter auf den Bänken sitzen, die jungen Leute ihre Gitarren ausprobieren, die Enten auf Bordkundschaft warten, er ergreift das Messer mit beiden Händen.

Eines habe ich geschafft, denkt er, die Liebe konnte mich nicht mehr verletzen, die habe ich besiegt, und er torkelt bis zum Rand des kleinen Gewässers, das zum Ende des Sommers flach geworden ist, wo die Karpfen es schwer haben zu überleben, ein fauliger Geruch steigt ihm in die Nase.

Zu ganz anderen Gelegenheiten, nämlich zu regelmäßigen Meisterkonzerten war er in der Rudolf-Oetker-Halle, immer sonntagmorgens nach dem gemütlichen Aufstehen, wenn er nicht predigen musste. Nun aber sieht er nur die wuchtige Silhouette der für seine Akustik bekannten Konzerthalle zur Rechten, und er flieht aus dem Leben, ohne das musikalische Finale. Das tut auch weh, ist aber für ihn die logische Konsequenz aus dem Scheitern seiner Mission.

Es tut ihm nicht leid, dass er Lilianna nicht hatte zum Schweigen bringen können. Es war einfach nicht der rechte Augenblick dazu, den zu bestimmen, steht nur IHM zu.

Er ist außer Atem, hinter ihm in der Ferne hört er die Martinshörner von mindestens vier Polizeiwagen, da ist sie doch noch, die Abschiedsmelodie. Er fühlt sie näher kommen, der faule Geruch des Bürgerparktümpels erreicht seine Nase wie ein Fanal der verfaulten Gesellschaft, in der er bis zum jetzigen Zeitpunkt leben musste.

Er steht still, ist bereit und handelt entschlossen.

Ein passender Ort von dieser verdorbenen Welt abzutreten, holder Stinkepfuhl, aber du sollst nicht fluchen, sagt ER, denkt er, grinst angemessen und fasst sein japanisches Kai-Shun-Messer, für jeden Küchenfreak ein Muss, fest mit beiden Händen, setzt es an, um sich dann selbst mit entschlossener Miene und aller puritanischen Härte den Gnadenstoß zu versetzen.

Der Text des Deutschen Requiems von Johannes Brahms kommt ihm in Erinnerung, während sich das faule Wasser durch sein auslaufendes Blut langsam hellrot färbt.

Als das Musikwerk im Mai mit großem Chor und Orchester in der Rudolf-Oetker-Halle aufgeführt wurde, war er noch sehr lebendig und voll dabei. Das gewaltige Opus, das auch vor den großen Lebensthemen und den damit verbundenen Gefühlen nicht haltmacht, sondern die Menschen zum Sterben einlädt: „Selig sind die Toten, die in dem Herrn sterben …!“

48 Nur zusammen sind wir stark

Am nächsten Morgen sitzen die beiden Kommissare und Dr. Sauer wieder zusammen an einem Tisch im Besprechungsraum des Polizeipräsidiums, schräg gegenüber der Rudolf-Oetker-Halle.

Es gibt noch Restkuchen und Johanningmeier pfeift vor sich hin. Eine entspannende Angewohnheit, die seine Verflossene damals manches Mal zur Weißglut gebracht hatte. Er war ihr vielleicht zu gut gelaunt gewesen, was in seiner Rückschau auch dazu beigetragen haben mochte, dass sie sich von der „Pfeife" verabschiedet und sich in die Arme eines nagelneuen, aber „stummen Mannes" mit großer Zukunftskarriere geflüchtet hatte.

So wurde sie ihn los und er durfte weiter pfeifen. „Fffff", macht sein Mund, nachdem er die Aktennotiz gelesen hat.

„Hört mal ihr beiden, ich schlage vor, wir lesen uns alles gemeinsam durch. Hier sind die Unterlagen, die mir das Amt zur Verfügung gestellt hat, ich versuche es mal mit einer Zusammenfassung: Die Unterlagen zur Kindheit und Jugend der Person des Opfers an den Externsteinen, den wir wohl als Kopf, als Spiritus Rector der Dreierbande ansehen müssen, beinhaltet eine Darstellung aus der Sicht des Jugendamtes Bielefeld über ein Heimkind namens Achim S., geb. 1959 in Wiesbaden, das am Freitag, den 13.2.1969, dem erzkatholischen Kinderheim Zuflucht der heiligen Maria übergeben wurde. Er wurde vor seinen Eltern, sie, chronische Alkoholikerin, er, Karrierist, abgeschoben.

Entsprechend den Unterlagen kam der Junge damals in Begleitung seines Vaters Gottfried S., geb. 1923 in Lemgo, zusammen mit seiner Schwester Margot, geb. 1962, in die Obhut des Heimes. Der Vater der Kinder verließ noch am selben Tag das Heim, ohne sich von den Kindern zu verabschieden. Die Mutter der Kinder hat diese zwar nie besucht, schickte aber jedes Jahr verlässlich zum Weihnachtsfest ein Paket mit Süßigkeiten. Margot wurde im Mädchen- und Achim im Jungentrakt untergebracht. Beide waren während ihrer Verweildauer bis zum Alter von 16

Jahren sehr fügsam, stellten keine großen Ansprüche und waren für die Schwestern pflegeleicht."

Annette bietet ihnen noch Kaffee an und hört weiter gespannt zu: „Das hing offensichtlich damit zusammen, dass Kinder relativ gut mit den Bedingungen im Heim zurechtkamen, deren häusliche Situation die Hölle gewesen war. Bei Achim gab es in den ganzen fünf Jahren nur zwei aktenkundige Vorfälle zu vermelden. Einmal hatte Achim einen Streit mit einem der größeren Jungen in Block A. Er behauptete, bestohlen worden zu sein, und hat sich dann regelwidrig verhalten, indem er den Jungen angriff und schwer verletzte, übrigens den Arm brach. Die anschließende Strafe erfüllte ihren Zweck. Der Junge war in der Zukunft sehr still und schloss sich zunehmend aus der Gemeinschaft aus. Mit einem zweiten Vorfall wird Achim indirekt in Verbindung gebracht. An einem Morgen sei der Junge bestraft worden, den Schlafsaal zu putzen, weil eine Nonne beobachtet hat, dass er gepopelt hatte. Am selben Morgen wurde im Schlafsaal Feuer entdeckt, von den knapp 50 Betten waren vier verbrannt. Achim hat eine Täterschaft vehement bestritten. Eine Prognose hinsichtlich der weiteren psychosozialen Entwicklung des Jungen ist schwierig."

„Mein Gott!" Annette muss daran denken, was man Kindern antut, ohne zu ahnen, wie sie damit fertig werden.

Johanningmeier nickt und liest weiter aus den Unterlagen vor: „Man kann sich anhand der Aufzeichnungen ein gutes Bild davon machen, was in dem Heim so passierte. Die Kinder wurden zu einem strikt geregelten Tagesablauf angehalten. So ging es zweimal in der Woche zur Kirche, in geschlossener Formation, Individualität war weder erwünscht noch vorgesehen. Da gingen immer zwei Kinder nebeneinander. Die Heimkinder waren sauber und adrett gekleidet, weitgehend uniform. Eine Obernonne führte die Kinderkolonne an, jeden Mittwoch und jeden Sonntag, wie die Soldaten, marsch, marsch, ohne eine Laut von sich zu geben, brav, sittsam, und nicht wie Kinder so sind, normalerweise."

Annette schluckt, als sie sich dieses reglementierte Heimleben im Vergleich zu einem normalen Familienalltag vorstellt.

„Und das Schlimmste war offensichtlich die obligatorische Beichte, da musste sich jeder etwas aus den Fingern saugen, etwas Übles, zum Beispiel: Ich muss gestehen, ich habe gelogen, dreimal, ungelogen. Und die Gemeinde war sich einig: Wie süß und wohlerzogen diese armen Kinderchen alle sind und so still!" Johanningmeier muss gegen seinen Willen lachen.

„Typische seelische Folgen einer Erziehung in einer totalen Institution lässt Folgendes zu vermuten: Der Junge muss sich, wie möglicherweise die anderen auch, in seiner weiteren sozialen Entwicklung nach außen hin weiter sehr angepasst und regelkonform verhalten, er könnte aber auch eine starke Tendenz zu einer gespaltenen Persönlichkeit entwickeln."

Dr. Sauer vermutet weiter: „Seinen Selbstwert wird Achim aus der intellektuellen Auseinandersetzung gezogen haben. Ist diese allerdings gefährdet, zum Beispiel durch Gesichtsverlust oder sozialen Druck, wird sich seine Rückzugstendenz wahrscheinlich verstärken, da sie sich Angst reduzierend auswirkt. Damals wie heute werden Fehler, auch sehr kleine, die publik werden könnten, sofort massive Panikzustände erzeugen, mit der schließenden Tendenz zur Selbstisolation. Als großer Schutzfaktor für seine weitere Entwicklung ist vor allem die hohe Intelligenz von Achim S. anzusehen, daneben besteht eine ausgeprägte Tendenz zu Vermeidung von Nähe und persönlicher Abhängigkeit. Die Gefahr einer Ausprägung soziopathischer Persönlichkeitstendenzen ist eher unwahrscheinlich, was jedoch anzunehmen ist und was diesen Lebensweg nachhaltig beeinflussen könnte, wäre eine Suche nach positiven Vorbildern und „vereinfachenden" Ideologien. Dieser wird in dem Bericht eine immense Bedeutung zu geschrieben! Mein persönliches Fazit: In Schwarzweiß zu denken, wird seine bevorzugte Farbkombination in der Zukunft sein."

Johanningmeier muss bei dem Thema an die Rolle seiner positiven Vorbilder denken. Heute ist das ohne Zweifel Annette, besonders in ihrer Ehrlichkeit, aber wenn er zurückdenkt, dann tun sich besonders in der Jugend viele Lücken in Sachen Vorbild auf: „Es gibt einige Lehrer, besonders die, die kritisch zur NS-Zeit standen, dann in Abstrichen sein Vater, der bei der freiwilligen Feuerwehr gearbeitet hat und der ihm vererbt hat, den Geruch von Verbranntem zu mögen, auch Rauchwaren, fette Schwarte, gebeizten Aal, luftgetrockneten Schinken. Widerstandskämpfer wie Dietrich Bonhoeffer, Karl May, bis bekannt wurde, dass dieser nie im „Wilden Westen“ war ... ach ja, so eine Suche nach Vorbildern ist gar nicht so leicht!“

Johanningmeier liest weiter und merkt, dass ihn die Lebensgeschichten seiner Täter und Opfer zu erfahren, so sehr reizt, dass er sich fragt, ob das auch hätte bei ihm pathologische Züge annehmen könnte.

49 Etwas bleibt immer hängen

Im Innenraum der Kirche St. Pauli in Lemgo befindet sich ein hilfreicher Hinweis. „Im Brandfall geschlossen halten!“ „Rote Türen auf St. Pauli“, Johanningmeier pfeift genüsslich durch die Zähne und handelt sich dafür einen Rippenstoß von Annette ein.

„Man schlägt keine Bullen!“, murmelt der tief Getroffene.

„Man redet nicht so einen Unsinn und man sagt auch nicht Bullen“, kontert Annette, dann aber schweigen beide, denn sie spüren, jetzt geht's hier um die Wurst. „Im Brandfall nicht benutzen“, das stand vor ein paar Tagen am Fahrstuhl der Strandbar „Santa Maria“ und darüber haben er und Dr. Sauer noch gelacht, bevor der schwarze Wagen kam, und nun stehen die Polizisten kurz vor der Lösung ihres aktuellen Falles und treffen auf eine rote Tür. Die Tür ist fest verschlossen, muss verschlossen sein, sonst könnte es im Brandfall überall brennen.

Vor der Tür liegt etwas auf dem Boden. „Sieht aus wie ein vergessenes Foto.“ Annette bückt sich, hebt es auf und sagt: „Vielleicht haben wir bei diesem Fall am Ende eine Schnitzeljagd zu erledigen und sind kurz vor dem Schatz?“

Diese rote Tür glänzt frech wie ein Fremdkörper in diesen heiligen Hallen. Es ist eine massiv ausschließend wirkende Feuerschutztür, die, wenn es drauf ankommt, das Allerschlimmste verhindern soll, und es bedarf einiger Mühen und des konsequenten Einsatzes von Technikwissen seitens des rasch angeforderten technischen Hilfsdienstes der Kripo aus Lemgo, um sie zu öffnen, ohne sie gewalttätig zu knacken.

Alle warten gespannt, und als sich die Tür endlich öffnen lässt, macht sie keinerlei Geräusche, sie schwingt auf wie eine Feder. Hinter der Tür, in einem Seitenflügel des Kirchenkellers gelegen, öffnet sich den Eindringlingen ein halbhoher, kleiner, fensterloser Raum, der von einer Neonlampe taghell erleuchtet wird.

„Die Schatzkammer", sagt Annette vorahnungsvoll. Die beiden Hauptkommissare streifen sich die Gummihandschuhe über und betreten den Raum eher zögerlich, als ob sie einen verbotenen Ort besuchen würden: „Oh Gott, Mann, schau dir das an ...!" Annette Sasse stößt dann noch einen Fluch aus, der Johanningmeier bisher unbekannt gewesen ist.

Rings an den vier Wänden des sehr sparsam möblierten Raumes hängen Unmengen von Fotografien, sämtlich Aufnahmen von ein und demselben Mädchen, dem ersten Eindruck nach chronologisch geordnet. Zunächst sehen die Kripobeamten das Mädchen als Kleinkind, dann als Kind, später als Teenager, als Jugendliche, die meisten in natürlichen Posen, immer alleine, einige sind im Schlaf aufgenommene Bilder, die auf die Betrachter besonders künstlerisch getroffen wirken.

„Mit Liebe geschossen!"

„Das ist doch eindeutig Inga Blitz, die hat immer etwas geahnt, aber es ist ihr ja auch nie etwas Schlimmes zugestoßen, außer dieser Affenliebe." Johanningmeier spürt, als er das sagt, dass sofort ein leichtes Schamgefühl aufkeimt. Er weiß nicht, warum, Dann kommen auch noch Gefühle von Schuld dazu? Habe ich mich um meinen Sohn gekümmert, genug, wirklich? Ich weiß es nicht, ich müsste ihn fragen!

Er fragt sich: Ist mein männlicher Blick der Blick, der verbotene, durchs Schlüsselloch geschickte, der mir hier gespiegelt wird? Später im Gespräch mit Dr. Sauer wird ihm eine Dimension von Erklärung deutlich, die ihm seine Reaktion verständlich macht. „Der verschämte und erregte Blick ins Intime, das sind gestohlene Blicke vom anderen Geschlecht, aus einer Machtposition heraus geschehene, die die Verobjektivierung vom Anderen im Sinn haben. Sie haben, wie andere Grenzüberschreitungen, mit einer Spielart von Gewalt zu tun."

Johanningmeier schluckt und nickt zustimmend. In der Situation jetzt wird er rot, seine Haut brennt, er wendet sich ab und Annette sagt: „Komm, mein Lieber, jetzt sollten wir gehen, wir verschließen diese Tür wieder, aber wir kommen wieder, wir müssen wiederkommen, wir sind auf der Spur und wir werden sie weiterverfolgen müssen, ob es uns gefällt oder nicht."

Wozu gequälte Seelen fähig sein können, denkt Johanningmeier, und Annette nickt, obwohl sie keine Gedanken lesen kann. „Wie hat es gestern der Doc so fein formuliert?", fragt Johanningmeier. „Man glaube nicht, wie schwer sich Menschen mit der Verarbeitung alter Fehler täten, wie viel Aufwand betrieben werde, um sich und die Herkunft rein zu waschen, das reiche manchmal Generationen zurück. Und wie sehr unerfüllte Lebensentwürfe sich rächen können, es sei immer auch eine Frage der Schuld, die sich weitervererbe. Die uralte Geschichte von der Erbsünde, Sippenhaftung und Reinigung spuke in manchen verirrten Seelenleben weiter."

„Prima", sagt Annette, „gute Idee, dann sollten wir so richtig in Sünde leben, zu vererben haben wir ja nichts, nicht mal unser schlechtes Beispiel."

„Fegefeuerfest ist unsere Liebe allemal!" Johanningmeier reibt sich die Hände.

„Komm, wir hauen schnell ab aus dieser Kirche!", und er nimmt Annettes Hand und die beiden nehmen hüpfend Reißaus, und wenn sie jemand beobachtet hätte, hätte der vielleicht gedacht: Mein Gott, wie die Kinder!

„Ach, ich muss dir schnell noch was erzählen. Ich habe mir eine Staffelei besorgt, im Künstlerbedarfsladen auf der Arndtstraße. Die sind zwar sauteuer, aber auch edel, aber so ein Durcheinander, du kannst dir nicht vorstellen, dass die ihre eigenen Artikel wieder finden. Aber ich habe ja ein paar Kröten geerbt von meiner Mutter und mich trotzdem von einem Verbot gelöst!"

„Du sollst nicht ...!"

„Ja, so ähnlich. Meine Mutter wollte nie, dass ich künstlerisch etwas Eigenes mache, und nun versuche ich es. Ich habe schon einen Termin für einen Zeichenkurs für Anfänger in der Kunst- und Musikschule, der fängt morgen an!"

Johanningmeier denkt, dass die Liebe beflügelt, ist trotzdem erstaunt, wie schnell das so flippt und fragt sich, was seine Mutter eigentlich ihm verboten hat. Nix, außer dauernd in der Nase zu popeln, aber das nun zum ultimativen Hobby zu machen, macht keinen guten Eindruck, vor allem als Polizist nicht. Auf jeden Fall hatte sie nichts dagegen, dass er zur Polizei gegangen ist. Mutter wollte, dass es ihm gut geht, und er wollte das auch für seine Mutter.

50 Ehre, wem Ehre gebührt

„Störe ich?" Annette ist am Apparat. „Pack deine Klamotten, Johanningmeier, wir müssen nach Holland!"

Johanningmeier ist schwer verdutzt.

„Erklär mal ..."

„Mach ich unterwegs, ich hole dich ab, stehe schon vor der Tür!"

Der Himmel in Nordholland ist hoch. Er lacht nicht, er droht mit Wolkengebirgen, die er übers Land schickt, wie Vorboten einer kommenden dunklen Zeit.

Je näher sie ihrem Ziel kommen, umso stiller werden die beiden Wageninsassen. Kurz vor Staphorst hält Annette den Wagen an. „Was erwartet uns?", fragt ihr Begleiter sie.

„Ich habe unsere Computerfachfrau gebeten, mir die wichtigsten Kontakte unseres ermordeten Doktors zu geben, und da sind wir immer wieder auf diese Adresse in Holland gestoßen. Dort scheint der Drahtzieher zu sitzen, aber wir haben gegen den nichts in der Hand, nur ein paar SMS und wenige Aufzeichnungen auf dem Computer von dem armen Stückrath. Zunächst scheint es nur um innerkirchliche Themen zu gehen, und die Mitgliedschaft in einer Glaubensgemeinschaft ist nicht strafbar."

„Also, ich erwarte nichts. Wir lassen die Sache auf uns zukommen. Persönlich bin ich neugierig, ich möchte diesen Menschen nur sehen, ich möchte verstehen, warum und wie so etwas passieren konnte, jetzt, in dieser Zeit, im 21. Jahrhundert, damit ich meinen Glauben an den Fortschritt in Sachen Demokratie und Freiheit behalte!"

Im Innenraum der Kirche bekommen beide ein beklemmendes Gefühl – hier scheint die weltliche Macht am Ende zu sein.

Ganz hinten in den Bankreihen, wo sonst die „Unwürdigen" sitzen, hockt eine gebeugte Gestalt. Sieht so ein Anstifter aus, der wissentlich Menschen manipuliert hat, schwerste Verbrechen zu begehen? Der schwache Menschen, die einen Halt suchen, angestiftet hat, in SEINEM NAMEN und für eine gerechte Sache, Menschen zu demütigen und sie anzugreifen und zu beschimpfen?

„Der hat Entwurzelten einen Nährboden gegeben und dazu noch die Stacheln, anderen wehzutun!", flüstert Annette.

Dann, als die Gestalt sich aufrichtet, sehen beide Kommissare, dass sie hier am richtigen Platz sind. Hier hat das Übel seinen Ausgang genommen und hier könnte es auch sein Ende nehmen.

Zwei fanatische Augen starren sie an, versuchen sie zu durchbohren, sprühen voll Hass und Verachtung und, wie Annette glaubt zu erkennen, auch Angst.

„Was wollen Sie in meinem Haus?" Die Stimme klingt hart und schroff. Sie hallt im Inneren der Kirche wider und verstärkt den zornigen Unterton des autoritären Sprechers. Hier spricht jemand, der keinen Widerspruch zulässt.

„Wir wollen Sie anklagen, wegen Verbrechen gegen die Menschlichkeit, zu denen sie angestiftet haben und für die sie alleine die Verantwortung tragen müssen!"

„Die Kirche ist eine öffentliche Einrichtung, also ist sie auch öffentlich kritisierbar, und Sie als Kirchenvertreter sind kritisierbar, auch, wenn Ihnen das in all Ihrem Hochmut nicht ins Konzept passt!“ Johanningmeier reibt sich innerlich die Hände und fügt dann süffisant hinzu: „Wir sind nämlich deutsche Journalisten und machen über Ihre Machenschaften in Staphorst eine Recherche, die ganz und gar auf Fakten beruht! Mit Ihrem Hochmut haben Sie übrigens selbst eine der Todsünden begangen, und Ihre gesamte Gemeinde in Staphorst, in ganz Holland wird sich aufgrund unserer Veröffentlichungen entsetzt von Ihnen abwenden. Und auch, wenn Sie das nicht hören wollen: Mindestens vier Menschen haben Sie mit auf dem Gewissen, auch, wenn Sie leider dafür juristisch nicht belangt werden können!“

Sie drehen auf der Stelle um, ohne eine Antwort abzuwarten, und verlassen den kalten heiligen Ort, jedoch nicht, ohne die schwere Kirchentür mit aller Wucht zuzuballern.

Johanningmeier dreht sich zu seiner Begleiterin um und sagt: „So, Annette, jetzt fahren wir nach Amsterdam und kiffen uns auf Staatskosten die Hucke voll, das hat die Polizei hier noch nicht verboten!“

Drei Tage später haben die dunklen Wolken des hohen Himmels von Westen kommend längst die Grenze überschritten. Sie haben eine deutliche Abkühlung im Gepäck und machen sich schon auf den weiten Weg gen Sibirien, da klingelt im ostwestfälischen Bielefeld das Telefon der Mordkommission.

Johanningmeier hebt den Hörer ab, und in sein Ohr klingt die Stimme der Sitte: „Ich habe dir etwas Dienstliches mitzuteilen, mein Liebster. Die Fortsetzung des Krimis können wir uns schenken. Unser Übeltäter, der bekannte Pfarrer Willem de Haan, seit über 40 Jahren Vorstand der Calvinistischen Gemeinde in Staphorst, hat sich – offensichtlich nach unserem Besuch – im Altarraum seiner Kirche stranguliert. Gemeindemitglieder haben ihn vor dem Gottesdienst dort hängend aufgefunden. Die Leute sind extrem schockiert. Traumapsychologen mussten eingesetzt werden. Ganz Holland ist betroffen, und bei der gestrigen Beerdigung war großer Bahnhof angesagt, sogar mit der jungen Königin Maxima, deren Vater in der argentinischen Junta eine wesentliche Position bekleidet hat."

„Puh", Johanningmeier atmet durch und fragt: „Und wir, was machen wir?"

„Wir recherchieren weiter gemeinsam, denn, das sagt uns doch diese Geschichte, das Böse atmet noch!" Annette gluckst in sich hinein, aber laut genug, damit ihr Freund sich genau vorstellen kann, mit welcher Miene sie das Gesagte kommentiert.

51 Sag am Ende leise Servus

Wieder sitzen sie zusammen, einige Tage später, alle Leichen sind eingesammelt, aus den deutlichen Spuren lassen sich die Vorgänge mühelos rekonstruieren, was unklar ist, sind die inneren Zusammenhänge, Motive und Beweggründe der Täter. „Noch Kaffee?"

„Ein Bier wäre mir lieber!"

Johanningmeier schaut auf seine Armbanduhr, nickt und schenkt ein. Er fragt sich, ob er bei diesem Fall vielleicht zu wenig seine eigene Betroffenheit gespürt hat, denkt dann aber, die Liebe macht blind. Als er Dr. Sauer einen einschenken will, fragt er nach der angebotenen Biersorte. „Barre Bräu", sagt Johanningmeier, und Annette ergänzt: „Dein Herz erfreu!" Und Dr. Sauer meint schmunzelnd: „Herforderpils, keiner will's!" Annette fühlt sich wohl unter diesen Männern.

Es regnet, aber im frisch getauschten neuen Garten Nummer mit noch intakter Hütte mit Vordach sitzt die Dreierbande gut, sie hat die Alm weiter voll im Blick und könnte, wie man so schön sagt, die Puppen tanzen lassen. „Hier kommt der dankbare Sekt!" Lilianna ist der Einladung gefolgt und kommt per Rad um die Ecke.

„Oh, Supergarten, hier könnte man Kohl wachsen lassen, da Schnittblumen, da Tomaten, gut wäre ein kleines Treibhaus, und dort Erdbeeren, hier Radieschen, Salat, Zwiebeln, Schnittlauch, rote Beete, Petersilie, Kräuter und so weiter!“

„Mensch Lilianna, kennst du dich aus!“, sagt Annette anerkennend.

„Und Kartoffeln?“, fragt Johanningmeier, der schon die ganze schweißtreibende Fronarbeit nach Dienstschluss vor Augen hat.

„Gehören in den Keller!“, lacht Annette.

„Herr Kommissar, wenn Sie Hilfe brauchen, ich komme vom Lande!“ Vom Bann des Bösen befreit, fallen sich alle erleichtert in die Arme. Und um die Idylle zu komplettieren, kommen noch die anderen Protagonisten in den Garten, Inga schiebt Robert, Tarek bringt einen Salat, von seiner Mama eigens für seine Freunde kreiert, und der junge Polizist, der die 100 Meter so herunterhämmert wie einst Armin Hary, der Olympiasieger von Rom 1960, eilt so zügig herbei, dass sie ihn bitten: „Nun lauf uns doch mal was vor!“ Da legt der los wie eine Rakete, und auch die polnischen Nachbarn rufen: „Hurra, hurra, hotsch, hotsch, hotsch!“ Dr. Sauer nickt zu Robert hinüber und meint schmunzelnd: „Könnte ich nicht!“

Inga erzählt, dass sie auch einiges nicht dürfte, bald, und als sie leicht errötet, gratulieren ihr alle und Robert besteht darauf Onkel zu werden.

Als die Polen mit Bimber, einem starken Kartoffelschnaps, über den Zaun kommen, schenken sie allen ein Wasserglas voll ein und Dr. Sauers Vorsätze gehen endgültig den Bach runter.

Und Johanningmeier muss zum wiederholten Mal erzählen, wie sich der Pfarrer selbst gerichtet hat. „Der Bürgerpark ist sonst doch so sittsam, das könnt ihr euch nicht vorstellen. Einmal fand dort eine Technoparty statt und ich habe einmal zwei Kleinganoven beim Dealen beobachtet, aber ansonsten, ein paar Silberkraniche in einem Gehege, alte Bäume, ein öder Tümpel mit Springwasser und süßen neugeborene Entenkindern im Frühling. Wenn man dort stirbt, dann aus purer Langeweile, aber doch nicht, indem man sich ein Messer in den Bauch rammt!“

„Ja, die kriminelle Energie dieses Herrn Pfarrers ist immens gewesen, der hat wohl mindestens drei Personen, wenn man ihn selbst dazuzählt, auf seinem Colt. Die verblutete Frau wahrscheinlich nicht, aber den unglücklichen Hans-Christian Hanselmann. Die steckten unter einer Decke, waren wohl befreundet, schöne Freunde, und dann unser feiner Kirchenhistoriker Dr. Achim Stückrath. Der war der Drahtzieher und der geistige Kopf, hat sich seine Anweisungen der Offenbarung offensichtlich bei unserem holländischen Nachbarn geholt. Aber die Drecksarbeit, bei der man sich die Hände schmutzig machen könnte, die hat er locker delegiert. Die beiden Anschläge gehen eindeutig auf den Pfarrer zurück. Viel los in Bielefeld, und dann noch die feine Verwandtschaft von Sauer. Der hatte unseren Doktor doch schon fast auf dem Kühler, Mann, Mann, Mann, da kann man sehen, wie blind der Fundamentalismus und der braune Bodensatz noch ist, wie sie aus netten Leuten dumme Besessene machen!"

Johanningmeier schaut sich nach seiner langen Rede in der Runde um, aber da wohl der Appetit auf noch mehr problematische Neuigkeiten verraucht ist und keiner mehr seine Neugierde stillen muss, nimmt die Versammlung lieber noch einen Polenschnaps zur Brust, vielleicht zum Verdauen der Informationen.

Als der Regen aufhört, kommt sogar die Sonne raus, und in den Gräsern hängen Wassertropfen wie Perlenketten aufgereiht.

So sitzen sie zusammen, bis ihnen die Abendkühle von unten in die Beine steigt, und träumen sich eine gewaltfreiere Zukunft, in der sich die Menschen nicht die Köpfe einschlagen müssen, um wer zu sein oder zu bleiben.

Wolfgang Neumann, Dr. Phil., ist Diplom-Psychologe und Psychotherapeut in psychologischer Praxis. Er ist Autor von psychologischen Fachbüchern, von Lyrik, Prosa und Kinderbüchern. Er lebt und arbeitet in Bielefeld.

E-Mail: wn@neumann-abel.de
Internet: www.wolfgangneumann.net

Annette Sandrock arbeitete als Lehrerin, ist passionierte Leserin und hat eine Vorliebe für den trockenen westfälischen Humor. Sie ist in Rietberg aufgewachsen und lebt ebenfalls in Bielefeld.

Wolfgang Neumann &
Annette Sandrock

Tödliche Heilung

Ein Psychokrimi aus Ostwestfalen-Lippe

2014
136 Seiten
EUR 12,–
ISBN 978-3-87159-889-0

In dem beschaulichen Kurort Bad Oeynhausen geschehen seltsame Dinge und schließlich sogar ein Mord.

Hat der aalglatte Frauenversteher seine Hand im Spiel, der von seinem Fenster in der Nähe des Kurparks aus die Damenwelt beobachtet?

Oder gar der erfolgreiche Modeunternehmer aus Rietberg? Und was ist mit dem renommierten Psychotherapeuten, der vielleicht die falschen Ratschläge gibt?

Die Bielefelder Kriminalkommissare Annette Sasse und Otto Johanningmeier versuchen, den Geschehnissen auf die Spur zu kommen und geraten dabei selbst in Gefahr.

Ostwestfalen ist die Kulisse für allerlei Irrungen und Wirrungen.

dgvt-Verlag • Hechinger Straße 203 • 72072 Tübingen
Tel.: 0 70 71 / 79 28 50 • Fax: 0 70 71 / 79 28 51
E-Mail: dgvt-Verlag@dgvt.de • Internet: www.dgvt-Verlag.de